看見屍體的男人

Ⅲ

시체를 보는 사나이

다크킹덤

黑暗王國

(下)

空閑K

黃莞婷 譯

*本書中提及的人物、團體、地名、事件等皆屬虛構，與現實無關。

目次

第14話 間諜的真面目

二〇一七年五月

吳民錫從主日大樓正門走出來，等候已久的李延佑警衛下車舉起手對他示意。這時一輛車來到大樓前。吳民錫匆忙跑上前打開了後座車門，低下頭問候：

「議員好。」

「朱社長在哪裡？」

「社長馬上就出來，請您稍候。」

「真是的……。」

「很抱歉，朱社長有些事情需要處理……」

不久後，朱必相悠哉地走出大樓，手上拿著一個黃色信封袋。當朱必相坐進後座，吳民錫急忙上了另一輛車跟在後方，李延佑警衛也驅車跟上。

「抱歉，議員，整理這些東西花了點時間。」

朱必相舉起手中的黃色信封。

「是你給我看過的照片沒錯吧？」

「當然，議員請親自過目。」

朱必相將黃色信封遞給李弼錫議員。

「隨身碟也在裡面。」

「是原檔吧？」

「我辦事，議員不用擔心。」

李弼錫議員拿出照片瀏覽了一遍，然後將隨身碟交給在副駕駛座的輔佐官。輔佐官將隨身碟插入筆電，查看了照片和影片。

「議員，東西沒錯。」

輔佐官將隨身碟交還給李議員。

「朱社長，辛苦你了。這次的人情我以後一定會還，你放心。把車停在那裡。」

李議員指著人行道說道。

「議員，我們不一起過去嗎？」

「朱社長為什麼要去？我不是說了以後會好好報答你嗎？」

「至少告訴我會用在哪……」

「朱社長，到此為止吧。你就當作不知道，這樣也不會傷到你自己，明白嗎？」

「議員……。」

李議員對著朱必相怒吼：

「朱社長！你還聽不懂嗎？」

「啊……。非常抱歉，我懂了。」

李議員放朱必相下車後便揚長而去。跟隨在後的吳民錫將車停在朱必相面前，他上了後座並急切地指示：

「七星，跟上李弼錫議員。」

「好的。」

李議員的目的地是位於首爾郊區的日本料理餐廳。吳民錫將車停在遠處，轉頭對朱必相說道：

「他進去了一間壽司店。」

「七星，你去看看他來這裡做什麼。」

「是，社長。」

吳民錫下車朝壽司店走去，一路觀察情況的李延佑警衛跟在他身後。吳民錫進入壽司店後，沿著迷宮般的走廊找到了李議員所在的包廂。跟在後頭的李警衛在店內東張西望，看到吳民錫從前方走來便舉起手。

這時吳民錫身後出現了一名男人。

「七星啊。」

吳民錫聽到身後傳來呼喚自己的聲音全身一震，但隨即裝作若無其事地回頭。

「你怎麼會來這裡？」

吳民錫對那名男人點頭示意並走向前。

「一星哥好，你來……長官在這裡嗎？」

「對。在那間……。」

一星用手指向李警衛站的地方，李警衛急忙打開包廂門躲了進去。吳民錫回頭看並說道：

「是嗎？我……」

吳民錫頓了一下，深吸了口氣，再次注視著一星。

「朱社長也來了嗎？」

「沒有。我和人約在這裡，現在要走了。」

「是嗎？太好了，和我聊一下再走吧，方便嗎？」

「啊……好吧。」

一星摟著吳民錫的肩膀，一起走了出去。李警衛在包廂裡留意著外頭的狀況，等確認聽不到吳民錫和一星的聲音之後正想離開。然而就在這時，從某處傳來了一個熟悉的聲音。李警衛走到聽得到聲音的地方，耳朵緊貼著牆壁。

現在。主日大樓命案D－2

撞球館的招牌亮起，接著裡頭的燈也全部打開。

時間已是深夜，街道上空無一人。撞球館的大樓屋頂無聲無息地降下一條繩索，有人順著繩索下來，瞬間打開了撞球館的窗戶。那人小心翼翼地進入，並用手電筒向裡頭探照，之後又有個人順著繩子緩緩降下。

兩人觀察著撞球館裡的動靜，並朝裡面的房間走去。他們站在房門口對看一眼，從口袋裡掏出釣魚線握在手中。站在前面的人輕手輕腳地推開房門，兩人飛快地衝進去並掀開棉被，對準在棉被底下的人將釣魚線套在他的脖子上。

「啊？」

「這枕頭啊。」

「該死，這些傢伙什麼時候逃出去的？唉！」

其中一人嘆了口氣，取下了戴在頭上的頭巾。

「操！現在怎麼辦？」

「什麼怎麼辦？快撤退！」

「是！」

「這是哪裡？」

「上去就知道了。別擔心，跟我來。」

他帶著我們來到連盞路燈都沒有的偏僻地點。雖然我連這個人叫什麼名字都不知道，但還是跟著他來到這裡。我們到了一棟破舊的建築，我感到莫名的不安和焦躁。不過既然已經來了，也只能繼續跟著向前走。

我們沿著樓梯走上去，來到一扇鐵門前。他敲了幾下鐵門之後便在原地等著門打開。

「確定是這裡嗎？」

「再等一下。」

不知道等了多久。過了好一段時間鐵門終於打開，有人出來迎接。

「你現在才回來啊？進來吧。」

朴范秀和我尷尬地跟在他後面進門，裡頭只有在四周擺放間接照明，加上現在天還沒亮，顯得更加昏暗。

「坐在這裡，等我一下。」

他指著桌子說道，然後和開門的男人進了另一個房間。我們坐在桌邊的椅子上，陷入一陣沉默。在寂靜之中，我注意到牆上的電子鐘顯示四點四十四分。

「朴范秀，啊……。」

剛才還坐在我旁邊的朴范秀不見了。怎麼回事？他跑去哪了？

「朴范秀？」

我一站起來想要找他，周圍景象就開始變得一片模糊，感到頭有點痛。我環顧四周，視線中唯一清晰的是不停跳動的電子鐘。怎麼這麼突然？為什麼會變成這樣？

「嗡！嗡嗡！嗡嗡嗡！」

這是什麼聲音？似乎有人在說話……。聽起來像是人聲，但我無法聽清楚，只能聽到模糊的嗡嗡聲。這時有人抓住我的手臂搖晃。

「喂！你還好嗎？」

「喔，朴范秀，你剛才去哪裡了？」

「你在說什麼？我一直在這裡啊。」

「不是啊，剛才……」

「剛才怎樣？你還好吧？」

原本看起來模糊的景象都變得清晰。剛才到底發生了什麼事？是因為那個電子鐘？電子鐘上顯示著四點四十五分，但隨即又開始迅速轉動。果然是因為那個鐘。原來如此。我的周遭又變得模糊，頭痛再次襲來。過去從未發生過這樣的情形。

砰！

就在這時，門猛然打開，有人從房間裡出來，我下意識地躲到了桌下。

「你這是在做什麼？」

是羅相南刑警的聲音。

「我別無選擇。」

「什麼叫別無選擇？崔刑警，不要再錯下去了。」

「對不起。」

我想知道發生了什麼事，於是從桌底下悄悄地抬起頭，這時有人拍了拍我的背。

「南始甫！始甫！」

「喔……啊？大哥？」

當我回頭一看，閔宇直組長就站在我面前。這是夢嗎？是啊，人在醫院的閔組長不可能出現在超自然現象裡。這不可能是現實，看來又是一場夢。

「始甫，是我啊。你看到我好像不怎麼開心？」

「什麼？……真的是大哥？」

「對。你在恍神什麼？」

「大哥！」

我猛然站起來，激動地抱住了閔組長，眼淚不自覺地流了下來。

「臭小子！這才是正常的反應啊。始甫，我很抱歉。」

「真的是大哥沒錯吧？」

「對，是我。對不起，我也是不得已，之後會慢慢解釋。」

我退後一步，擦拭著眼淚，靜靜地看著閔組長。雖然他消瘦了些，但看起來和出事前沒有太大的不同。

「是我沒錯。嚇到你了吧？」

「發生了什麼事？這段期間躺在加護病房都是在騙我們的嗎？」

「剛開始是真的。不管怎樣，這件事之後再說明，我已經向朴范秀介紹過了。」

把我們帶到這裡的人，和開門的男人走到閔組長身邊。

「你認識尹警衛吧？」

「尹警衛……。是尹鎮警衛嗎？」

「看來不認識。沒關係。」

「是嗎？啊，這位是車禹錫警衛，他執行特殊任務在臥底調查時救了你和朴范秀。有什麼誤會彼此了解一下，以後還要一起工作，打個招呼吧。」

「警衛……。啊……。」

「沒事。不知者無罪，從現在開始……」

我聽到「警衛」兩個字，突然想起了崔友哲刑警的聲音。

「抱歉，請等一下，我有事情要確認。」

剛才我聽到崔刑警和羅刑警的聲音是超自然現象。顯然這裡會發生一些事，我必須在為時已晚之前確認。

我想看電子鐘但被車禹錫警衛擋住了，於是我拿出手機查看時間，果然畫面上顯示的時間開始快速轉動。這時候，先前沒見到的安敏浩刑警出現了。安刑警拿著槍指著某處，沿著他的視線看到的是……

天啊！羅相南刑警和崔友哲刑警倒在一起，胸口血流不止。這是怎麼回事？

「安刑警……。」

「啊！南巡警，你怎麼會……」

安刑警大吃一驚拿槍指向我，我趕緊用手臂遮住臉縮起身子。這時，我感覺到有隻手放在我的肩膀上。

「始甫，你怎麼了？還好吧？你看到了什麼？」

「大哥！那個……」

周圍人太多了，我一時無法解釋清楚。閔組長好像察覺到了我的顧慮，馬上指著房門說：

「車警衛、尹警衛。請你們和朴范秀出去一下。朴范秀，麻煩了。」

「沒關係。」

車警衛站起來，指著房間方向，說道：

「那回房裡休息一下吧。」

等到朴范秀跟著車警衛、尹警衛進了房間之後，閔組長開口問道：

「始甫，怎麼了嗎？你看到了什麼？」

「這裡好像會發生殺人事件。」

「你看到屍體了嗎？」

「我需要再檢查一下才知道是不是屍體，不過這次的超自然現象和過去不同。我看見的不是屍體，而是事發當天的情況。」

「所以會在七天後發生。你看到了誰？」

「請等一下。我還需要再確認。」

「你沒問題嗎？」

我移動到安刑警看不見我的地方。

「你在做什麼？」

「我覺得從這裡進入超自然現象，才不會有人看到我。」

「好。那我該做些什麼？」

「如果五分鐘後，我還沒睜開眼睛的話請叫醒我。」

「好，知道了。」

手機時間顯示四點五十四分。然而，時間並沒有像剛才那樣快速流逝。我閉上眼睛集中精神，超自然現象馬上就出現。但是，先前拿著槍的安刑警卻不見蹤影，只剩崔刑警和羅刑警依舊流著血倒在地上。

二〇一七年五月

「李議員，你說什麼？」

「您沒聽到嗎？還是現在年紀大了，耳朵不好？」

「什麼！李議員，開玩笑也要有分寸，太超過的話可是會惹禍上身。」

「哎喲！這樣嗎？那我得少開點玩笑了。我再說一遍。請把大權讓給我。」

金基昌眼下的疤痕瞬間扭曲，但他突然放聲大笑，乾咳了一下，接著說道：

「李議員，你覺得自己有本事能坐上那個位子嗎？」

「本事……怎麼了？有我不能上去的道理嗎？您好好在後面下指示不就行了？大家心知肚明。難道您以為沒有人知道嗎？」

「先拿出來瞧瞧吧。」

李弼錫議員拿起放在旁邊的黃色信封遞給金基昌。金基昌從信封裡拿出照片一一查看。

「原檔呢？」

李議員從口袋裡拿出了隨身碟。

「這是原檔沒錯吧？」

「當然了。」

「好吧。可以提名你當候選人，但僅只於此。票你可以自己拉吧？」

「幹嘛這樣？以您的地位還有什麼做不到的嗎？我也有掌握到消息，您何必這樣呢？」

「你聽到了什麼？要提名候選人也不是件容易的事。現在是什麼世道，你以為很簡單嗎？如果不喜歡那也沒辦法。超出能力範圍以外的事，我也沒辦法。」

「為什麼要裝模作樣？您以為我不知道長官背後有個龐大的組織嗎？動員一下應該不難吧？我聽說您想排

除南哲浩議員，尋找新人選。」

金基昌皺眉，像看蟲子一樣看著李議員說道：

「是誰？誰說這種話？」

「這種傳聞不是到處都有嗎？圈子裡的人都知道，幹嘛追究是誰說的？」

「你的意思是要我把東西送到你嘴邊？」

「如果您能做到，我不僅會交出照片和影片原檔，還可以成為您的傀儡。」

「什麼？傀儡？」

「我上去是能做什麼？只要坐上那個位子我政治生涯的願望就達成了，不是嗎？所以……」

「好吧。讓我想想。」

「還要想？請立刻做決定。」

「鳳凰之位是上天賜予的。再怎麼努力飛翔，終歸要聽從上天的旨意。沒聽過盡人事，聽天命嗎？」

「您不是連天意都能改變嗎？我對黑暗王國可是很了解。」

金基昌突然激動起來，提高嗓門：

「你這張嘴！到底是誰？是誰說的？」

「何必激動呢？不過就是黑暗王國……。」

「李弼錫議員！不要隨便提起這個名字。這名字也不應該從你嘴裡說出來。黑暗王國的存在不是為了讓你坐上那個位子。」

即使被金基昌惡狠狠地瞪著，李議員也不為所動。

「看來和我預期的一樣，非常了不起。」

「別知道點皮毛就一副很了解的樣子。好，我會讓你坐上鳳凰之位。但是你可要記住，太貪心只會惹禍上身。不能讓任何人知道黑暗王國的存在，否則你就等著掉腦袋。」

「如果您能答應我，我夫復何求呢？」

「我要走了。」

「這麼快？吃完飯再走吧？」

「我還吃得下嗎？你自己吃吧。我先走了。」

金基昌走了出去，李延佑警衛也小心翼翼地從包廂走出來，離開了日本料理餐廳，從後門進來的一星盯著他的背影。

現在。主日大樓命案 D－2

「始甫！你還好吧？」

閔警正皺著眉頭，搖醒了南巡警。

「你沒事吧？始甫。」

「那個……組長。」

「我在這。你是看到什麼了？怎麼會這樣？」

南巡警用雙手按住太陽穴，搖了搖頭說道：

「不知道。我實在想不到為什麼會有這種事。」

「沒關係，你先坐下喘口氣再說，好嗎？」

閔警正說著，讓南巡警坐在椅子上。南巡警看起來非常痛苦，閔警正擔心地看著他。

「崔友哲刑警和羅相南刑警死了，不對，他們快死了。」

「什麼？真的？為什麼？出了麼事？」

南巡警搖了搖頭說道：

「我也不知道。安敏浩刑警為什麼會拿槍……在他們面前……」

閔警正摀著嘴，一邊撫拍著南始甫的背安慰：

「始甫，不會的，肯定有哪裡搞錯。安刑警不可能做出那種事。再說，我們只要在七天後阻止就行了，所以你不要太……」

「不是七天後。我在超自然現象中看到電子鐘顯示的日期是兩天後。」

「兩天後？為什麼？不是七天嗎？」

「我也不知道。電子鐘上的日期是兩天後。除非是電子鐘壞了，否則就是兩天後會發生。」

閔警正看了眼掛在牆上的電子鐘，又看了看南巡警，搖頭說道：

「這是怎麼回事？始甫，又有什麼變化嗎？」

「我也不清楚。好像和電子鐘有關……。這件事不要跟別人說，組長你懂吧？」

「我知道，不用擔心。是不是應該了解一下那天發生了什麼事？」

「對。羅相南刑警似乎在勸阻崔友哲刑警，然後安敏浩刑警出現，拿槍對著他們。明天這個時間我會再確認一次。」

「好吧。你就和朴范秀待在這裡，看看那天發生了什麼事。」

「我會的。不過大哥你到底發生什麼事？為什麼會這樣？只有我不知道嗎？你有跟韓檢察官說嗎？」

「不。所有組員都不知道，只有科長和尹警衛。喔，還有車禹錫警衛知道這件事。」

「為什麼？有必要做到這種地步嗎？大家都很難過，檢察官和崔刑警……不，這段期間大家都很難熬。」

「對不起。內部情報似乎洩漏出去了，所以我不得不祕密行動。請理解我真的是別無選擇，所以才必須對組員們保密。」

「那天的火災也是刻意造成的嗎？」

「不是的，你聽我解釋。」

我接到朴旼熙刑警的電話後，覺得事情不太對。金承哲警監不可能打到本部找我，而且還留下聯絡方式。當我打了那支電話後就明白了，他們對於搜查組內部的情況瞭若指掌。他們綁架了金承哲警監並威脅我用自己當籌碼。我也想親自見見他們，確認黑暗王國的真面目。

我去見他們之前先聯絡了科長，告訴他要去的地點。我在身上安裝了追蹤器後才去，他們把我和金警監關在倉庫裡然後放火。

「承哲，醒醒。你有聽到嗎？」

「……。」

「承哲！有聽到嗎？承哲！」

當時承哲失去意識，好不容易才睜開眼睛看著我。

「你醒了嗎？咳咳。」

倉庫裡漸漸瀰漫著灰煙，我幾乎看不清承哲的臉，這時候不知從哪裡傳來了一聲巨響。

砰！砰！

感覺像是有人從外面用錘子砸門，沒多久門打開了，有人跑了過來。

「組長，你沒事吧？」

「誰……」

「我是尹鎮警衛。你站得起來嗎？」

「我沒事。先去看金承哲警監……。」

「我會扶他出去。組長先逃吧，倉庫好像就快要倒塌了。快！」

我不顧一切地往有微弱光線的方向跑，尹警衛攙扶著承哲跟在我後面。我們在倉庫倒塌之前及時逃出，並上了尹警衛的車。

當要離開的時候，我突然有了一個想法。如果他們知道我和承哲還活著，可能會再次找上門來威脅。不只是我們，還有可能波及其他組員。而且，若我們內部真的有間諜，這次危機反而是一次機會。於是我決定偽裝死於火災意外，但是又考慮到如果連我都死了，組員們應該會很傷心，我擔心調查會因此中斷，所以才選擇偽裝成全身燒傷。

「所以呢？你瞞著所有人，有打聽到什麼嗎？如果沒有的話，那真的……」

南巡警咬緊嘴唇，布滿血絲的眼睛瞪著閔警正。

「嗯，某種程度上有，所以不要再瞪我了。黑暗王國的真面目我心裡稍微有個底，而且還知道了不是只有我們想查他們。」

南巡警用袖子擦了擦眼睛，繼續問道：

「除了我們之外還有人在追查黑暗王國？」

「對。你應該也認識，徐弼監科長。」

「徐弼監科長？監察系的徐科長？所以他也知道黑暗……」

南巡警興奮地抬高嗓門，又趕忙壓低聲音問道：

「這樣是不是就快要查到黑暗王國的真面目了？」

「現在還不確定，但我想應該非常接近了。」

「真的嗎？太好了。那組員們會原諒你的。」

閔警正笑了出來：

「是嗎?那就好。」

「那查出內鬼是誰了嗎?」

「再過不久……就會知道了。」

崔友哲警衛雙手抱胸坐在椅子上望著窗外。

喀啷!

突如其來的開門聲,崔友哲警衛因此轉頭看。

「友哲。」

「敏珠。」

是徐敏珠議員。

「妳怎麼會來?安刑警帶妳來的嗎?」

徐議員只是低著頭抽泣,不發一語。

「安刑警在外面嗎?」

崔警衛跑到門邊敲著門大喊道。

「安刑警!這是什麼意思?為什麼要帶徐議員來?你到底在想什麼?」

門外沒有任何回應,崔警衛沮喪地回到了徐議員身邊。

二〇一七年五月

從日式餐廳出來的一星上了副駕駛座。金基昌已經在後座等待。

「你這小子算哪根蔥？讓我等你？」

金基昌指著一星咆哮。

「對不起，長官。好像有老鼠跑進來，我忙著確認所以晚了。」

「老鼠？是哪個傢伙？」

「我好像在哪裡見過，但想不起來。調查之後會再向您報告。」

「好。不管是誰都給我處理好。」

「是。還有，我在這裡遇到了七星。」

「七星？朱社長也有來嗎？」

「應該沒有。七星說他是來這裡辦事。」

「嗯。最近沒什麼關於朱社長的報告，有什麼問題嗎？」

「那個……」

「我們去那抽根菸聊聊吧。」

吳民錫和一星從日本料理餐廳後門走出來，找了個偏僻的角落掏出了菸。

「你來這裡有什麼事？」

「怎麼了？我不能來嗎？」

「臭小子，脾氣真火爆。我不是那個意思。我是問你怎麼會來這裡？」

一星覷了吳民錫一眼，點燃了菸。

「社長指示我做市場調查。」

一星嘲笑似地說道：

「市場調查？為什麼？朱老闆要開日本餐廳嗎？」

「不是。他要我替飯店招聘優秀的日式料理主廚。」

「居然連這種事都要你做？」

「不常這樣，但偶爾會……。」

「是嗎？這裡的餐點不錯。」

「不過長官怎麼會來這裡？」

「當然有事才會來啊，你不用管。朱社長近期的動向報告還沒有交上來。有發生什麼事嗎？」

「沒有。因為沒什麼特別的狀況，俱樂部也沒有舉辦聚會。如果有聚會的話我會再提交報告。」

「就算是這樣，你還是抽空整理一下朱社長的狀況，把報告交上來，知道嗎？」

「知道了。」

「七星，你知道長官特別疼愛你吧？」

「當然。我知道。」

「那就好。要是沒有你的話，五星早就死了。」

一星哈哈大笑，用腳踩踏扔在地上的菸蒂，斜眼看了吳民錫一眼。

「五星過得好嗎？」

「幹嘛問？你們兩個沒有聯絡嗎？」

「自從我到朱社長手下之後就沒聯絡了。」

「這樣啊。很多事等著五星去做，他應該很忙。」

「是嗎？他在做什麼……」

一星打斷了吳民錫的話。

「七星，你這是明知故問嗎？就是因為你不想做，長官才特意把你送到朱社長身邊的不是嗎？你自己心知肚明。除了你，還有誰能做那件事？我們這邊本來就少了一個人。」

「是我多嘴了。我知道了。」

「好久不見真開心。我該走了，得去看看長官那邊順利結束了沒。下次見。」

「是，一星哥。」

一星抬了下手，並從後門走進餐廳。

「不是朱社長在跟蹤我們？」

「我查看過附近，沒有發現。」

「好。一星，好好盯緊七星，以後發生大事時，他會派上用場的。」

「我知道了。長官。兩位的事還順利嗎？」

「別提了。實在是荒謬……」

「為什麼？發生什麼事了嗎？」

「一星，有件事需要你去處理。」

「好的，有何指示請儘管說。」

「好，走吧。我們邊走邊聊。」

「是的，長官。」

一星將手放到司機的肩膀上，用手語示意：

「出發。」

現在。主日大樓命案D－2／崔友哲、羅相南刑警命案D－2

羅相南警查在客廳裡走來走去，心煩意亂地試圖打給某人，但好像聯絡不上對方，氣得又按下通話鍵。

「真是的！你走得我頭都暈了。坐下吧。」

蔡利敦議員舉起手阻止羅警查。

「我不清楚發生什麼事，但韓檢察官說她很快就會到了，先坐下吧。一直走來走去，在旁邊看都頭暈。」

「好的。」

羅警查坐到沙發上，但仍然緊盯著手機，不停地嘆氣

不久之後，傳來開門聲，羅警查立刻起身跑向前門。

「檢察官！」

「是，羅警查。怎麼了？」

「我聯絡不上朴范秀那傢伙，也聯絡不上南巡警。」

「是嗎？有開定位追蹤嗎？」

「有。現在顯示他們還在撞球館裡。」

「為什麼？不是決定要換地方了嗎？」

「所以說啊。我就是因為這樣才覺得不太對勁。我得先去一趟看看。」

「等一下。你有聯絡到安警衛和崔警衛嗎？」

「聯絡？沒有啊。怎麼了？發生什麼事了嗎？」

「沒事，沒什麼。」

韓瑞律檢察官和都敏警監在約定地點會面，互相打了招呼。

「警監，就是這裡嗎？」

「是的。我們上去吧。」

「我好緊張。」

「絕對要保持冷靜，好嗎？他不會輕易說出真相的。還有，以防萬一……」

都警監從懷中取出手槍，遞給了韓檢察官。

「槍？」

「我也希望不會用到，但如果發生衝突就用吧。」

「居然這樣說……」

「我會盡力處理，不讓這種情況發生，不要太緊張。」

「拜託你了。」

都警監打開門走了進去，韓檢察官看了看四周，跟在都警監的後面。但原本約好在這裡見面的安敏浩警衛和崔友哲警衛卻不見蹤影。

「他們還沒到嗎？」

「不應該是這樣，他們早就該到了……。」

「會不會是發現了……。」

「不會的。看來是出了什麼狀況。打給他們看看吧。」

「好。那我打給安敏浩警衛。」

「我來打給崔警衛。」

但是兩人都沒有接電話。

「到底發生了什麼事？」

「對啊。我再打一次……」

這時候，都警監的手機響了，他把手機放到耳邊，韓檢察官急切地問道：

「是崔友哲警衛嗎？」

「不是。是羅永錫警衛。」

都警監拿開手機回答她之後，又放回耳邊說道：

「喂？羅警衛，發生什麼事了？……是嗎？知道了。我馬上過去。……好，見了面再說。先這樣。」

在一旁聽著通話內容的韓檢察官迫不及待地問道：

「怎麼了嗎？」

「聽說已經掌握了尹鎮警衛的行蹤，我必須過去看看。檢察官，妳去找蔡利敦議員吧。安警衛和崔警衛的問題我們稍後再討論。」

「好的，警監。」

●

「檢察官，妳怎麼了？」

「喔，我沒事。快去吧。查清楚之後再聯絡我。」

「好的。那我先走了。」

羅警查以眼神示意之後便快步跑了出去。

坐在沙發上看著這情景的蔡利敦議員走過來問道：

「發生什麼事了？有什麼問題嗎？」

「沒有。議員待在這一定很悶吧，但為了安全還是請你必須待在這裡。」

「我知道，但一直待在這實在是悶得發慌。什麼時候才能結束這件事？」

「我們正在盡最大努力。」

蔡議員不耐煩地提高了嗓門：

「喂，不要光說努力，給我一個具體的時間。不然，就像我跟閔組長說的，把我送到日本吧。幫我偽造個新身分再送去日本。這樣我們就不用再見面了，不是嗎？」

「議員，那是不可能的。等揭發黑暗王國，解決這段時間發生的命案之後，你就可以離開這裡了。」

「什麼？那到底是要等到什麼時候？有可能嗎？」

「很快就會查出來的，再等一下吧。」

蔡議員把頭撇向另一頭，重重地嘆了一口氣，接著說道：

「真是夠了……。韓檢察官，誰曉得在查明之前會不會反而中對方的招。安全屋都被他們發現了。沒有閔組長在真的沒問題嗎？」

「我們已經找到了解開問題的鑰匙，請你別擔心，好好配合吧。」

「是嗎？那就好。」

羅永錫警衛坐在駕駛座上，觀察著對面的建築物，他看到後照鏡裡出現都敏警監的身影，於是舉手示意。不久後，都警監打開副駕駛座的門上了車。

「就是這裡嗎？」

「警監你來了。不是這裡，是對面那棟大樓。」

「這樣啊。首爾居然有這麼幽靜的地方，真安靜……。尹鎮警衛進去那棟大樓了？」

「已經進去兩小時了。」

「那為什麼現在才聯絡我？」

「我覺得他還會再停留一陣子，所以持續盯著……。這裡會是他們的基地嗎？」

「看來似乎是。居然躲在這樣的地方。」

「那我們接下來該怎麼做？」

「再觀察一段時間吧。天已經亮了，他們應該不久後就會離開吧？」

「應該是，那就再等等看。」

「啊！那裡有人出來了。」

都警監指向對面。

「那個人就是尹鎮警衛。」

「是嗎？有兩個人，尹鎮警衛是哪一個？」

「左邊。啊，那個人……」

「怎麼了？你知道旁邊那個男人是誰嗎？」

「覺得很眼熟……」

「是不是因為長得帥？看起來有點像藝人。」

「啊！我想起來了。是他沒錯。在牛津俱樂部前面……」

「俱樂部？是什麼時候的事？」

「還會是什麼時候？之前不是有潛入俱樂部調查嗎？」

「你那時候有看到他？為什麼？」

「當時他看上去只是個普通人。現在該怎麼辦？他們分開走了。」

「你先跟上尹鎮警衛。我去調查那棟大樓。」

「你自己去沒問題嗎？」

「沒事，千萬不要跟丟了。」

「我知道了。」

都警監下了車，看著羅警衛追上尹鎮警衛之後便匆匆穿過馬路，進入了尹警衛離開的建築物入口。建築物後方還有一個可供進出的門。

都警監仔細觀察樓上，小心翼翼地爬上樓梯。當他到達二樓時看見一扇鐵門。在確認鐵門後的狀況後，他打開鐵門來到了通往三樓的樓梯。

就在他要往樓上走時，聽到了沉重的開門聲，於是停下腳步看向門口。然而門只是打開卻沒人出來。都警監迅速躲到樓梯欄杆後方，仔細觀察情況，可是過了好一陣子依舊沒有人出現。

他躡手躡腳地跑到打開的鐵門後躲了起來，再慢慢地將臉探出門邊查看裡面。

「都警監。」

「誰……？」

二〇一七年，李延佑命案當天

重案二組為了慶祝李延佑警衛晉升為銅雀警局刑事科重案一組組長舉辦了歡送會，並順便一塊聚餐。所有人都齊聲祝賀穿上制服的李警衛。

「李刑警，恭喜你。啊！現在要喊你組長了吧？」

崔友植警查鼓掌祝賀時，李警衛趕忙擺手制止他，說道：

「現在還不是，崔刑警。明天才是正式到職日。現在隨便叫就好。」

「是沒錯啦。雖然是從明天開始，但我們還是從現在先改口叫你組長吧。」

「哎，閔組長，不要這樣，太誇張了。」

「幹嘛這麼害羞？從明天起，你就要帶領重案一組了。今天是你在重案二組最後一次聚餐，休想逃啊。這可是我拿李組長你升遷當藉口特意安排的聚餐，明白嗎？」

「我知道。我哪時候說我要逃了？」

崔警查走到閔宇直警監身邊小心翼翼地說道：

「閔組長，我處理完盜竊案後就過去。」

「什麼？你還沒處理好嗎？今天是難得的聚餐……」

「對不起。我會盡快處理。」

在一旁看著的李警衛猶豫了一下，對閔警監說：

「閔組長，我也還有一點工作要處理。你和其他同事先出發吧。」

「你可是今天的主角……。也對，主角總是最後才登場。好吧。那我們先去準備，你看準時間再過來。知道嗎？」

閔警監和重案二組的隊員全都離開了，只留下崔警查和李警衛兩人繼續處理未完成的工作。李警衛時不時看向門口與查看手錶，顯得很焦急。

「李組長，怎麼了？」

「啊？喔，沒什麼。我在等安刑警，有東西要給他。」

「是嗎？你先出發吧，我幫你轉交後再去會合。大家可是都在等主角登場。」

「可以嗎？」

「可以啊。我還有一份報告要寫。腦袋不靈光就是比較辛苦。唉，我為什麼每次都落到這地步……。」

崔警查打了下自己的頭，露出了笑容。

「難免會這樣。那就拜託你了，是這個信封。」

李警衛把一個密封的白色信封遞給了崔警查。

「這是什麼？」

「是文件。你只要轉交給安刑警就行了。一定要親自轉交。知道嗎？」

「好！別擔心，你快過去吧。安刑警來了我會轉交給他，再立刻趕過去。」

崔警查把白色信封放在一旁的桌上，專心寫報告。

寫完報告的崔警查等著安巡警，最後等不下去，於是將信封放進抽屜後便前往聚餐地點。

「我來了。」

「喔，你來啦？」

崔警查東張西望問道：

「李延佑組長去哪裡了？」

閔警監啪地放下酒杯說。

「唉，今天的聚餐泡湯了。突然出了點事。」

「有案子？」

「對啊。范秀匆匆忙忙跑來把他帶走了。畢竟他現在是一組的組長，我也沒辦法攔著。」

「是嗎？那組長你為什麼還在這裡？」

「為什麼？總是要趁機會喝一杯啊，所以我才留在這等你。」

「是嗎？那我當然樂意奉陪啊。哈哈哈。」

二〇一七年，李延佑命案發生三天後

「南始甫！沒想到你是這種人！難道你看不出來嗎？組長怎麼可能！你覺得他像是會殺人嗎？他那麼照顧你……。」

「什麼？」

「你，算了。總之，這是刑事科的緊急狀況。刑事科要我退出這個案子，我無能為力。更讓人擔心的是，警察廳廣域搜查隊要親自調查……。被任命為總組長的蔡警長親自出馬，他是組長的萬年死對頭，如此一來情況只會對組長更不利。總之，事情已經變成這樣了，你見到組長一定要聯絡我。如果還是覺得不安，至少把我說的話傳達給組長，知道嗎？一定要！」

「我會的。」

「好。還有，要是有什麼事，就打這支號碼給我。」

當時，閔宇直警監正在被通緝，而崔友植警查因為聯絡不上他，不得已才聯絡南始甫，解釋情況之後便掛斷了電話。

「組長幹嘛找這種傢伙幫忙？」

崔警查自言自語道。

「他真的有看到李刑警的屍體？有夠扯！」

崔警查拉開抽屜，拿出了李警衛要求轉交給安巡警的信封。這時，信封上的原子筆滾到了地上。

「啊！這支筆……」

那是崔警查在洗手間偶然發現的李警衛的筆。當時還沒發現李警衛的屍體，原子筆掉在洗手間小便斗角落被崔警查撿到。崔警查不小心按下了按鈕，隨著「喀噠」一聲，原子筆裡傳來了李警衛的聲音。

「金刑警！這是哪裡？你不是說是案發現場嗎？」

「請等一下，李刑警。」

崔警查嚇了一跳，又按了下原子筆的按鈕關掉聲音。他四處張望確定沒有其他人，然後離開辦公室找了個沒人的地方，再次按下原子筆的按鈕。

「誰要來……咦！蔡非盧系長，你怎麼會來這……？」

「李延佑，是我想見你。我打聽過了，原來是你啊？是你向警察廳告發我和範鎮？你以為我會被矇在鼓裡吃悶虧嗎？在你告發之前，我已經先動過手腳了，但範鎮的貪汙事件馬上就被報了上去，而範鎮和我有點……你應該很清楚吧？」

「什麼意思？」

「你這樣我會有點傷心喔，我話都說到這了，你起碼要下跪求饒吧……。竟然還告發範鎮，是不是太過分了？再怎麼說，大家都是混口飯吃的，你真沒人情味，所以你啊……。唉，反正你就是這樣。」

「蔡非盧系長，我不知道你究竟在說什麼。」

「喂！混帳！我話都說這麼白了，你還不快給我跪下求饒啊！操……氣死我了！」

「李警衛，如果你現在老實承認，請求原諒……」

「蔡非盧系長，總有一天會真相大白，我只是稍微提早做這件事而已，您應該去自首……」

「喂！閉嘴！我可不是想聽這些才帶你過來！」

「範鎮，想清楚，現在還不遲……」

「金刑警，還等什麼？」

「是，系長。延佑大哥，抱歉了。」

「什麼？你想做什麼……嗚……噢。」

金警衛突然取出一條繩子，套在李警衛的脖子上。

「李延佑，所以你幹嘛多管閒事？你才剛晉升組長，前途一片光明，何必搞出這些麻煩。」

李警衛雙手緊緊握住掛在脖子上的繩子，問道：

「你到底想怎樣？難道殺了我就能掩蓋你那些貪汙行徑嗎？」

「貪汙？你覺得是因為這個嗎？」

「不然有其他原因嗎？」

「看看這小子，又在裝傻。範鎮，再拉緊一些。」

「是，系長。」

「為什麼要這樣？金刑警，連你都……為什麼要做這種事？為什麼？」

「再給我用力，臭小子！」

「是！」

「唔……呃……。嗶、嗶。」

「搞什麼？怎麼斷在這裡？媽的！」

崔警查轉動原子筆，試圖確認是否有後續的內容，但是沒有找到其他錄音。

「看錄音的日期……是蔡非盧系長……。」

崔警查打開了白色信封，從信封裡拿出文件仔細查看，接著急忙打了電話。

「友哲，我需要你的幫助。」

「幫助？要幫什麼？」

「電話裡說不清楚，當面說吧。」

「知道了，那我過去找你吧？」

「可以的話就太好了。」

「知道了，哥。我會盡快趕到，到時再聯絡你。」

現在。主日大樓命案D－2／崔友哲、羅相南刑警命案D－2

門外沒有任何回應，崔警衛沮喪地回到了徐議員身邊。

「敏珠，發生什麼事了？妳為什麼會來這裡？」

「友哲，你到底怎麼了？」

「什麼意思？」

「你不能跟我說實話嗎？」

「沒頭沒腦地在說什麼。怎麼了嗎？妳為什麼要這樣說？」

「你為什麼會走到這一步！」

「敏珠，妳……」

「對，我全都知道了。」

「妳是怎麼知道的？」

「閔宇直組長也知道。」

「什麼？這是什麼意思？敏珠，聽我解釋，那是……」

「不要再找藉口了，我只想知道真相。我來這裡就是為了聽你親口跟我說。」

「我不知道妳是從哪裡聽說了什麼，但是……好吧，我全都告訴妳。」

「你到底是發生過什麼事？」

「敏珠，希望妳能理解。我也不知道事情會變成這樣。」

「好，說吧。為什麼？為什麼要這麼做！」

徐議員的眼眶瞬間泛紅，似乎隨時會落下眼淚。

●

我當時在水原工作。有次負責一起黑道案件，我埋伏了三天，黑道老大終於在俱樂部現身。

「班長，出現了。」

「我叫支援組過來，你繼續監視他。」

「不要吧，不如趁現在進去抓他。」

「光靠我們是不可能的，等支援人力到再說。」

「如果這次再失手，後果不只是單純的減薪，還可能會被停職或降職。」

「友哲啊，我了解你的處境，但擅自行動只會有反效果。保持冷靜。」

「呼……。那我靠近一點看看就好。」

「好吧，你去，可是不要輕舉妄動。」

我在俱樂部附近觀察，但待在車上的班長被黑道發現拉進俱樂部，我能怎麼辦？沒辦法，只好拿起放在後車廂裡的棒球棒，不顧一切地衝了進去。然而，班長已經在他們手裡……我瞬間失去理智，用棒球棒瘋狂毆打所有出現在眼前的人。

幸運的是，支援組很快地趕到，將那幫黑道份子一網打盡。不過，在那次行動中，有幾個黑道份子不幸喪生。我明明是為了正當防衛卻被指控謀殺，甚至被拘留。更讓我憤怒的是，沒有一個同事為我出面說話。

最後，我被拘留接受檢察機關的調查，所幸負責該案的檢察官聽取了我的證詞，決定不起訴我。如果不是那位檢察官，我現在不會在這裡。

二〇一七年，李延佑命案發生三天後

在安靜的咖啡廳裡，崔友植警查和崔友哲警衛面對面交談。

「友哲，謝謝你。」

「謝什麼？哥來拜託我，身為弟弟的我能坐視不管嗎？」

「很高興聽你這樣說。你也很了解閔宇直組長的為人。」

「對。哥時常提到閔組長，我很清楚。」

「沒錯，他絕對不是那樣的人。你也聽到了，這顯然是蔡非盧系長和金範鎮刑警策劃的。」

「我也覺得是。哥，這件事還有誰知道？」

「我誰也不信所以才來拜託你。雖然沒想過會遇到這種事，不過有個當警察的弟弟，讓我感到很踏實。」

「幹嘛這麼說？你明知道我就是因為哥才當警察的。」

「是啊。不過你比我優秀，還考進了警大……」

「幹嘛又說這種話？那不是重點，哥是我見過最好的警察。」

崔友植警查把手放在弟弟的手上說道：

「謝謝你。」

「你打算什麼時候約閔組長在哪裡見面？」

「一聯絡上他，我就會馬上約他見面。你要一起來嗎？」

「好。到時候記得聯絡我，知道嗎？」

「知道了。你這麼忙還特地跑一趟，謝了。啊，這件事暫時保密，我們自己知道就好了，拜託了。」

「好。別擔心。」

「回去路上小心。」

崔友哲警衛一走到外頭就向某處打了電話。

第15話

浮出檯面的事實

現在。主日大樓命案D－2／崔友哲、羅相南刑警命案D－2

「都警監，進來吧。」
閔宇直警正脫下帽子，走上前。
「閔宇直組長？」
「我就說吧？都警監一定會找到我。」
「原來組長沒事。」
都警監接著看見了閔警正身後的金承哲警監。金警監向都警監招手示意要他進來。
「歡迎。我還以為你會嚇一跳，沒想到反應滿冷淡的。」
「都警監，你來之前已經猜到吧？」
「我直到現在才確定了自己的推測，組長。」
「別站著，進來再說。」
都警監走進來掃視了一圈。南巡警這時也從房間裡出來向他打招呼。
「警監你來了。」
「咦？南巡警怎麼會在這裡？」
「我也是很突然被帶來的。」
「那件事之後再慢慢聊。坐吧，我有很多話要說。」
閔警正坐在椅子上，用手指了指旁邊的椅子。

「是嗎？那你怎麼不早點告訴我呢？」

「怎麼？都警監你生氣了嗎？我還以為你能理解……。」

「我是可以理解，但心情上過不去。」

「你說的也對。都警監，對不起。我該怎麼做？把來龍去脈解釋清楚比較好，但……現在……。」

「能看到組長慌張的模樣真不錯。」

都警監微微一笑，這才坐到閔警正旁邊，繼續說道：

「我大致猜得到組長為什麼會這麼做。直接進入正題吧。」

「好。我也認為都警監來到這裡應該就都明白了。我希望你能再檢視一下呂南九同學留下的證物。」

「證據在你們手上嗎？」

「幸好金承哲警監有把部分證據轉存到手機裡了。」

「原來啊。證物的手機突然不見，還懷疑是內鬼……太好了，請給我看看吧。」

金警監拿來筆電，放在都警監的面前，並打開了資料夾裡的照片檔。

「原來是把文件拍下來了。」

「是的。」

「看起來像什麼的名單，是黑暗王國的成員名冊嗎？」

「看起來很像對吧？」

「所以不是嗎？」

「繼續看下一張照片。」

都警監連續點開幾張照片，最後一張照片是印有黑暗王國王冠徽章的文件。

「看來沒錯，這真的是黑暗王國的成員名單……」

「有些拍得太匆忙被裁掉了，有些是晃到所以模糊。」

「但至少可以看清楚職位和姓名，要查出身分應該沒什麼問題。」

「都警監，請仔細看一下職位部分。」

「職位？這些……不都是高階公務員嗎？有些看起來和蔡利敦議員給的文件一樣。」

「蔡利敦議員？」

「是，組長。蔡利敦議員提供了黑暗王國的相關資料，看起來和這份文件相同。你想看一下嗎？」

「現在可以看嗎？」

「等一下。」

都警監打開網頁，連接到某個地方下載了文件。

「請看這裡。這是蔡議員交給我的文件。」

「這就是我最一開始看到的那份資料。原來是蔡利敦議員的啊，果然。承哲，你過來看看。」

金警監將筆電轉過來查看了畫面顯示的文件。

「沒錯。是同一份，只是職位旁邊沒有名字。」

「對吧？所以這份是原檔，我想蔡議員交給我的是修改過後的版本。」

金警監將筆電推回給都警監，說道：

「名單上的前任和現任高階公務員有一個共同點。」

「共同點？是什麼？」

「他們都隸屬於同一個團體。」

「所以他們都是……」

閔警正將手搭在都警監的肩膀上說道：

「他們都是檢察官。」

「檢察官？」

都警監瞪大眼睛望著閔警正。

徐敏珠議員歪著頭，反問崔友哲警衛：

「檢察官認定你無罪？」

「對。我只是把我們的情況告訴了那個檢察官。」

「你說『我們的情況』……所以你向他透露了內部情報？」

「我只是覺得這可能會有幫助……」

「真的嗎？」

崔警衛抓住徐議員的手說。

「相信我，敏珠。」

「那位檢察官叫什麼名字？」

「我不能說。這必須要保密……」

徐議員抓住崔警衛的雙臂說道：

「友哲，你要老實說，這樣才能解開誤會。」

「誤會……。是啊，都是我的錯，我相信了那個檢察官的話……。」

「告訴我是哪個檢察官。你沒想過是他想殺了我和組長嗎？」

「什麼？檢察官嗎？」

「對，你沒想過內部情報會外洩嗎？」

「我知道。可是我……不，不會的。」

崔警衛搖了搖頭。徐議員調整好呼吸後說道：

「你被那個檢察官騙了。黑暗王國的成員中也可能有檢察官。友哲，你剛才說的都是實話吧？」

「妳不相信我？」

徐議員搖著頭拍了拍崔警衛的手臂。

「不是。好，我明白了。謝謝你。」

「讓我和韓檢察官當面談談。」

「韓瑞律檢察官……。友哲，其實……」

叩叩叩！

安警衛在外面敲門說道：

「徐議員，該出來了。」

「抱歉，我要先走了。」

「敏珠，拜託妳相信我。替我跟韓檢察官說聲抱歉，好嗎？」

「好，我知道了。」

徐議員轉身走了出去。崔警衛望著徐議員的背影，低下頭深深嘆氣。

二〇一七年六月

崔友哲警衛接起手機，另一頭傳來崔友植警查緊張的聲音。

「友哲啊，我會在死六臣公園和組長見面。別遲到，準時過來。」

「知道了，哥。你有跟組長說我也會去嗎？」

「我沒有說。怎麼了？要先跟他說嗎？」

「沒事，無所謂。我會準時到。」

「謝謝。晚點見。」

崔警衛掛斷電話後，又撥了通電話給某人。

「檢察官，是我。」

「嗯。你們約在哪裡見面？」
「約在死六臣公園。」
「崔刑警不必過去，我們會看著辦。」
「我哥……」
「已經說了，我們會看著辦。」
「好的。」

現在。主日大樓命案D－2／崔友哲、羅相南刑警命案D－2

黑不見底的深夜，漢江公園裡一名男子打開了副駕駛座的車門，車內燈亮起，駕駛座上坐著的是徐弼監科長。朴聖智記者從副駕駛座上車，說道：
「這裡好陰森。」
「不錯吧？」
「是不錯啦……。啊，我調查過李弼錫議員的案子。李議員死的那天，權斗植確實在那間公寓。李德福雇用的兩名中國人親眼看到他。」
「所以真的是權斗植殺的？」

「沒有人目睹犯案過程，只能說命案確實是在權斗植見了李弼錫議員之後發生。」

「這樣啊？不過你是怎麼查到的？」

「為什麼要問？你明知道我必須保護線人，不能透露太多。」

「我知道。因為你辦事比一般刑警還優秀，我才好奇問一下。還有別的情報嗎？」

「據說權斗植那傢伙攀上了南哲浩議員。」

「只是傳聞嗎？」

「我還沒完全弄清楚，只是有這樣聽說……。」

「這件事我也有聽說過。究竟是怎麼一回事？還是南哲浩收買了一星？」

「我還在調查，等確定了再告訴你。」

「辛苦了。」

「不會。啊！聽說你見到閔宇直組長了？怎麼會這樣？」

「就是啊。我也很驚訝。」

「他恢復意識了嗎？」

「不是恢復意識。」

「所以是……？」

「事情是這樣的。我去見徐道慶總警……」

徐總警一大早說要吃雪濃湯，於是我到了他說的一間小餐廳。我走進店裡就立刻看到一個戴帽子的男人坐在那裡。我以為是徐總警，於是上前打了招呼。

「徐總警？」

「歡迎，徐科長。」

但是脫下帽子向我打招呼的人，竟然是閔宇直系長？

「怎麼回事？閔組長？」

「對，是我。」

「為什麼是你？不對啊……這是……」

「嚇到了吧？先坐下吧。」

我坐在椅子上，再次仔細打量他的臉確認。

「科長，其實我……」

閔系長解釋了這段期間發生的事。

「原來有這種事？不過你人平安真是太好了。」

「謝謝，我應該早點跟你見面解釋才對，但情況變成這樣。」

「就是啊。不過幸好你及時出面，現在可以把所有事情攤開來談了。閔系長也是這麼想的吧？」

「當然。這就是我會出面的原因。」

「這陣子發生的事，你應該已經從尹警衛那裡聽說了。」

「對，非常有幫助。現在輪到我分享情報了。」

「閔系長從當初蔡利敦議員、蔡非盧警正的案件證據中，收集了有關社交派對的情報。他認為社交派對是由某個組織主導，而該組織殺害了李弼錫議員和李大禹大法官。他一直在找證據來證明這個推測。聽說他們已經快查到組織的真相了。」

「閔宇直組長所說的組織和金基昌有關嗎？」

「閔系長似乎還沒有把組織和金基昌聯想在一起，但應該沒錯。」

「科長認為兩者有關嗎？」

「當然。我認為那是金基昌成立的組織。不，或許還有幕後黑手。」

「你知道那個組織叫什麼嗎？」

「黑暗王國。」

「黑暗王國？」

「對。你有聽過嗎？」

「沒有。我第一次聽說這個名字。」

「以前韓東卓班長有提過一個『黑暗部隊』。」

「『黑暗部隊』的話……」

「我應該說過吧。那是隸屬於前安全企劃部組織，成立一年就被解散。」

「對，我記得，所以你認為那個組織和黑暗部隊有關？」

「還需要進一步調查，但如果金基昌涉及其中的話，那肯定和黑暗部隊有關。」

「我也會再確認。」

「好，多深入打聽一下。還有，你調查黑暗王國的時候要小心。閔系長交代過不能對外透露。」

「我知道了。當然要小心。還有別的事嗎？」

「閔系長說搜查組裡有內鬼。」

「和科長你猜的一樣。」

「閔系長說他之所以偽裝成重傷也是出於這個原因。」

「原來如此。那查出是誰了嗎？」

「有，他說他知道是誰了。」

「所以誰是內鬼？」

「比起那個人的身分，重要的是，他之前並不知道李延佑警衛和崔友植警衛的死與金基昌有關。」

「的確，那時候只單純當作是貪汙結案。」

現在。主日大樓命案D－1／崔友哲、羅相南刑警命案D－1

吳民錫和韓瑞律檢察官肩並肩坐在高空景觀酒廊，望著窗外雨景。儘管是白天但天空烏雲密布。

「就是那裡。我第一次見到韓檢察官父親的地方。」

「哪裡？那邊的手機店嗎？」

「不是。店前面的人行道。以前那裡有個小吃攤，現在沒了。」

韓檢察官移開望著窗外的視線，說道：

「現在還不到感傷的時候。我一定會抓到殺我爸的凶手。即使是你也不會放過。」

「原來妳還在懷疑我。沒關係。反正等查出真凶就知道了。」

「你不是說有東西要給我嗎？現在拿出來吧。」

「不是應該先找出殺害你爸的凶手嗎？」

「不。首先是要抓到我爸當時追查的犯罪組織。我爸也會希望如此。」

「果然有其父必有其女。」

吳民錫把手提箱放在桌上，裡頭裝有文件袋和平板電腦。

「這些是我目前收集到的資料。如果這些東西公諸於世，一定會掀起一場風暴，尤其是在選前。」

「這麼多資料？」

「是啊。妳自己看吧。」

吳民錫從手提箱裡拿出文件袋遞給她。韓檢察官從袋中拿出了一些照片。

「這些是照片。」

其中一些照片與蔡利敦議員提供的相同。

「這些照片我們已經拿到了。」

「拿到了？怎麼拿到的？」

「我不能告訴你。」

「好。那我就……」

韓檢察官伸手將手提箱拉到自己面前。

「喔……。嗯，好吧。反正已經決定給妳了，就隨意看吧，不過……」

吳民錫說到一半停頓。

「怎麼了？」

「有一些讓人臉紅心跳的東西。沒關係嗎？」

「我現在是檢察官，不是女人。」

「啊！好，抱歉。」

韓檢察官將手提箱裡的文件逐一拿出來仔細查看，其中大部分都是照片。照片捕捉到出入別墅的人們，和他們在那裡尋歡作樂的情景，此外還有些令人衝擊的場面。

另一個文件袋裡有份記錄賄賂明細的帳簿，在名為「新成俱樂部」的分類中，按照人名詳細記錄賄賂金額和交付日期。

「新成俱樂部是什麼？」

「據我所知那是在第五共和國時期，包括政經界的權貴人士參加的聚會。完全不對外公開、極度封閉，只有和成員家族聯姻才能加入，所以妳才會沒聽過。他們經常在主日大樓舉辦派對，但外界從來不知道。」

「派對？社交派對是新成俱樂部……所以不是黑暗王國嗎？」

「黑暗王國……。妳再看一下別墅的照片。」

「別墅？」

韓檢察官再次查看別墅的照片。

「照片裡的人，看一下是誰。」

「啊！這……。」

「我以為檢察官應該可以馬上認出來……。」

「這些人都是檢察官。」

「現在明白了嗎？」

「所以說，黑暗王國是檢方的組織嗎？所以你才不告訴我黑暗王國的事？因為我也是檢察官？」

「不是這樣的。準確來說，那是由前任和現任檢察官組成的組織。當時我只是覺得沒有證據的情況下，說是檢方組織妳可能不會相信，所以才沒說。」

「天啊……。檢方內部竟然有這樣的組織……。」

「妳知道金基昌吧？」

「他在檢察界很有名。」

「是啊。是那位長官建立的組織，和南哲浩議員一起。」

「南哲浩議員就是……」

「對。他擔任過檢察總長，妳應該也認識。」

「所以說，新成俱樂部和黑暗王國完全沒有關係嗎？」

「我不這麼認為。我認為金基昌想要併吞新成俱樂部。」

「併吞？」

「他非常覬覦新成俱樂部。這段期間，黑暗王國可以說是一直依賴新成俱樂部的資金，等同於寄生在新成俱樂部。但他現在似乎要讓新成俱樂部居於黑暗王國之下。」

「這件事還在進行中。」

「沒錯。因為新成俱樂部的成員們都不是普通角色，還有……」

吳民錫停頓了一下，陷入了沉思。

「怎麼了？有什麼事嗎？跟我說吧。」

「我還不確定，但是……聽說新成俱樂部的成員中，包括前任ＶＩＰ。他們不會拋頭露面，而是躲在幕後操縱一切。據說他們手上握有著黑暗王國的致命弱點。」

「致命弱點？是什麼？」

「韓檢察官也知道。李敏智的案子。」

「李弼錫議員的性侵案嗎？」

「那不是單純的性侵案。先看一下平板電腦裡的錄音檔和影片吧。」

吳民錫解鎖平板電腦，韓檢察官立刻接過來打開了檔案。

「戴上耳機。」

韓檢察官從包裡拿出耳機連接後，播放了錄音檔。

「這個人的聲音聽起來有些年紀……。」

「啊，那應該是金基昌。」

「金基昌……。」

錄音檔正在播放的是金基昌對一星和七星下指示的聲音。

「我好像有聽到你的聲音。」

「沒錯。那是指示我和一星替他除掉政敵的錄音。」

「原來他會親自下指示。」

「這種情況很少見，那次只是我剛好在場。剩下的錄音是一星對我下達指示的內容，他會傳達金基昌的指示給我。」

「他指示的這些任務都已經執行了吧？雖然都是以自殺結案。」

「沒錯。我們只要盡可能偽裝成自殺就可以了，警察和檢察官會負責以自殺結案。」

「這是黑暗王國策劃的嗎？」

「對。黑暗王國雖然是檢方的組織，但分布在各處。無所不在，國情院、司法部也有……。」

「可以說有權力的地方就有黑暗王國，而且是由金基昌和南哲浩議員創立的組織。」

「沒錯。他們創造了黑暗王國。雖然有謠言說金基昌背後還有人，但據我所知是由他主導。」

「你說黑暗王國的致命弱點，就是這個錄音檔嗎？」

「不是的。裡頭還有個影片，打開來看吧。」

韓檢察官播放了影片檔。

「啊！這是……」

「妳還好嗎？」

「啊……。」

韓檢察官看不下去，關掉了影片。

「看吧，我早就說了。」

「是金基昌嗎？」

「沒錯。一般人可能以為李敏智是因為性侵的過程被公開才自殺，但她其實是遭到謀殺。」

為了見崔友哲警衛，徐敏珠議員再次來到旅館。她一按下門鈴，安警衛就前來開門。

「議員又來了？」

「辛苦了。」

安警衛正在隔壁的客房裡盯著監視器畫面裡的崔警衛。

「我剛睡醒。昨天沒睡好。」

「我想見他一面，可以嗎？」

「當然可以。請跟我來。」

安警衛走出來打開崔警衛所在的客房，帶徐議員進到房裡。

徐議員進房之後，安警衛正準備關門之際，提前躲在門邊的崔警衛跑了出來，推開安警衛逃跑。徐議員急忙跑過來扶起摔倒的安警衛，大聲呼喊崔警衛，正想追上去時安警衛抓住了她的手臂。

「等一下，徐議員。」

「幹嘛？我們得快點去追他。」

「沒關係。我是故意讓他跑走的。不過他的動作比我預期得要快一些。」

「故意的？」

「組長要我製造機會讓他逃跑，我必須假裝要追他。議員先在這裡等，我馬上回來。」

安警衛慢了一步才跑出旅館，假裝要追崔警衛，過沒多久又回到旅館。

「安刑警，組長在哪裡？」

「我們一起走吧。他們在等妳。」

「等我？這都是計劃好的？」

「是的。請跟我走。」

安警衛帶著徐議員來到街區外一棟破舊建築物的二樓。閔宇直警正、金承哲警監和南始甫巡警都在那裡。鐵門打開，閔警正立刻出來迎接徐議員。

「歡迎，徐議員。安警衛，你現在馬上去找崔警衛，我們掌握他的位置之後就傳給你。還有，南巡警，你去找韓檢察官，請她過來這裡。」

「我知道了。徐議員，下次見。」

南巡警向徐議員打招呼後便出門，安警衛稍微用眼神示意後也跟著離開。

「徐議員，我們進去吧。」

徐議員跟著閔警正，問道：

「組長，你有什麼打算？你知道友哲在哪嗎？怎麼知道的？」

「其實我們昨天已經在崔警衛的鞋子和衣服上安裝了追蹤器和竊聽裝置。他都很晚才睡，費了一番工夫才順利裝上去。」

「真的是故意放他走的？為什麼？」

「我必須知道崔警衛所說的檢察官到底是誰，這是唯一知道真相的方法。抱歉，請再等一下，很快就會查出來了。」

「徐議員，請來這裡坐吧。」

「警監你好。」

金承哲警監走了過來，放下一把椅子後說道：

「過來吧，我們坐下來一起聽。」

等到徐議員坐定，金警監調高筆電的喇叭音量。筆電傳來了崔友哲警衛的聲音。

「我沒有辦法了。請派車到這裡。……過去之後我會解釋清楚，請先派車過來，現在很急……。我知道，我會小心不被發現，不用擔心。……好的，謝謝。」

噠！

「媽的！沒有半件事順利的。啊啊！」

「承哲，掌握崔警查的位置了嗎？」

「有，他還沒走遠，就在附近。」

「是嗎？那就傳訊息給安刑警告訴他位置。」

徐議員憂心忡忡地緊盯著螢幕，閔警正將手搭在她的肩上說道：

「徐議員，我也希望崔警衛說的是實話。」

「是的……我也是，組長。」

◎

「原來真的是他殺。所以組長的預測沒錯。」

「組長？」

「就是查覺到黑暗王國的存在，成立搜查組的組長。」

「啊，在加護病房裡的閔宇直刑警……。」

「看來沒有你不知道的事。陷害組長的就是黑暗王國吧？」

吳民錫搖頭說道：

「這件事我也不清楚。我會知道只是因為在呈交給社長的報告中有搜查組的內部情報。」

「朱社長的消息還真靈通。他真的不是黑暗王國的成員？」

「不是。黑暗王國只是把他當走狗一樣利用。」

「有什麼不同？黑暗王國的走狗也算是成員之一吧。」

「黑暗王國的成員只有檢察官。必須有檢察官背景才能加入。成員以外的人不過是黑暗王國的消耗品，我也是其中之一。消耗品甚至不會知道黑暗王國的存在。我第一次聽到黑暗王國的時候也不知道是什麼。」

韓檢察官疑惑地問吳民錫：

「那你是怎麼知道黑暗王國是檢方的組織？」

「李延佑刑警問過我黑暗王國的事，在那之後不久他就死了，我就是從那天開始查看社長所有的資料。在社長不知情的情況下找了幾個月的資料之後，偶然找到別墅的照片。在調查有哪些人進出別墅的過程中，發現他們都是檢察官出身，這才知道了黑暗王國。」

「那麼朱社長也知道黑暗王國的存在嗎？」

「我不清楚。沒辦法直接問，他也從來沒有在我面前提到過黑暗王國，所以他可能也不知道。」

「原來如此。所以新成俱樂部也有金基昌的影片嗎？所以才說是致命弱點？」

「既然社長手上有，新成俱樂部肯定也有。但奇怪的是，後來我又查了資料但沒有看到影片原檔。」

「所以這不是原始檔案？」

「不是。我複製完後，將原始檔案放回了原來的地方。」

「影片不可能憑空消失吧？會不會被轉交給新成俱樂部了？你知道新成俱樂部是誰主導的嗎？」

「我只知道他叫沈在哲會長。」

「那麼原檔應該在沈在哲會長手上吧。所以才成了黑暗王國……不，成了金基昌的致命弱點？」

「沒錯。李敏智就是因為這件事才犧牲。」

「那為什麼要叫李弼錫議員出來頂罪？而且最終還是殺了他。」

「據我所知，是他把李敏智介紹給金基昌。因為李弼錫議員也知情，所以才殺他滅口。」

「那李大禹大法官呢？」

「他判李弼錫議員無罪，金基昌不可能坐視不管吧。」

「沒有黑暗王國成員名單之類的東西嗎？」

「我沒找到。好像沒有。社長不知道黑暗王國的存在，所以沒想過要收集這個情報，或者根本就沒有所謂的名單存在。」

「不，有名單，但……。」

「有名單嗎？妳有親眼看過？」

「對。蔡利敦議員手上有，只是無法確認真實姓名……。」

「什麼意思？」

「沒什麼。總之……我明白了，謝謝你的配合。」

「不知道是不是太遲了。如果我們能更早合作……。」

吳民錫欲言又止，搖了搖頭繼續說道：

「不，沒事。明天我會讓朱明根去自首。」

「明天嗎？」

聽到韓檢察官驚訝的反應，吳民錫疑惑地問她：

「怎麼了？明天太晚了嗎？」

「不是，那明天我……」

「不用了，我和朱明根一起去警局。」

「他人在主日大樓嗎？」

「妳怎麼會……？」

吳民錫瞬間瞪大眼睛，韓檢察官露出淡淡的微笑說道：

「我只是試探一下，看來我沒猜錯。以防萬一，你們今天最好換個地方。」

「我一定會把他帶到警察局的，不用擔心。」

韓檢察官轉頭看著窗外，又回過頭望著吳民錫輕聲問道：

「你為什麼要幫助朱明根？」

「這是幫他嗎？我是在幫妳。」

「我們可以立刻逮捕朱明根，但你堅持讓他自首不就是為了救他嗎？為什麼？這段時間的相處讓你對他產生感情了嗎？」

「感情？……我沒有那種東西。」

「為什麼沒有？」

吳民錫看著自己映在窗戶上的倒影，說道：

「不知道。只是覺得看著他，就像看到了我自己……。」

這時，有人打電話給韓檢察官。

「抱歉，請等一下。」

「沒關係。妳接吧。」

韓檢察官拿出手機接聽：

「是，南巡警。」

「檢察官，我到了。」

「這麼快？不好意思，再等我一下。我再聯絡你。」

「好的。沒關係，事情結束後再聯絡吧。」

「謝謝。那待會見。」

韓檢察官掛斷電話看向吳民錫。他正在把文件裝回手提箱並整理座位。

「對不起。我們說到哪了？」

「沒關係。走吧。」

「那個……吳民錫，我有話要跟你說。」

「請說。」

「其實，我不應該告訴你的……那個……」

都敏警監和尹鎮警衛正在羅永錫警衛的房間裡交談。羅警衛聽了都警監的話露出失望的神情。

「警監，你是什麼時候知道的？既然知道為什麼不先告訴我呢？應該要跟組員說吧？」

「雖然我有預料到但沒有證據，我也是看到組長本人才確定。」

「那你是從什麼時候開始覺得不對勁？」

「還真堅持……。會開始懷疑是因為羅警衛說有特警隊的車在現場，之後又聽說那輛車是尹鎮警衛開的，才又更加確定。但因為沒有親眼看到也不好多說。先別管這件事，跟尹鎮警衛解釋清楚吧。」

尹警衛放下手上正在看的文件說道：

「警監，我已經聽完了說明，必須請轄區警局協助才能找到車輛。以調查失竊車輛的名義申請協助就不會被懷疑了。」

尹警衛猶豫了一下，小心翼翼地問道：

「……黑暗王國真的是檢方的組織嗎？」

「名單都是前任和現任檢察官，看來八九不離十。不過，還不能斷言已經找到全部真相，現在下結論還為時過早，需要進一步調查。」

羅警衛翻弄著這段時間調查的文件，問道：

「那我們至今在查的這些派對參加者呢？找錯方向了嗎？」

「有可能。或者他們和黑暗王國有什麼關係？朱社長可能是在黑暗王國和派對之間負責牽線的角色。」

尹警衛邊聽邊點頭，再次確認道：

「你認為是這樣嗎？」

「這是我個人的推測。朱社長有沒有可能會成為揭發黑暗王國和社交派對的關鍵人物……？我只是有這樣的想法。」

「關鍵人物啊……。影片裡的男人真的是金基昌嗎？」

「尹警衛你也看過了嗎？」

「我沒看到，是聽金承哲警監說的。」

「原來。雖然畫面有些模糊，但那人確實是金基昌，還有李弼錫議員。」

尹警衛搖著頭說道：

「這些可惡的傢伙……。竟然對那麼年輕的大學生下手。」

「要是真如組長所說，李議員是被謀殺的話……那就是金基昌為了掩蓋真相除掉了他和李敏智。」

羅警衛說道。

「所以金基昌就是黑暗王國的首領嗎？」

「很有可能。但誰也不能保證他背後還有沒有人在操縱，不能輕忽這個可能性。」

「我會留意。」

「如果我們能抓到謀害閔系長和金警監的人，不就更有機會查出他們的真面目嗎？」

「是啊，尹警衛說的對。我們集中精力追查那些人是誰吧。」

「是，警監。」

金基昌坐在書房桌前，四周被書櫃包圍。他正與大檢察廳刑事部科長嚴奇東檢察官談話。

「他接受您的提議了。看來他有馬上理解長官的用意。」

「那就好。既然毫不猶豫接受，表示他也有考慮過這件事。」

「他一聽到檢察總長眼睛立刻發光。我事先打聽過，他不像是會隱藏情緒的人，內心想什麼都寫在臉上。我唯一擔心的是……」

嚴檢察官猶豫著看了看金基昌的臉色。

「怎麼了？你想說什麼？」

「不知道這會不會是養虎為患……。」

「好好把老虎養大，讓他擋在前面不就行了？新生的老虎才勇猛啊。不是嗎？」

「您說的沒錯，但難保他不會反咬我們一口……。」

「別擔心。替他戴上嘴套，想咬也咬不成。」

「您有什麼想法嗎？」

「這個以後再說，再多聊一下那個人。他之前在國會營運委員會上狠批政府時說了什麼？」

嚴檢察官握緊雙拳，改變聲音模仿道：

「檢方不會再受特定人物擺布，將會把焦點放在組織與國民並致力於調查工作，請各位放心。」

「是啊。當時聽到還覺得很唐突……。原來如此，我沒看錯人。」

「是嗎？我們因此猶豫了很久，不知該不該推薦他。」

「你說他現在是高等檢察廳的廳長對吧？」

「是的。他原本被降職到地方，在這任總統上台後晉升成了高檢長。」

「不知道他是隻小老虎，還讓他坐上高檢長的位子啊。你覺得他有機會被任命為檢察總長嗎？」

「外界認為他在政治上是採中立態度，應該沒有問題。也有傳言青瓦台考慮下任檢察總長的人選是他，因此只要能得到推舉，出任檢察總長不會有問題。只不過，不知道在野黨會不會反彈。他不是拘留了曾是總統候選人的黨代表嗎？」

「不用擔心這個。他們只會出來做做樣子，再假裝吵不贏。」

「您已經都談好了嗎？」

「是要談什麼……如果我想要他上來，就會是他。你還不了解我嗎？」

「不是的。」

嚴檢察官擺手否認時，從口袋裡傳來了手機鈴聲。

「抱歉，長官。」

他趕緊拿出手機掛斷了電話。

「接吧，沒關係。」

「不用了。」

電話馬上又響了起來。

「沒事，你就接吧。」

「那我先失陪一下。」

嚴檢察官往後退接聽電話。

「什麼事？我不是說過不要打這個號碼。……沒頭沒腦地在說什麼？要我派車？……好，我知道了，我會派車過去，小心別被跟蹤。我不能講太久，把地址傳給我。」

金基昌對講完電話的嚴檢察官說：

「以防他沒得到提名，再向我報告法務部那邊的人選是誰。」

「是，我知道了。這次也要用那個方法嗎？」

「稍微抖一下就會出來了。媒體一家一家去放消息就好，不難。話說回來，那件事現在怎樣了？」

「我先放消息給媒體，也限制了發布時間。不用擔心，只要您下指示消息就會放出去。」

「如果輿論對我方不利時就放出去。懂嗎？」

「只要您說一聲，隨時都沒問題……。不過媒體那關他撐得住嗎？」

「我們什麼時候等過媒體自己寫報導了？怎麼操作你也很清楚不是嗎？做好準備。」

嚴檢察官立正，低下頭回答：

「是。我明白了，長官。」

「這次應該好好打造我們的世界了吧？黑暗王國掌握大韓民國的日子不遠了。」

「我全心全意期待那一天到來。」

「很快就能迎接真正的春天了。所以做好萬全準備，不要再失敗了……。到時候……你懂的吧？」

金基昌抬頭看著嚴檢察官。嚴檢察官微微低下頭答道：

「我明白。我會做好準備，確保實現大業的過程中不會有任何失誤。」

「是啊，只要一步步照計畫去做就行了。有誰擋路就不擇手段除掉，知道嗎？」

金基昌用凶狠的眼神瞪著桌子一角。

「我知道了，長官。請放心。」

「籌措資金進行得還順利嗎？朱社長表現如何？」

「朱社長在籌錢方面可是高手。錢都陸續進了帳戶，不用擔心。」

「太膚淺了……。」

嚴檢察官沒聽清楚金基昌的自言自語，問道：

「長官，您說什麼？」

「事情完成後，處理掉朱社長。」

「什麼？處理……那個……。」

「聽不懂嗎？」

「不是，但為什麼……？」

「你問我為什麼？」

金基昌嚴厲地瞪了嚴檢察官一眼。

「對不起，我會處理的。不過……可以請教原因嗎？他辦事能力很好，將來會很有用處……。」

「沒錯。他很能幹，但城府太深。我原以為他只喜歡錢，但似乎野心也不小。聽說他去見過南哲浩，你不知道這件事嗎？」

「不是因為他的老本行嗎？南哲浩議員也是看中朱社長的錢才接近他。」

「金錢不是唯一目的，所以等籌錢的事告一段落，就安靜地處理掉。還有，朱社長收集到的資料全都要回收，知道吧？」

「是的。這些我都會處理好。」

「好。你可以走了。」

金基昌轉過身，做了個手勢示意嚴檢察官離開。

崔警衛躲在漆黑的地下室階梯，聽到建築物外傳來汽車喇叭聲，嚇了一跳急忙跑上樓梯，直接坐進了停在建築物前的汽車後座。

「你怎麼現在才來？以為我很閒嗎？」

「不是的，真的出了緊急情況。你聽了也會嚇到。」

「所以我不是來接你了嗎？先到安全的地方再說。司機，出發。」

車一發動，崔警衛便急切地說道：

「沒時間了。閔組長還活著！」

「你說什麼？你是在說閔宇直嗎？」

「對，所以……」

「他是還活著沒錯啊。你不知道他在加護病房嗎？」

「不是，我的意思是他在加護病房只是偽裝。」

「偽裝？」

「對啊。他人根本沒事！」

對方似乎不相信崔警衛，歪著頭反問道：

「真的？你親眼看到的？」

「他人就出現在我面前，你知道我有多驚訝嗎？」

「你知道閔宇直現在人在哪裡嗎？」

「我不確定，但可能在我被抓去關起來的那間旅館。」

「你被抓去關？」

「對，組員好像知道我就是間諜。」

「他們知道多少？」

「我不清楚。我努力說服他們是誤會，但閔宇直組長好像不相信，所以我才逃跑。」

「這麼容易就逃出來了？」

「哪裡容易？我好不容易才逃出來的，是我走運。」

「好吧、好吧。你覺得閔宇直知道多少？」

「他好像知道三年前我哥的事。」

「三年前……」

一天前

崔警衛翻來覆去難以入眠，這時旅館房間的門突然打開，有人走了進來。

「是誰？」

「是我，宇直。」

「組長？」

崔警衛急忙起身，找到電燈開關打開了房間的燈。

「組長！」

「友哲啊。」

「你怎麼會……」

「嚇到你了吧？」

「啊……。」

崔警衛張大嘴巴，但卻說不出半句話，只是望著閔警正。

「友哲啊，抱歉。我沒別的辦法了。」

「不……不是的。看到組長平安無事我很高興。」

「謝謝你。友哲啊，現在老實跟我說吧。」

「大哥，我已經都告訴徐議員了，這之間好像有什麼誤會，我只是……」

「嗯。我已經從徐議員那裡聽說了。你拜託過一位正義的檢察官幫忙？」

「沒錯。原來你已經知道了。我真的沒有惡意。」

「好。那就老實告訴我吧。」

閔警正看著崔警衛的表情，小心翼翼地接著說道：

「三年前，你哥在死六臣公園過世的事。」

「為什麼要提這個？」

崔警衛反應激烈。

「我知道這是你和我都忘不了的傷痛，但有件事我必須要弄清楚。」

崔警衛的瞳孔顫抖，無法直視閔警正。

「那天友植跟我約好見面……你也知道對吧？」

「我不懂你想說什麼。」

崔警衛別過頭，閔警正抓住他的手臂說道：

「友哲啊，你一定要老實告訴我。」

崔警衛看了閔警正一眼，再次避開視線說道：

「大哥……。是，沒錯。哥要我一起去見你，但因為局裡突然有案子，我沒辦法過去……。對不起。因為當時那件事，我也……」

「原來如此。因為我檢查過友植的手機，那天有他和你的通話紀錄。」

「對不起。我覺得是我沒遵守約定，才害死了哥……因為愧疚才沒能說出口。」

閔警正拿開原先抓住崔警衛手臂的手，撫著他的背安慰道：

「好，我明白了，謝謝你說出來。先休息吧。」

「你相信我嗎？」

「當然。我不認為你會說謊。快睡吧。」

「謝謝大哥。」

徐議員聽完他們的對話，看著閔警正問道：

「組長，友哲那天原本要和他哥一起跟你見面嗎？」

「是啊。他們兄弟倆約好要一起來見我，但他臨時有事不能來。」

「組長你早就知道了，為什麼還問？」

「我在這之前並不知道。是徐弼監科長告訴我，那天友植的通話紀錄裡有他，我一直保管著友植的手機所以查了紀錄，他們確實有聯絡。我又查了一下那通電話有沒有留下錄音，幸好有。」

「原來啊。那友哲說的就是實話啊。」

徐議員鬆了一口氣，閔警正卻遺憾地說道：

「不。他跟友植約好見面的那天，他的部門沒有發生案件。以防萬一我也問過了警局，結果發現友哲那天因為私事提早下班。」

「所以友哲是在說謊？」

「我想是的。」

南始甫巡警在大樓正門前徘徊，等著韓瑞律檢察官。開車從大樓停車場出來的韓檢察官呼喚南巡警。

「你為什麼在這裡等？可以去咖啡廳坐一下啊。」

「沒關係，事情都處理好了嗎？」

「對。快上車吧。」

南巡警坐上副駕駛座，一邊說道：

「檢察官，我們得先去個地方。」

「現在？是哪裡？羅相南警查應該在等我。」

「去了就會知道了。」

「很抱歉，但我還是需要先去見一下蔡利敦議員。可以嗎？」

「啊……。那就先去找他吧。」

「謝謝。」

崔警衛下車的地方是停滿中古車的寬敞空地。他們穿過車輛進入了一座倉庫，裡面停放著各種進口車。崔警衛打量著那些車，笑著問道：

「你的副業是賣中古車嗎？」

對方乾笑著回答：

「副業？你要是知道這些車是幹嘛用的大概會嚇死。快進去吧。」

倉庫裡另外有一間獨立的小辦公室。兩人走進辦公室，對方坐在沙發上說道：

「剛才還沒說完，所以到底有什麼問題？」

「他突然問，我只好隨口說當時局裡有案子要處理，不過閔組長應該很快就會發現。」

「你明知道他會發現，還說這種謊？」

「不然怎麼辦？難道要承認然後求他原諒嗎？」

「我不是這個意思，但你也應該找個說法敷衍過去。」

「我就是做不到才會逃出來啊。他們現在更有理由懷疑我了，之後該怎麼辦？」

「能怎麼辦，只能好好善後了。」

「善後？」

「是啊。你到底在等什麼？我知道你是顧慮徐議員，但是現在她也會懷疑你。如果一開始就照我說的做，徐議員也不會知道這些事，還能好好待在你身邊，不是嗎？不要再優柔寡斷，直接處理掉吧。」

「只剩下這個辦法了嗎？」

「猶豫什麼？你連親哥哥都可以出賣了。」

崔警衛瞪著對方勃然大怒：

「什麼？你說什麼？」

三年前

車輛在車庫裡一字排開，每輛車都敞開著後車廂，後車廂內皆放了一個蘋果的水果箱。嚴奇東檢察官拿起裝在蘋果箱裡的一捆五萬韓元鈔票端詳了一下，笑著關上最後一台車的後車廂。

嚴奇東檢察官從口袋裡掏出手機，放到耳邊。

「喔，崔刑警。有聯絡了嗎？」

「他們很快就會在死六臣公園見面。」

「有帶著證據嗎？」

「目標不是閔宇直警監嗎？」

「沒錯，但是我也需要你哥手上的證據。」

「是嗎？我有叫他帶著。」

「做得好。再說一遍，崔刑警不用過去，我們會看著辦。知道了嗎？」

「你是要逮捕閔警監對吧？」

「如果你哥掌握的證據被洩露出去，你哥也會有危險。」

「到底是什麼的證據？好像是蔡非盧系長貪汙的……」

「你不需要管這件事。這次會保你高升到警察廳的，安心等你的好消息吧。先這樣。」

「喂！我哥真的不會有事吧？」

「只要證據順利到我們手中，他就不會有事。」

「真的嗎？我知道了。」

嚴奇東檢察官掛斷後，立即又撥出電話。

「是我。他們很快就會在死六臣公園見面。」

「知道了。」

「務必要拿到證據，否則他們就等著倒大楣。」

「好的，那崔刑警……？」

「我自己看著辦吧。你就負責把證據送到我手裡就行了，不准出錯。」

嚴檢察官掛斷電話，舉起手呼喚某人：

「五星啊，凌晨準時出發，送貨途中不要節外生枝。你有好好交代下面的人吧？」

「請放心。他們以為是要配送中古車。」

「好，別忘了拿你的車。」

「是，檢察官。」

「我還有事情要辦，先走了。結束後向我報告。」

「明白。」

現在。主日大樓命案D－1／崔友哲、羅相南刑警命案D－1

韓檢察官走出銀行，一輛車已經等在外頭。她坐進副駕駛座。

「袋子裡裝的是錢嗎？」

「錢？不是。我把一些重要的東西寄放在銀行。」

「重要的東西？是什麼？」

「之後你可以自己看。」

「我可以看嗎？」

「我信任南巡警，給你看也無所謂。」

「啊……謝謝。」

「這點小事幹嘛臉紅？」

「我嗎？」

南巡警用手摀著臉，看了看後照鏡中自己的臉。

「我們該救朱必相嗎？」

韓檢察官沒頭沒腦地問道，南巡警驚訝地看著她：

「啊？為什麼突然……？」

「朱明根會去自首。」

「自首？」

「對。我和吳民錫碰過面。」

「吳民錫？他是朱明根的共犯……」

「命案沒有發生，所以他不算是共犯，而且吳民錫說他和之前發生的命案無關。」

「妳相信他嗎？他說的話怎麼能……」

「吳民錫他……。對，我相信他。」

南巡警望著窗外說道：

「檢察官相信他？然後也相信我？看來妳很容易相信別人。」

韓檢察官稍微抬高了聲音：

「你說什麼？為什麼要說這種話？你就不能像我對你的信任一樣，也相信我的判斷嗎？你難道不覺得我是有足夠的理由才相信他嗎？」

「那妳也得告訴我原因吧，我不是檢察官肚子裡的蛔蟲，怎麼可能了解妳所有的想法？」

南巡警轉頭看著韓檢察官。但這次換成韓檢察官將頭轉向窗外說道：

「那就繼續不了解吧，現在最重要的不是這個。我是要問該怎麼處理朱必相。」

「能怎麼辦？既然妳說朱明根會自首，那事情就不會發生了。」

「如果是在他自首之前發生的呢？」

南巡警有些神經質地反問道：

「我還得擔心那種人的死活嗎？」

「那種人？所以有些人該死，只有某些人可以救嗎？你至今都是先挑過再決定要不要用能力救人？」

「檢察官，我不是那個意思。我是說朱必相有可能是黑暗王國的成員，我們不清楚他在獲取財富的過程做過多少壞事。有必要冒風險救那樣的人嗎？」

「我不會強迫你承擔風險。只是，我希望罪犯能交給法律懲治。如果朱必相有罪，那就讓他接受法律的制裁。但如果不阻止只會讓朱明根又犯下更多罪行。我認為應該阻止他，所以才會問你。」

「為什麼？朱明根就是連續殺人犯，即使他再多殺一個……」

「南始甫巡警！」

韓檢察官高聲大喊。這時南巡警才回過神，發現自己過於激動失言了。

「啊……。對不起，我太激動了……。但是我做不到。我會選擇救比朱必相更應該救的人。到時候還有其他人需要我。」

「什麼？你該不會又看到屍體了吧？是誰？」

「我不能告訴妳。我能肯定的是，若是去救朱必相，檢察官也可能會遇到危險。既然朱明根打算要自首，最好讓他儘快到案。」

「我知道，但……」

「到了。這是哪裡？看起來不像是安全屋……。」

「這裡是我家。你可以把車停在那裡。」

「不是說很急嗎？檢察官是要回家換衣服嗎？」

韓檢察官微笑說道：

「不是。先一起進去吧。」

「一起？」

「還在等什麼？快下車吧。」

韓檢察官下了車進入公寓大樓。南巡警一臉茫然地跟在她身後。

第16話

面臨危機

南哲浩議員坐在書房的沙發上，獨自下著圍棋，這時電話鈴聲響起，他馬上拿起了話筒。

「我是。……嗯，有什麼事？高檢長？叫什麼名字？……廉石英？……早有預感但真是個討人厭的傢伙。還有說什麼嗎？什麼？真的？……不知道是誰嗎？……打聽到馬上回報。……朱必相？為什麼？……你不知道什麼時候也會落得跟他一樣下場。這下知道站在我這邊是對的了吧？……好，知道了。先這樣。」

南議員掛斷電話，閉上眼向後仰，沉思了片刻後猛地睜開眼睛，馬上拿起了電話。

「朱社長，是我。」

「哎喲，您怎麼會親自打電話來？」

「出事了，這下麻煩大了。」

「什麼？麻煩？怎麼回事？」

吳民錫走下樓，用卡片鑰匙感應門鎖，才剛踏入地下停車場，就聽到從臨時建築物傳來引擎和電鑽轉動的聲音。吳民錫走近敲了敲門，但裡頭的人似乎沒聽到，電鑽聲沒有停下來的跡象。吳民錫更用力地敲門。

砰！砰！

「理事，我可以進去嗎？」

電鑽聲這才停止。

「進來吧。」

吳民錫打開門進入建築物。

「您身體還好嗎？」

「你聽說啦？」

「宋祕書有跟我說。」

「我沒事，不過就老毛病。」

「讓我看看吧。」

朱明根揮手拒絕吳民錫檢查自己的身體。

「就說沒關係了。你來這裡做什麼？」

「……理事，明天就出發去美國吧。」

「又是這件事？我不是說過了嗎？我不會去的。」

「您一定要離開。如果被抓到會被判死刑的。別……」

朱明根瞪著吳民錫，打斷他的話：

「說過幾次了，我不要去。我還有事要做。」

「不能再這樣下去了，如果不去美國那就自首吧。自首起碼有機會被判無期徒刑。」

「自首？七星哥，你瘋啦？你要我一輩子待在監獄裡嗎？倒不如現在直接殺了我……」

吳民錫突然抓住朱明根的肩膀大喊：

「朱明根！你要這樣到什麼時候？還想要自由的生活就明天出發去美國，不然就去自首。在監獄裡好好表現，贖罪之後再過全新的人生！」

朱明根甩開吳民錫，譏笑道：

「又來了。你是哪裡有問題？這麼愛擺大哥姿態，那就來幫我吧，這樣我就聽你的。」

「要幫您什麼？」

「還能是什麼？你也知道啊？」

「一定要做到那種地步嗎？」

「那種地步？你難道不明白嗎？我因為爸爸過得多悲慘啊。你很清楚，這段時間我有多憎恨我媽，才會發洩在那些無辜的女人身上。誰害的？還不都是因為爸爸。我會變成這樣都是因為他。那個人就是惡魔！」

「你不能再殺人了。忘掉一切，從頭來過吧。理事，還有機會，如果錯過這次就只能一輩子當殺人犯，被罪惡感折磨。」

「你到底要我怎樣？什麼機會？都已經這樣了我還能怎麼辦？」

朱明根雙手揪著頭髮用力地搖晃。

「現在還來得及。你以為殺了惡魔就能心安嗎？更何況那個惡魔是你的父親，理事就算殺了他也不會比較好過。拜託您改變心意吧。」

「你忘了嗎？我可是連續殺人犯，是個殺了三個女人的殺人魔。對我來說，爸爸不過是……」

「您不是為了他才進行儀式嗎？因為社長被惡靈奪走靈魂，您才要救他的不是嗎？這代表理事很愛、也很依賴爸爸，雖然恨他但也深愛著他，不是嗎？」

「對！是這樣沒錯。但到頭來都是謊言。他說謊，媽媽根本沒有拋棄我。他是把我變成殺人魔的惡魔！」

朱明根暴跳如雷，對著吳民錫亂叫。

「看來沒辦法了。我知道了。」

「什麼沒辦法了？」

「沒什麼。我先離開了。」

「到底是什麼意思？」

吳民錫向他鞠躬之後便走了出去，朱明根疑惑地看著他。

檢察官按下大門的門鈴，南巡警驚訝地問道：

「檢察官和別人一起住嗎？」

「檢察官，妳回來了。」

這時從對講機裡傳來了男人的聲音。南巡警盯著韓檢察官看，但她毫不在意地回應對方：

「對。請幫我開門。」

「請稍等一下。」

「這聲音不是羅相南警查嗎？」

韓檢察官這才看向南巡警說道：

「沒錯。他和蔡議員一起在這。因為只有男人在，怕有不方便才先按門鈴。」

韓檢察官和南巡警走進門，羅警查向他們打招呼：

「怎麼現在才來？」

「抱歉，突然發生了一些事。」

羅警查看起來很高興，摟住南巡警的肩膀說道：

「南巡警你去哪了？都警監說你待在安全的地方，要我放心……。范秀還好吧？」

「當然，他很好，不用擔心。」

韓檢察官環顧了一下家裡，詢問羅警查：

「蔡議員呢？」

「不知道是不是在睡覺，一直待在房裡沒出來。」

「是嗎？」

韓檢察官走到房間門口敲了敲門：

「蔡議員，我來了，方便出來一下嗎？我是韓檢察官。」

房內傳來沙沙的響聲，接著門打開來。

「韓檢察官回來了啊？」

「對，議員在休息嗎？」

「反正沒事做，而且也擔心到了晚上會不會有什麼狀況。」

「原來如此，方便談一下嗎？」

「可以啊。」

蔡議員揉著眼睛走到客廳坐了下來，問道：

「要談什麼？」

「李弼錫議員的命案，還有李敏智案。」

「李敏智？啊！那位小姐……。」

「你在案發前就認識李敏智了嗎？」

「李弼錫議員偶爾會在酒桌上聊一個女人，說是到他辦公室當實習助理的大學生。妳應該懂吧？我一開始以為只是男人之間的下流玩笑，可是有一次他把李敏智帶到了別墅。通常那種場合不會帶助理來，即使來了也只會在車上等，但他卻把她帶了進來。」

「所以呢？」

「所以……我哪知道……。我只是喝我的酒……嗯咳……。」

蔡議員乾咳了幾聲支支吾吾，南巡警這時突然開口：

「看來你很清楚。」

蔡議員瞪著南巡警說道：

「你說什麼？」

韓檢察官急忙插話道：

「然後呢？請把你知道的都告訴我。」

「韓檢察官妳也很清楚，別墅的事一旦傳出去，必定會鬧得天翻地覆。我現在不也是這種狀況嗎？黑暗王國也是如此。但從某一天開始，李弼錫議員變得氣焰很盛。」

「氣焰很盛？看來有發生了什麼事。」

「每次見面我也都會問他，但他只是顧著笑，什麼都不說。他原本是很愛吹噓的人。」

「你認為李敏智是自殺的嗎？」

「我以為她是為了告發李議員才自殺的？看到他把李敏智帶到別墅我就知道了，李議員對她……。」

「你沒聽說過李敏智是他殺的傳聞嗎？」

「他殺？為什麼？如果是他殺就不會有證據了吧。那時候不是有出現李議員的相關證據嗎？」

「你真的不知情？該不會是在裝傻吧？」

蔡議員疑惑問道：

「檢察官，妳這話是什麼意思？」

「沒什麼。我知道你和李弼錫議員很要好。」

「是啊。我們很熟。他這人很有野心，我也是因為他才知道黑暗王國的存在。他說想加入黑暗王國，正在找誰是那裡的頭。我也是為了這件事才接近他，結果落得這般田地。」

「為什麼想加入黑暗王國？你根本不知道那是什麼樣的組織，不是嗎？」

「我原先不知道。妳也看到我給的名單了吧，全都是些高階公務員，李議員說只要和黑暗王國搞好關係，想要什麼官位都不成問題，加入他們前途就一片光明。」

「這是李弼錫議員說的？」

「是啊，那份名單也是從李弼錫議員那裡拿到的。但是他死了，李大禹大法官和趙德三部長檢察官也都死了……看來是惹錯人了。」

「你知道黑暗王國的首領是誰嗎？」

「李議員那個人每次都只會笑得一臉狡猾，到死都不肯跟我說。我想他應該已經很深入黑暗王國了，這也是他們想殺了我的原因吧。但韓檢察官，妳為什麼說那位小姐是被殺的？有發現什麼嗎？」

「沒有。因為以前閔組長說過李敏智是他殺，所以我才想問你。」

在一旁聽著的羅警查插話問道：

「檢察官，還有其他黑暗王國的情報嗎？」

「抱歉，目前只知道這些……。」

不知道什麼時候走了出去的南巡警，小心翼翼地回來坐下說道：

「對不起，檢察官。請繼續說。因為看來還要聊一陣子，我先去打了個電話。」

「沒關係，已經聊完了。」

「是嗎？妳還記得我們有別的地方要去吧？」

「啊！是的。」

「蔡利敦議員和羅刑警也應該一起去。」

「沒錯。蔡議員，一起走吧。」

蔡議員不以為然地斜瞪著南巡警說道：

「要幹嘛？又不知道要去哪裡，就要我跟這巡警走？我憑什麼要相信他？」

「這件事請你相信我吧，議員。」

「韓檢察官也相信他嗎？」

韓檢察官向南巡警使了個眼色，回答道：

「是的。」

「既然檢察官都這麼說了……好吧。」

中古車行的招牌歪斜地掛著，一輛車停在車行門口，尹鎮警衛從駕駛座下車，接著都敏警監和羅永錫警衛也下了車。

「是這裡嗎？」

「對，警監。那些車最後是進到這裡。」

「會不會被當中古車賣了？」

「不排除這個可能。羅警衛，還是要留意他們可能從這裡換車後再移動到其他地方，我們進去看看。」

他們回到車上，將車開進了車行。車一開進去，一名男人便從倉庫走出來迎接。

「歡迎光臨，來看車嗎？還是想賣車？」

尹警衛下了車，對那男人說道：

「我想看車。」

「有偏好的車款嗎？」

「沒有……我想先看過再決定。」

「這樣啊？有預算嗎？」

在車行員工的注意力全放在尹警衛身上時，都警監和羅警衛假裝看車，觀察著四周環境。

當他們來到倉庫附近時，有另一輛車駛進了車行。正在向尹警衛說明的員工立刻停下來，跑向門口畢恭畢敬地低頭對下車的男人打招呼，並且一起往倉庫走去。

尹警衛見狀也往倉庫靠近，員工注意到他的動作，不露聲色地開始介紹其他停在空地的中古車。與此同時，都警監和羅警衛躲進了倉庫，藏身在車輛之間，一步步慢慢接近辦公室。他們看到兩名男人交談著從辦公室走出來。

「什麼意思？閔宇直人還好好地在外面？」

「我聽到的消息是這樣。」

「太離譜了。他是怎麼逃過的？」

「總之，上面說沒有接到指示不要離開這裡。」

「媽的！這種流浪生活還要到什麼時候？什麼時候才要幫我整形？我的新身分證呢？啊？」

「再等一下吧。你當金範鎮的日子剩沒多久了。」

被稱呼為金範鎮的男人環顧四周，低聲說道：

「金範鎮已經死了，你忘了嗎？我是李敏赫，以後叫我李敏赫。」

「知道了。不管怎樣，長官都這樣說了，你就耐心等著吧。而且閔宇直的事情不會就這麼算了。科長還很難說，不過長官肯定不會善罷甘休。」

金範鎮用拳頭打著自己的手，說道：

「該死！可以讓我跟科長講個電話嗎？再給我一次機會，我不會再失手了。閔宇直必須由我來處理。」

「我可以體會你的心情，但是……上面叫你不要動作，你還是小心一點。」

「喂，我的朋友五星。」

「五星就是五星，什麼叫你的朋友？」

「閔宇直的朋友呢？那個金承哲警監。」

「我不知道他是生是死。不過既然閔宇直沒事，金承哲應該也還活著吧？」

「所以這兩個傢伙是故意裝死嗎？」

「可把我們騙倒了。長官要是知道了……。科長應該正在向他報告。」

「該死……。五星，你走之前給我一點錢吧。我沒錢了。」

「這麼快？」

「哪有快？都過多久了……。」

五星拿出錢包裡所有的鈔票遞給他，說道：

「我就只有這麼多。你不要動歪腦筋，就算從這裡逃走，你也逃不出長官的手掌心。」

「這我當然知道。好啦，謝了。」

金範鎮聞著五星遞過來的紙鈔走回辦公室。五星看著他搖了搖頭，轉身離開。

五星上了車並按下喇叭，正在向尹警衛介紹車子的員工立刻向他鞠躬。尹警衛見狀問道：

「他是誰？」

「那位是這裡的老闆。」

「啊，原來是老闆。」

「客人覺得這輛車怎麼樣？我覺得很適合你。」

「還不錯。等我考慮一下再過來。那個倉庫裡還有別的車嗎？」

「倉庫？有是有，但都是進口車……。」

「喔，進口車啊。了解，那我下次再過來。這裡只有你一個員工嗎？」

「不是。辦公室裡還有一個人。這個時間沒什麼客人所以由我一個人值班。晚上還會有另一位同事。」

「原來是這樣。」

都警監和羅警衛不知何時已經離開倉庫上了車，尹警衛最後又巡視了車行一圈後也上了車。他們和員工打了招呼後，不慌不忙地離開車行。

車停在了老舊建築物林立的街區。

「下車吧。就是這裡。」

南始南巡警說著並從駕駛座下車，隨後羅相南警查也下了副駕駛座，看了看四周環境，自言自語道：

「什麼呀？本部在這種地方？」

蔡利敦議員下車時也四處張望：

「首爾還有這樣的地方啊。」

南巡警用手指著前方的建築物說道：

「檢察官，就是這棟大樓。」

「原來是這裡。我們快進去吧。」

韓檢察官跟著南巡警率先進入了建築物。羅警查和蔡議員上下打量著建築物跟在後頭。這時在對街有人正在觀察著他們。南巡警在鐵門前抬頭看了一眼，接著敲門。

叩叩叩！

「是這裡沒錯嗎？」

「對，檢察官。請等一下。」

南巡警見裡面沒有反應，又敲了敲門。

叩叩！

鐵門發出沉重的聲響打了開來，朴范秀就站在門口。羅警查一看到他，立刻一個箭步衝上前。

「喂，范秀！」

「你現在才來啊？」

韓檢察官向南巡警詢問：

「這裡就是新的本部嗎？」

「是的，檢察官。請進。」

「好。蔡議員，我們進去吧。」

羅警查搭著朴范秀的肩膀先帶頭走了進去。

「喔喔！這……怎麼會？」

羅警查突然發出驚慌失措的聲音，韓檢察官急忙跑了進去。

「怎麼了，羅警查？」

「這，他……。」

他伸出顫抖的手指，指向滿臉微笑的閔宇直警正。

「啊！閔宇直組長？」

韓檢察官雙手摀住嘴，瞪大眼睛看著閔警正。

「嚇到了吧，檢察官？羅刑警，你幹嘛這麼驚訝？」

「不是啊……。你真的是組長嗎？」

「對啊，是我，閔宇直。」

韓檢察官將顫抖的手從嘴上移開，問道：

「這是怎麼回事？」

「檢察官，先坐下來再說。」

被羅警查的驚呼嚇到縮在南巡警身後的蔡議員，一聽到「閔宇直」就露出燦爛的笑容走進來。

「閔宇直組長？你還活著？」

「議員也來了啊？」

「為什麼會這樣？你沒事嗎？」

「大家不要光是站著……羅刑警，你在哭嗎？」

羅警查轉過身，用手指壓住雙眼強忍著淚水。韓檢察官似乎還無法相信，只是呆看著閔警正。

「檢察官，來這裡坐吧。議員也是。」

看不下去的南巡警讓韓檢察官坐在椅子上。韓檢察官坐下後便問道：

「怎麼會？南巡警是什麼時候知道的？為什麼……為什麼會這樣？」

「那個……我已經重複解釋過好幾遍了，所以……」

南巡警代替閔警正站出來說明：

「檢察官、羅刑警，我來幫組長解釋吧。我也是一直到昨天和朴范秀來這裡時才知道閔組長沒事。至於他為什麼會……」

韓檢察官聽完這段期間發生的事後，看著閔警正抱怨道：

「就算再不得已，組長連我都瞞著實在太過分了。」

「檢察官，很抱歉。因為事出突然無法單獨聯絡妳。還請妳見諒。」

羅警查聽完南巡警的說明，問了他最好奇的問題：

「組長，查出內鬼是誰了嗎？」

「羅刑警，這件事呢……。沒錯，我覺得這件事似乎無法繼續保密，所以才請你們都過來這裡。」

「所以查出來是誰了。」

閔警正聽到韓檢察官這句話，點了點頭。

「是誰？」

「進去裡面再說。裡頭還有人在等著。南巡警，你和議員在這裡稍等一下。」

「我嗎？為什麼……？」

「因為不能讓議員落單啊。」
蔡議員一臉茫然地看著閔警正問道：
「為什麼我不能進去？」
「很抱歉，請議員先在這裡休息一下吧。」
蔡議員別過頭，乾咳了一聲：
「嗯咳！我知道了。」
「羅刑警、檢察官。我們進去吧。」

「尹警衛，讓我在這裡下車。」
「這裡？」
「對，我得去見一下組長，把這件事告訴他。」
「知道了。」
都警監在追蹤五星的途中下了車。
五星的車開進了首爾郊區的一個小村莊。車子穿過村莊進入林蔭道，前方出現了熟悉的別墅。
「這間房子，是不是在哪看過？」
「對啊，好像很眼熟。」

五星的車沒有開進別墅，而是又往裡頭開了一陣子才停在圍有鐵柵欄的地方。鐵門一打開，就可以看見裡面有座臨時建築和倉庫。

「在那裡。」

「好。等他們都睡了，我們再進去看看。」

羅警衛指著後方說道：

「剛才經過的房子，就是照片裡的那間別墅對吧？」

「照片？」

「對，就是車警衛回報時上傳的照片和影片。他在郊區拍的照片看起來和那裡很像。」

「是嗎？等等，這裡的地址是……」

尹警衛拿出手機查看了現在的位置。

「是陽村面。」

「那就對了。車警衛拍到的別墅就是這裡。所以他們是朱必相的人嗎？」

「朱必相也有經營中古車生意嗎？不過，要說朱必相想利用金範鎮除掉組長，好像有點……。能將應該在監獄裡的人偽裝成自殺帶出來，這權力範圍……。」

「朱必相會不會是黑暗王國的核心成員？」

「真的是這樣嗎？」

「先向組長報告吧。」

「也好。」

當尹警衛正要拿起手機時，有人從車外敲了車窗，尹警衛和羅警衛震驚地看著車窗外。

「開門。」

車窗外有一名男人拿著槍指向他們。羅警衛看著尹警衛問道：

「怎麼辦？」

拿著槍的男人用腳踹了下車子，大喊道：

「趁我還有耐心，手舉高下車！」

尹警衛低聲對羅警衛說道：

「先乖乖下車吧，假裝是迷路。」

「好。」

尹警衛和羅警衛高舉雙手下了車，車外不只有一名持槍的男人，接著又有好幾名男人包圍了車輛。

「把手舉高，往前走！」

「為什麼要這樣？我們迷路了……。」

拿槍指著他們的男人一腳踹向羅警衛的屁股。

「廢話少說，快走！」

「阿呃！好好好，我知道了。」

尹警衛和羅警衛被他們拉進了鐵門內。正在遠處用大炮鏡頭拍他們的朴聖智記者連忙翻出自己的手機。

車禹錫警衛看到朱必相走出主日大樓坐車離去後，也匆忙返回住處換了衣服，收拾好裝備。之後他從緊急逃生梯到達頂樓，將一條繩索緊緊地綁在屋頂的柱子上，從十七樓的窗戶放下繩索。

車警衛通過裝有緩降機的窗戶進入走廊盡頭，謹慎地接近朱必相的辦公室。幸好一路上到目前為止沒遇到任何監視器。

車警衛一進入辦公室立刻開始查看所有牆面，想找出保險箱藏在哪裡，然而卻一無所獲。

繼續像無頭蒼蠅般翻找更不可能找到保險箱，於是他來到朱必相的辦公桌坐了下來，仔細觀察辦公室各個角落。

車警衛打開了電腦想要查看資料，幸運的是電腦並未設定密碼鎖。然而資料夾裡沒有任何檔案，乾淨到讓人懷疑使用者究竟是不儲存資料，還是根本不使用電腦。

車警衛查看放在電腦旁的一本便條紙，發現上頭有書寫過的痕跡，於是用筆輕輕地在上頭塗畫，紙上清晰地出現「該死的傢伙」幾個字。他將便條紙收進口袋，再把筆插回筆筒，這時他注意到筆筒有點晃動。

車警衛將筆輕輕推到一邊，筆和筆筒一起向旁邊傾倒，在桌子後方的四邊形門朝左右兩側打開，顯露出保險箱。車警衛拿出手機插上連接孔，貼在保險箱的密碼鈕上啟動破解密碼的程式。

就在這時辦公室的門打開了，燈光照亮房內，從光線之中走進來一名男人。

「兄弟，你在這裡做什麼？」

「兄弟？」

「是我啊，傑克。」

車警衛站起身，遮住眼前的光線看向他。

「傑克？你怎麼會來……？」

「你像個小偷一樣在別人的辦公室裡做什麼？朱社長，請進來吧。」

鄭珉宇身後出現了一道黑影，朱必相走了進來，同時辦公室的電燈也打開了。室內變得明亮，光線讓鄭珉宇和車禹錫不禁皺起眉頭。

「尊貴的少爺為什麼像隻老鼠一樣隨便翻別人的房間？」

「那個，朱社長……」

車禹錫想找藉口辯解，卻被鄭珉宇先開了口：

「喂，你到底是誰？」

「兄弟，你在說什麼？我是車東民啊，我只是好奇這裡是什麼地方才進來看看，不小心碰到筆……」

朱必相走向前問道：

「不小心？因為好奇才進來？」

「沒錯。朱社長，明根過得好嗎？」

「你認識我兒子？」

「當然。我們說好要交個朋友。」

鄭珉宇聽了笑出來：

「啊，臭小子。你覺得說這種謊有用嗎？當我真的這麼蠢？」

「兄弟……你到底怎麼了？」

「怎麼了？我問你，你到底是什麼人！」

鄭珉宇突然情緒激動大聲怒吼，朱必相開口阻止他：

「喔喔……。鄭本部長，請冷靜下來。這裡開始就交給我處理吧，我會看著辦。」

「是嗎？好啊，畢竟骯髒事是你要負責。」

「不，那個……嗯哼……。我知道了，就交給我處理，您請回吧。」

「查清楚他是誰，還有為什麼要接近我。朱社長，要不是有我在，你差點就遇到大麻煩了，知道吧？」

「當然。我會好好報答這次的人情。」

「知道就好。那我要走了。兄弟自己識相點，這樣去投胎的路上才不會太痛苦。」

鄭珉宇放聲大笑，走了出去。

「進來！」

朱必相大聲呼喊，在門外等候的保全陸續走了進來，手裡還拿著棍棒。

「朱社長，你真的誤會了。我只是不小心走錯地方……。」

朱必相朝車禹錫的方向抬了抬下巴示意，一票保全立即撲向車禹錫，拿著棍棒胡亂毆打。

現在。主日大樓命案當天／崔友哲、羅相南刑警命案當天

崔警衛用拳頭敲鐵門，接著響起沉悶的開門聲。

「來啦？」

「羅刑警，組長在嗎？」

「進來吧。」

崔警衛走進門，仔細觀察了屋內的環境。

「崔刑警，你現在可以老實說，解釋一下誤會了吧？」

「誤會？羅刑警已經聽說了嗎？」

「雖然不知道誰，但是你被他騙了。那個檢察官不就是黑暗王國的成員嗎？」

「組長是這麼說的嗎？」

「不是……但只要你回頭想想整件事……」

「羅刑警，你聽我說。蔡利敦議員人在這裡對吧？他是黑暗王國的成員，檢方正在暗中調查他，但我們妨礙到他們的工作，得趕緊協助把蔡議員交給檢方。」

「檢方在查黑暗王國？」

「對。檢方終於查到黑暗王國的真相。蔡利敦議員在哪裡？我知道他在這。羅警查，就聽我一次吧？」

當崔警衛東張西望，試圖走向房門時，羅警查慌忙抓住他的手臂阻止。

「等一下，崔刑警。」

「羅警查，沒時間再拖了。」

「你怎麼知道這裡？」

「什麼？因為……我接到安刑警的電話。當初我也是混亂之下逼不得已，突然把我關起來，我……」

「好吧，我知道了，你冷靜，先坐下來等組長吧。」

「沒有時間了。羅刑警，我是崔友哲啊。我們都當同事多久了？」

「你真的是我認識的那個崔友哲刑警嗎？」

「這是什麼意思？」

「反正等組長來了再說吧。現在不行……」

「我也不想這麼做。如果你相信我就不會變成這樣了。」

崔警衛拿出槍瞄準了羅警查的腰部。

「快住手，崔刑警，你這是怎麼了？」

「為什麼沒有人相信我？在我說中止調查的時候就收手的話，我就不需要做這種事了，不是嗎？」

「崔刑警，這樣做是錯的。我不知道你有什麼理由，但有什麼事好好用說的吧。」

「說？我至今都說過多少次了，但沒人要聽啊。現在就帶我去找蔡議員。」

「我知道了。你先把槍放下吧。」

「少廢話，我就不需要親手殺了你。」

羅警查慢慢走過去打開了房門，從後方用身體撞開走進房間的崔警衛，抓住他持槍的手往門外推。

砰！

強烈的衝擊力使得門重重地撞在牆上。羅警查抓住崔警衛持槍的那隻手，說道：

「你這是在做什麼？」

「我別無選擇。」

「什麼叫別無選擇？崔刑警，不要再錯下去了。」

「對不起。我也不想這樣。」

崔警衛手中的槍口瞄準了羅警查的胸膛。

「不要這樣，崔刑警。」

砰！

隨著一聲槍響，羅警查向後倒下。晚一步跑進指揮室的安警衛迅速掏槍瞄準崔警衛。崔警衛舉高握著槍的那隻手，說道：

「安刑警，這只是意外。」

「崔刑警，把槍放下。快。」

「好，我會放下。你先冷靜。」

崔警衛將手裡的槍放在了地上。

哐啷！

在那一瞬間，伴隨著玻璃窗的破碎聲，崔警衛的頭上流下了鮮血。

「呃！」

崔警衛還沒來得及反應就向前倒下。又傳來一次玻璃窗破碎的聲響，一顆子彈飛了進來。安警衛奮力躲到桌子下，子彈直接嵌入鐵門。崔警衛和羅警查雙雙倒在一起。

●

「我看到的就是這樣。」

聽完南巡警的描述，閔警正指著玻璃窗問道：

「所以，狙擊手是從大樓外面射殺崔刑警？」

「我想是這樣。雖然不知道他是對著崔友哲刑警開槍，還是想瞄準安敏浩刑警，但崔友哲刑警的確是被狙擊手射殺，對方也試圖要朝安敏浩刑警開槍。」

「那崔刑警對羅警查開槍的事呢？只是意外嗎？」

「那個……」

「不過現在該怎麼辦？」

「最好的辦法是儘快逮捕躲在這裡的崔友哲刑警後撤退。應該先掌握狙擊手的位置，提前在那裡埋伏。」

「哇？南始甫現在很有刑警架式了耶。」

「還差得遠。但是，不能跟安敏浩刑警和羅相南刑警說這件事，那該由誰埋伏逮捕崔友哲刑警？如果突然說要逮捕崔友哲刑警，羅相南警查不會坐視不管的。要是再發生其他變數……」

「是啊，但跟安刑警說應該沒關係吧？」

「安敏浩刑警？那麼……」

躲在樹枝後方拍攝的朴聖智記者迅速收起相機，跑到停在山坡下的車，立即發動並打給徐弼監科長。

「你怎麼不接電話？」

「抱歉。不是啊，現在都幾點了……。」

「還有空計較時間？我應該找到黑暗部隊的基地了。」

「是嗎？在哪裡？」

「京畿道陽村面。」

「陽村面？那裡不就是……」

「對，那間別墅。在離別墅不遠的地方有個用鐵柵欄圍起來的基地。」

「你確定是那裡嗎？」

「有幾個確定是黑暗部隊的隊員在這裡。」

「好。除了隊員之外，沒有其他人進出嗎？」

「還沒看到。不過，今天有兩個沒看過的人跟蹤一名隊員被抓包，結果被帶進去了。」

「知道是誰嗎？」

「我不認識。不過我有拍了照片，你可以看看。」

「馬上傳照片給我。總覺得……會是閔宇直系長的人。」

「閔組長那邊的人？」

「沒錯，所以快把照片傳給我。」

朴記者把車停在路邊，將拍到的照片傳到手機上，發給了徐科長。

「傳過去了，科長。」

「好。我看完後再聯絡你。」

徐科長查看了朴記者拍到的照片，一眼就認出尹鎮警衛，於是趕忙打電話給閔警正。

◎

閔宇直警正聽完韓瑞律檢察官描述她和吳民錫發生過的事，再次確認他的名字。

「妳說他叫吳民錫嗎？」

「是，組長。」

「證據放在銀行的保險箱裡？」

「因為不知道該相信誰，所以先寄放在那裡。只有我本人可以拿出來。」

「好，做得好。」

「原來組長也知道黑暗王國是檢方的組織啊。」

「我也是不久前才得知。但是吳民錫有可能會一直協助我們嗎？」

「其實我也不確定。但是從他願意交出證物來看……」

「是啊。妳是因為這件事才約我單獨見面嗎？」

「還有另一件事。朱明根決定要自首。」

「朱明根要自首？」

「其實是吳民錫說他會讓朱明根自首，但是凌晨就會發生命案……」

韓檢察官話說到一半，意識到閔警正還不知道這件事，變得吞吞吐吐。

「發生命案？什麼意思？」

「看來南始甫巡警還沒告訴你。」

「南巡警？是什麼？南巡警又看到屍體了嗎？」

「又？為什麼說是又？組長？」

「那個……很抱歉，我不能說。比起這個，請跟我說妳知道些什麼吧。死者是誰？」

「朱必相社長。」

「朱社長？」

「但他在朱社長屍體的眼睛裡看到了朱明根。」

「這麼說來……。」

「所以我拜託吳民錫要在那之前說服朱明根自首。」

「吳民錫知道這件事嗎？」

「不完全知道。我沒告訴他朱必相會死，只有說朱明根可能又會殺人……。」

「好，所以妳接下來有何打算？」

「不能再讓他殺人了。我想在那之前逮捕朱明根。」

「妳知道他在哪裡嗎？」

「據我所知，他住主日大樓裡。我打算在案發之前逮捕他。」

「檢察官要一個人去？」

「不是。我會和吳民錫一起。」

「沒問題嗎？一個人去太危險了。雖然吳民錫說會幫忙，但可能會有突發狀況不是嗎？讓尹鎮警衛陪妳一起去吧。」

「我和吳民錫約好了，我會自己去。要是強行逮捕，可能會刺激朱明根變得更有攻擊性。」

「這樣說來不是更危險嗎？朱明根是連續殺人犯，不知道他什麼時候、會用什麼方式攻擊妳。以防萬一，讓尹鎮警衛在暗中保護妳，怎麼樣？我會好好向尹警衛解釋，就這麼做吧。」

「既然組長這麼說……我知道了。我會聽你的建議，但請提醒他除非有必要否則不要現身。」

「我明白。我馬上打電話給尹警衛請他過來。」

韓檢察官猶豫了一下才開口：

「還有，關於崔友哲警衛的事。」

「是，請說。」

「組長打算怎麼辦？你說正在追蹤他的位置，但直接逮捕他不是更好嗎？」

「我也正在考慮。」

「為什麼不馬上指示羅相南警查或安敏浩警衛行動呢？」

「他會自己找上門的。這件事就交給我吧，沒剩多少時間，妳也得趕緊去準備了。」

閔警正拿出手機打給了尹警衛，卻只聽到等待鈴聲，無法接通。

「他沒接。我等等再打給尹警衛。」

「好。組長，那我先出去一趟。」

這時閔警正的手機響了。他以為是尹警衛打來的馬上接起來，然而打來的卻是別人。

「喔，徐科長？你怎麼……？」

「閔系長，大事不好了。」

第17話
李敏智案的真相

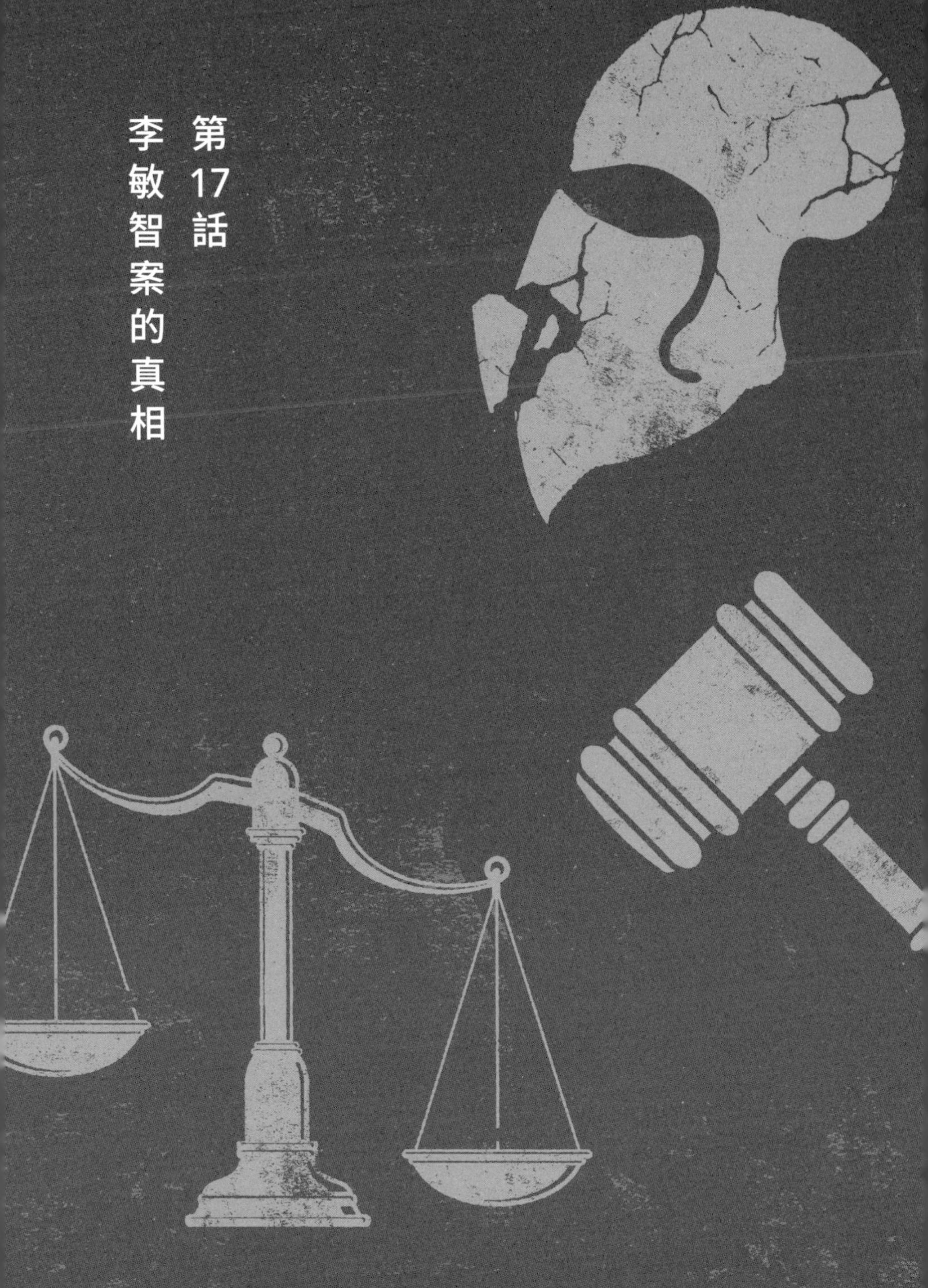

李敏智命案發生前一個月

金基昌穿著絲綢長袍走出房間坐在沙發上。李弼錫議員從大門走進來，向他鞠躬打招呼。

「長官，我是不是來得太早了。」

「既然知道還……算了，說了也是浪費我的口水……。」

「您說什麼……？」

「沒事。過來坐吧。」

金基昌望向廚房命令道：

「倒茶。」

「是，長官。」

「出了什麼事？」

「哪有什麼事？我是來問候您的。好像很久沒見面了……我怕長官忘了我。」

李議員露出奸詐的笑容，金基昌轉過頭自言自語：

「要忘記你這張臉還真不容易……。」

「您說什麼？」

「沒事。感謝你時不時來看我，提醒我這老頭子。」

「哎，您怎麼這樣說？長官身體還很硬朗啊，還有一大堆人不分晝夜到別墅來……」

金基昌乾咳了一聲，打斷了李議員的話。

「嗯咳……。大事當前要見的人太多了，不是嗎？你會不知道嗎？」

「當然，我就是這個意思。」

「別笑了。」

金基昌皺著眉頭瞪視李議員。

「說吧。這麼早來找我到底是有什麼事？」

「您應該也很清楚吧？無所不知的長官何必問呢？」

「是因為提名的事？我不是說過了嗎？會正式提名你去鐘路選區。」

「那還要等很久吧？不是這件事……我想以黨代表的身分出馬。」

「什麼？黨代表？我不是解釋過了嗎？」

「我繼續排在後面等，還有機會參加大選嗎？我必須展現為黨獻身……」

「你有信心當選黨代表嗎？」

「有您在，我有什麼好擔心的？」

「李議員，你還是等著吧。我不是說過會讓你坐上那個位子嗎？」

「怎麼做？」

「那個……我正在逐步準備，只要你耐心等待，所有人都會去找你，到時你假裝盛情難卻，出馬參選就可以了。所以拜託你暫且自重。」

「真的嗎？」

「你不相信我嗎？」

「不是的，我當然相信。那麼……至少讓我坐上公薦管理委員會[*1]長的位子……」

金基昌突然大聲打斷李議員：

「李弼錫議員！我提醒過你不要太貪心。」

「國會裡必須要有我的人才能安心啊。」

「為什麼？你不相信我嗎？看來你不想當傀儡，改變心意了嗎？」

「哎喲，這說的是什麼話？我可是有乖乖照著您的指示行動啊，不是嗎？您可要看清楚，我現在也……不是嘛，我也有面子要顧啊，總得有一些能給外人看的……」

「我都會處理好，你就別太貪心了。」

「貪心？我知道了。如果這樣也很為難，那就給我幾個部長以上的位子吧。」

「你這傢伙！」

金基昌瞪大眼睛，怒目看著李議員。

「好好好。不然拜託至少讓我當個法務部長吧，長官。」

「你剛剛說的這些我就當作沒聽到。現在是吃早飯的時間了。你走吧。」

「是嗎？那我吃完再走，可以吧？」

「鄭室長！」

「是，長官。您找我嗎？」

「李議員要走了，送他到大門口吧。」

「長官，您一定要這樣絕情嗎？」

「你還不走？」

「嗯咳……。好吧，那麼我先告辭了。」

李議員瞇著眼稍微點頭打招呼後轉過頭，在寒風中快步走到大門。

鄭室長送完李議員回到屋內，金基昌滿臉不高興地叫他過來。

「鄭室長，來一下。」

「是，長官。」

「叫嚴奇東過來。」

現在。主日大樓命案當天／崔友哲、羅相南刑警命案當天

地下停車場臨時建築物內，朱明根在漂浮著灰塵的貨櫃裡，吳民錫正緊盯著他。

「您待在這已經幾個小時了？」

朱明根沒有回應吳民錫的問題，繼續為車子拋光。

＊1：公薦管理委員會：管理所有提名事務，實際上決定明年選舉的提名和人事改革的單位。

「您要繼續裝作沒聽到嗎?理事,即使這樣我也絕對不會離開。」

「……。」

「好吧,我出去。請您睡一下吧,再這樣真的會撐不住。」

朱明根放下手中的拋光紙,大聲喊叫:

「啊啊!吵死了!」

「您終於願意說話了,理事,我們到外面談談吧。」

「又要談什麼?我說過不要了。自首?還不如乾脆殺了我。」

「要我動手嗎?」

「什麼?」

原本顧著看車的朱明根驚訝地抬頭看向吳民錫。

「如果您希望這麼做,我當然會幫您。」

「別亂開玩笑,我背都涼了。」

朱明根笑了出來,視線又回到車子上

「我不是在開玩笑。您看起來沒有好好活下去的意願,我會讓您走得不痛苦,總比一輩子在這小房間裡玩車好吧?」

朱明根拿起隔熱紙扔了出去,大喊道:

「媽的!開玩笑也要有分寸吧!啊?」

「為什麼要過這種生活?」

「我怎麼了？這種生活又怎麼了？」

「您還年輕，還有機會重新開始。您可以選擇自首贖罪，或者到美國過全新的人生。」

「你相信我嗎？你覺得我去美國有辦法過新生活嗎？我已經完蛋了、沒希望了。我只剩下一件事要做。」

「報仇嗎？報仇能改變什麼？不如交給法律去審判，理事就好好過自己的人生吧。您還有機會。」

朱明根乾笑看著吳民錫：

「法律？你相信法律？法律會審判爸爸嗎？這話被路上的狗聽見都會笑出來。怎麼啦？七星哥，你什麼時候開始相信法律了？我再無知也很清楚韓國法律是怎麼回事。我親眼看到也學到了，不是嗎？」

「只要有明確的證據就可以把他交給法律制裁。如果您非要報仇那就交給我處理，趁現在去美國吧，不然就去自首。我希望理事能自首，改過自新好好過日子。即使最後被判無期徒刑，在獄中好好表現就有機會提早出獄，我在外面也會盡全力幫您。」

「發神經。別再說了，沒別的事就出去吧。我必須儘快完成。」

「為什麼要改裝車？您該不會打算開這台車出去吧？絕對不行。」

「這台？不是我要開，這是為爸爸準備的。他應該會喜歡吧？」

「什麼？為什麼要……」

砰！

就在這時，臨時建築的門突然被用力打開，重重撞上牆壁，接著一名男人跌進來，摔倒在地。男人的臉上瘀青，頭上流著血，後頭幾名手持棍棒的保全也進到貨櫃，他們抓住男人的頭推到牆上。朱明根被眼前的景象嚇了一跳，大聲喊道：

「你們是誰？」

吳民錫走過去對他們說：

「發生了什麼事？」

「原來你在這裡啊，吳室長。」

朱必相緩步走了進來。

「社長，您來了。」

「你在這裡做什麼？」

「我……」

吳民錫正想回答，朱明根走上前來：

「爸爸，您來了？」

「你怎麼會在這裡？我不是叫你待在客房嗎？」

「我有東西要給爸……不過這傢伙是誰？」

「你不用管。吳室長，帶他上去。」

朱明根打量了暈倒在地的男人，說道：

「啊！車東民？你怎麼會在這裡？為什麼變這個樣子？」

「這麼快就認出來啦。」

「爸爸，為什麼要這樣對這個朋友……」

「朋友？你還真喜歡交朋友呢。這隻老鼠死不開口，肯定是警察的臥底。」

「警察？」

「他可不是普通的傢伙，都這樣了還不招。你先上去，這件事以後再說。快帶他出去，吳室長。」

「是。我們出去吧，理事。」

吳民錫想帶朱明根離開，但被他甩開手。朱明根走到朱必相面前說道：

「快過來看看！爸爸，我準備了一份禮物要給您。」

朱明根用手指著自己精心改裝的汽車。

「那是什麼？汽車？」

「這是我為爸爸改裝的跑車，快來看看。」

「不用，我很忙，你出去吧。七星，快帶他走！」

「爸爸，請您坐一次看看吧，您一定會喜歡。」

「吵死了！出去！快滾！」

朱必相看也不看朱明根，指手畫腳地大吼。

「理事，請出去吧。」

朱明根站在原地一動也不動，用力哼了一聲接著翻白眼。吳民錫察覺到他開始激動，連忙勸說：

「請忍耐一下，理事。不能在這裡。好嗎？求求您。」

「安靜。」

「理事。」

「安靜！」

朱明根突然大喊，指著跑車繼續說：

「我叫你上車！我說了這是我特地為你做的！為什麼？為什麼你連這個都不聽我說？我說的話不值得聽嗎？我不會放過你……」

「你瘋了嗎！」

朱必相搶走保全手上的棍棒，吳民錫趕忙將朱明根緊緊護在懷裡。然而，朱必相直接經過他們，走到改裝過的汽車前用棍棒猛力敲打。

咣！

「住手！」

朱明根大喊著想衝向朱必相，但被吳民錫用全身抱住阻止。

咣！砰！

朱必相看了一眼痛苦的朱明根，繼續砸車。

「求求你！拜託你住手！我叫你住手！」

朱明根挫敗地跌坐在地，落下淚水。

「看清楚了！不聽我的話就會變成這樣。沒出息的傢伙……。立刻給我滾！吳室長還在幹嘛？我不想看到這傢伙，把他帶走！」

「是的，社長。請站起來吧。」

朱明根用袖子擦著眼淚，站了起來。

「知道了。我自己走。放手。」

吳民錫放開朱民根的手臂，朱必相咂了咂舌，將棍棒遞給保全。朱明根向朱必相低頭說道：

「是我錯了，爸爸。」

朱明根的手中不知何時多出了一把刀。他一抬起頭就衝向朱必相。

砰！

這時突然一聲槍響，所有人都嚇得壓低身子，轉頭看槍聲傳來的方向，只有吳民錫毫不猶豫跑向朱明根。

「理事！」

「呃啊！啊……怎麼……。」

李敏智命案發生前一個月

一輛車停在崔友哲警衛面前，從打開的後座車窗能看見車內的嚴奇東檢察官。

「快上車。」

「是。」

崔警衛一坐進後座，車子立刻駛離。

「要去哪裡？我只說有點事要出來一下。」

「我知道，不用擔心，在附近繞一圈就會回來。」

「特地跑一趟有什麼事嗎？」

「這裡是李弼錫議員的選區對吧？」

「是的，怎麼了……」

「我希望你能了解一下李弼錫議員的動向。」

「動向？意思是要我去跟蹤……不，是要我去監視他嗎？」

「監視？哈哈。嗯，沒錯。你能去監視他嗎？」

「他可是國會議員。據我所知，雖然他的選區在這裡，不過實際上住在首爾。如果被他發現了……」

「所以我才拜託你啊？只要回報接下來一個月的狀況就可以了，一個月就好。」

「我能知道發生了什麼事嗎？」

「你不用知……不，未來你就會明白了。意思就是，你的轄區內會發生一起命案，到時候崔刑警必須親自出面處理，具體細節我們到時再談。」

「又有什麼事……。」

「哎呀，已經繞完一圈回來了。你回去忙吧。」

「你真的不打算告訴我是怎麼回事嗎？」

「反正你之後就會知道了。快下車吧，被人看到就糟了。」

「我知道了。」

崔警衛下了車，左顧右盼後快速跑走。嚴檢察官看著他離開之後指示司機：

「去找一星。」

「是，檢察官。」

嚴檢察官靠到椅背上，陷入沉思。

◉

嚴檢察官走進書房，深深地彎腰鞠躬。

「您找我嗎？長官？」

「我是不是太常叫大忙人過來了？」

「沒這回事。您別這麼說。」

「是嗎？」

坐在書桌前的金基昌哈哈大笑。

「有事要吩咐我嗎？」

金基昌收起嘴角笑意，說道：

「這就是我喜歡嚴檢察官的原因。沒錯。我之前提過的那件事？」

「是指李弼錫議員嗎？」

「是啊。看來時候到了。」

「我明白了。我會按照吩咐去處理。」

「要確保萬無一失。」

「不用擔心。您的計畫還能出什麼問題呢？」

金基昌露出滿意的微笑，望著嚴檢察官。

「好，很好。」

●

嚴奇東檢察官的車停在四周圍著柵欄的鐵門前。大門開啟，車駛入後停下，幾個男人迅速跑了出來。

「檢察官，您來了。」

幾名男人一齊彎腰行禮。

「幹嘛？搞得像黑社會一樣？」

「因為您好久沒來了……。」

「淨學些壞習慣。現在開始不准再做這種動作。」

「我們會馬上改進。」

「一星呢？」

「在裡面。」

「什麼？裡面？這傢伙……。」

「請進。」

「你們留在這裡。」

嚴檢察官怒氣沖沖地走入。

「喂!一星!」

「您來啦?」

「臭小子,你居然就在這裡等?」

他吼叫著甩了一星一記耳光。一星立刻回過頭怒視著嚴檢察官。

「你那什麼眼神?臭小子⋯⋯。」

嚴檢察官又抬起手想再甩他耳光,一星迅速抓住了他的手臂。

「啊!還不給我放開!」

一星用力推開他的手臂,嚴檢察官敵不過他的力氣,搖晃地倒退幾步。

「喂!這王八蛋,仗著長官寵你就囂張啦!」

「差不多就好了吧。這是您第一次也是最後一次碰我。下次再動手⋯⋯就不會只有這樣了。」

「你說什麼?這傢伙⋯⋯。」

雖然嚴檢察官吞不下這口氣,但看到一星殺氣騰騰的表情也不敢再多說。

「您怎麼會過來這?」

「長官要你處理李弼錫議員的事。」

「是嗎?什麼時候動手?」

「一個月後。等掌握了李弼錫的動向再下手。」

「如果只是要講這件事,幹嘛不直接打電話?」

「嗯……。因為我想來看看，而且有些事得去一趟別墅。」

「原來如此。那我就不送了。」

「你……呼！好，我走。可惡。」

嚴檢察官咒罵著走了出去，從護送他離開的人群中叫來一名男人。

「五星，你過來一下。」

「是，長官。」

「叫我科長，臭小子。」

「是，科長。」

「以後你負責監視一星的一舉一動，然後向我報告。」

「一星哥？」

「喊什麼一星哥？你們真以為自己是黑道嗎？」

「對不起，科長。我會再向您報告。」

「別讓一星發現，知道嗎？」

「是。」

現在。主日大樓命案當天／崔友哲、羅相南刑警命案當天

正當崔警衛要用拳頭敲鐵門的時候，有人從三樓走下來喊了他一聲。

「崔刑警。」

「啊！南巡警。」

「你跑去哪了，現在才來？」

「沒什麼……。不過南巡警什麼時候……不對，你在這裡做什麼？」

「我一直在等你。」

「我？你知道我會來嗎？」

「對。上來三樓吧。」

「喔？蔡利敦議員也在這裡嗎？」

「為什麼這麼問？」

「沒什麼，因為我聽說羅刑警和蔡議員在這裡……。」

「對。議員人也在這，一起上樓吧。」

「好。南巡警，閔組長跟你說過我的事吧？」

「什麼事？」

「你沒聽說嗎？」

「發生什麼事了嗎？」

「不，沒事。」

南巡警微微一笑，走到崔警衛面前，並抓住他的手臂。

「崔刑警，抱歉了。」

接著他迅速地將崔警衛銬上手銬。

「什麼？啊！你在幹嘛！南巡警！」

「請等一下。」

「南巡警，你好像誤會了，這是組長的指示嗎？別這樣對我，好嗎？」

崔警衛試圖用另外一隻手掏出插在後口袋裡的槍，但同時有人從後方抓住了他的手臂。

「搞什麼？」

「崔刑警，槍由我保管吧。」

「安刑警？」

安警衛搶走崔警衛的槍，插在自己的後口袋。

「安刑警，你來啦？」

「我是不是來得太慢了？不過，南巡警是什麼時候回來的？我明明看到你和組長一起出去了。」

「我偷偷從後門繞回來。」

「那麼……怎麼回事？你難不成是……故意在這裡……。」

「我之後再告訴你。等一下崔刑警先交給你。」

崔警衛眼神一閃，問南巡警：

「南巡警，這裡會發生什麼事？」

「看來不是你策劃的，那就好。」

「你在說什麼？」

「安刑警，請你陪崔刑警待在三樓。」

安警衛抓住南巡警的手臂，擔心地問道：

「到底怎麼了？雖然我不清楚是什麼事，但也讓我一起幫忙吧。」

「不用了。沒關係，你快上去吧。」

「真的？好吧，我知道了。」

南巡警點點頭，安警衛便帶著崔警衛上了三樓。南巡警看著兩人的身影消失後敲了敲鐵門。

「是我，南巡警。」

「什麼？這麼快就來了？」

「羅警查，請聽我說。」

「進來吧，先進來再說。」

「不了。請你直接進房間帶蔡議員和朴范秀出來，但出來時務必彎腰壓低身子。」

「什麼意思？為什麼要這樣？」

「我之後再解釋。一定要彎著腰走出來，知道嗎？」

「那你呢？」

「我得去個地方。我再說一遍，走出房間時務必要彎腰。然後你們上去三樓，安刑警和崔刑警都在那。」

「崔刑警來了？」

「對，記住我說的。注意要彎腰。」

南巡警直接彎下腰示範給他看。

「好，我知道了。」

羅警查點了點頭，走回房內。與此同時，南巡警跑出了建築物。

朱必相蹲在地上，驚訝地瞪大眼睛看著韓檢察官。

「搞什麼？韓瑞律檢察官？」

「全都不許動。」

吳民錫瞪著舉槍的韓檢察官說：

「妳這是在做什麼？」

韓檢察官沒有看吳民錫，而是把槍瞄準了保全。

「放下武器，所有人都站到那邊靠著牆。動作快！」

朱必相緩緩地站起來，對著韓檢察官問道：

「韓瑞律檢察官，妳這是在做什麼？怎麼會來這裡……？」

「我要逮捕朱明……天啊！」

韓檢察官發現倒在地上的車禹錫並走向他，同時槍口依然瞄準著保全，試圖用另一隻手搖醒他。

「喂！醒醒！朱必相，你到底對他做了什麼？」

「我不知道。」

「你不知道？」

就在這時，臨時建築物外頭傳來匆忙奔跑的腳步聲，隨後，閔宇直警正舉著槍走了進來。

「檢察官妳還好嗎？我聽到槍聲……。」

「抱歉，是我開的槍。剛才情況危急我不得不……」

「別這麼說。幸好妳平安無事。那個人是誰……喔！禹錫！怎麼會這樣？」

閔警正走到車禹錫身旁試著搖醒他，車禹錫費力地睜開眼睛。

「你還好嗎？」

「啊……組長……。」

朱必相看到這一情景，笑著說道：

「你果然是警察。閔宇直組長？你是閔宇直，對吧？你沒事啊？」

閔警正盯著朱必相，大聲喊道：

「朱必相，你為什麼要這樣做？」

「還會是為什麼？教訓小偷啊。這個小偷闖入我的辦公室。」

「竟然把好好一個人……」

「閔宇直，到底怎麼回事？你好端端地出現在這裡，可真是嚇到我了。」

「你看起來不怎麼驚訝。」

「我就是這樣，小事情嚇不倒我。」

這時候，車禹錫用手擦去額頭上的血，站在閔警正身邊。

「你們是來救這隻老鼠的嗎？」

韓檢察官依然舉槍指著保全，看著朱必相說：

「朱必相先生，我是來逮捕你兒子的。」

「結果還是要抓走我兒子啊？」

「組長，快。」

韓檢察官向閔警正使了個眼色，示意他逮捕朱明根。

「好。朱明根，你是連續殺人案的嫌疑人，現在我要緊急逮捕你。」

閔警正走近朱明根將他戴上手銬，並告知米蘭達原則。韓檢察官看了朱明根一眼問道：

「你能自己走嗎？」

「媽的！妳朝我的腿開槍還問我能不能走？檢察官就了不起嗎？對著無辜的百姓開槍，妳以為可以就這樣算了嗎？」

「你試圖殺害朱必相。我看見你拿著刀衝向他，一時情急……。本來想朝地板開槍但射偏了。」

「什麼？妳說這小子想殺我？真的嗎？明根！」

朱明根低下頭不敢說話，朱必相見狀原本想立刻衝過去，但看到韓檢察官和閔警正都用槍瞄準自己，他強忍住怒火，渾身發抖。

「這個混蛋……。」

閔警正抓住朱明根的手臂，硬是將他拉了起來。

「幸好子彈只是擦過去而已，不妨礙走路。那就走吧？」

「爸爸，七星哥……。」

保全們正想要動作，韓檢察官喊道：

「不准動！敢有動作就是妨害公務，那麼我只能開槍來正當防衛。」

閔警正也舉起槍瞄準朱必相，朱必相舉起手說道：

「讓他走吧。」

「謝謝你，朱必相先生，我們法院見。」

韓檢察官說完，讓朱明根走在前頭離開現場。閔警正則攙扶著車禹錫跟在他們身後。

李敏智命案發生隔天

鄭室長才剛進門，金基昌就劈頭問道：

「外面在吵什麼？」

鄭室長跑了過來，低頭對金基昌解釋道：

「長官，李弼錫議員來了，他堅持要見您。」

「什麼？李議員跑來這？去跟他說我之後會再聯絡他。」

「就算請他回去……。讓他進來怎麼樣？如果被外界知道，事情會更麻煩。」

「真是的。好，讓他進來吧。」

鄭室長走到外頭，帶著李弼錫議員進來。李議員一進門就急忙來到金基昌面前，頻頻鞠躬行禮。

「長官，謝謝您。謝謝。」

「我記得已經講過了，之後會再聯絡你……。」

「我不能再等下去了。」

「怎麼了？」

「您為什麼要這樣？是我錯了。長官，這次就放過我吧。我不會再貪心了，是我犯了大錯，我搞不清自己幾兩重……對不起，長官。」

李弼錫議員跪在地上，低頭哀求道。

「我不知道你在說什麼。」

「長官，我知道是您的指示。是我錯了，請高抬貴手幫幫我吧。已經被媒體發現了，我這下真的走投無路，您不是也很清楚嗎？沒錯，我憑什麼坐上權位。我願意放棄一切，請讓我保住議員的金徽章吧。」

「李議員，我不知道你聽說了什麼，但和我無關。」

「長官，您要是繼續堅持……難道當我的地盤都沒人了嗎？」

「哇，這樣啊？那我來聽聽看到底發生什麼事。」

「長官！」

「冷靜下來，說吧。」

「沒想到您會這樣背叛我。即使是這樣我也不會怪您，所以請出手解決吧。我不會因為這樣就倒下的，您還不了解我嗎？」

「我怎麼會不了解？就是因為夠了解才給你這點程度瞧瞧啊？」

李弼錫議員低下了頭。

「我明白。既然事已至此，請您停手吧，長官。」

「那你寫個保證書吧。」

「保證書？」

「是啊。不想？」

「不是的，我願意寫。」

「那些照片和影片是朱必相給的沒錯吧？」

李議員瞪大眼睛問道：

「您、您怎麼會……」

「我怎麼會不知道呢？朱必相手上有原檔。」

「什麼？不，我明明……」

「李議員，所以說啊，不要隨便相信別人。你怎麼能聽朱必相的呢……。」
「還是長官厲害，是我痴心妄想了。」
「我很高興你總算清醒了。要是我沒那麼做，你還會繼續執迷不悟。把手上的資料全都交出來，別想要留備份，否則到時候不會這麼簡單就沒事了。」
「我明白，長官。我會照您的吩咐去做。」
「好。把資料都拿到我面前來，然後寫個保證書。」
「謝謝。我馬上去拿來。」
李議員匆匆離開。

現在

南巡警跑到對面的大樓。都警監正在那裡。
「警監，是這裡沒錯嗎？」
「是的。和南巡警說的一樣，他在上面。」
「我們上去吧。」
都警監掏出槍點了點頭。兩人直奔頂樓天臺，放輕腳步來到天臺的出入口。

「警監，我打頭陣。」

「在右邊的欄杆那裡。小心。」

南巡警小心翼翼地推開天臺的門，舉槍瞄準後走了出去，都警監也隨後跟上，保持警戒。南巡警發現一名狙擊手趴在欄杆上，握著M24狙擊槍正在瞄準對面大樓。他迅速舉起槍，高聲警告：

「不准動！」

都警監也立刻拿槍瞄準喊道：

「把手舉起來！」

狙擊手轉過身舉起雙手，站了起來。

「把槍放著！」

狙擊手不發一語，按照指示離開了欄杆。

「慢慢轉過來。」

狙擊手把雙手放在頭上轉過身。就在這時，狙擊手拔出藏在手臂的槍，瞄準了南巡警。

「南巡警，快躲！」

砰！

都警監反應快，在狙擊手開槍之前搶先開了槍。狙擊手雖然手臂中彈，但還是扣下了扳機。

砰！

幸好南巡警也提前察覺到，迅速側身躲開了狙擊手的子彈並立刻反擊。狙擊手連開數槍，躲在排風機柱子後方。南巡警找了個柱子當掩護，都警監也跑了過來躲避攻擊。

「警監，你沒事吧？」

「沒事。南巡警呢？」

「我也沒事。」

都警監從柱子旁探頭想觀察狙擊手的動靜，但槍聲馬上響起，都警監只能又縮回來。

「警監，我繞過去從後面襲擊，請你掩護我。」

「好主意。就這麼辦。」

都警監走到柱子旁邊，朝著狙擊手連開數槍，試圖分散他的注意力。與此同時，南巡警俯身繞了一大圈跑向狙擊手躲藏的位置。

當南巡警來到狙擊手後方時，那人卻突然跑到欄杆前，抓住固定在欄杆上的M24狙擊槍，接著一個縱身跳下了欄杆。

南巡警見狀大吃一驚，錯過了開槍的時機。他在狙擊手要跳下欄杆時才匆忙開槍，但射偏了。都警監迅速更換彈匣站了起來，不過狙擊手已經消失在欄杆後。同時，傳來了玻璃窗的破碎聲。

咣啷！

狙擊手將一條繩子綁住排風機柱子，從欄杆上跳下去，再撞破樓下的窗戶進入大樓。南巡警和都警監晚一步衝到欄杆旁，確認狙擊手已經進入大樓，急忙跑下逃生梯。

羅警查帶著蔡利敦議員和朴范秀從二樓移動到三樓。他聽到對面傳來的槍聲，對朴范秀說：

「那是槍聲嗎？」

「聽起來是。」

「范秀，你和蔡議員進去吧。」

「為什麼？你要過去嗎？」

「嗯。你和安刑警在這裡等著，知道嗎？」

朴范秀抓住了羅警查的手臂。

「相南……」

「沒事的。」

羅警查拉開朴范秀的手之後跑下樓。朴范秀看他離去後，和蔡議員一起進入了三樓。

羅警查證要跑向對面大樓時，看見有人從外頭跳進了大樓裡，於是他不假思索地衝進大樓。從樓梯間下來的狙擊手發現羅警查，立刻開槍攻擊，羅警查快速緊貼著牆壁僥倖躲開。等槍聲一停，他立刻拿出槍，指向上方，小心翼翼地爬上樓梯。當他到達狙擊手所在的樓層時，正好看見了南巡警從上面跑下來。

「羅刑警！」

「喔，南巡警。你還好吧？」

「我沒事。你怎麼會來這裡？」

「這不重要。你看到凶手了嗎？」

晚一步下來的都警監指著裡面說：

「他好像又躲進去了。羅警查和我一起進去找。南巡警你守在這，以防狙擊手又從這裡出來。」

都警監話剛說完，正要轉身進去的時候，南巡警抓住他的手臂說：

「警監，你守這裡。我和羅相南刑警一起進去吧。」

羅警查也點頭勸阻：

「警監，就這麼辦吧。」

「那……好吧，你們兩個小心。」

「不用擔心。走吧，南巡警。」

羅警查挑眉點頭示意，南巡警炯炯有神地回答：

「好。我們走吧，羅刑警。」

南巡警和羅警查舉起槍，小心翼翼地走進大樓。

閔宇直警正扶著車禹錫走出了臨時建築物，吳民錫想跟著他們，卻被朱必相叫了回去。

「七星，沒必要。」

「社長，就讓他們這樣帶走……」

「我有話要跟你說。」

朱必相向保全揮手，示意他們離開。保全鞠躬行禮後走了出去。

「社長，現在追出去還來得及，把理事救回……」

「算了吧。連續殺人犯已經落網。他們又沒有證據，抓走他還能怎樣……。」

「證據……。」

「現在重要的不是這個。」

「發生什麼事了嗎？」

「那個叫一星的現在怎麼樣了？你見到他了嗎？」

「對不起。我聯絡不上他，所以沒能轉達。」

朱必相皺眉瞪視著吳民錫：

「這蠢貨！你這段時間到底都在做什麼？」

「對不起，我會儘快聯絡……」

「算了！馬上給我去找他，約好時間。現在！」

「我知道了。不過，理事那邊您打算怎麼辦？」

「我不是早交代過了？叫你趕快辦手續把他送去美國嗎？辦事效率這麼低，真不像吳室長的作風。」

「我會反省改進，社長。」

「明根的事我會看著辦，你快去找他。」

「是。」

吳民錫立即離開臨時建築，獨自留下的朱必相仔細觀察著朱明根改裝的跑車。他坐上車握住方向盤，靜靜地閉上了眼。

●

一輛車開進某住宅車庫，韓瑞律檢察官從後座下車，隨後，閔宇直警正從駕駛座上下來，他抓住坐在後座的朱明根的手臂，將他拉下車。

「檢察官，那邊的門。」

韓檢察官打開副駕駛座的門，攙扶車禹錫警衛下車。

「你還能走嗎？」

「可以。謝謝妳，檢察官。」

這時徐道慶打開車庫裡的門走了出來。

「你們現在才回來？」

「科長。」

韓檢察官看到徐總警似乎鬆了一口氣，露出安心的表情。徐總警走向看起來慘不忍睹的車警衛，問道：

「車警衛，你還好嗎？發生什麼事了？」

「科長，我們先進去再說。」

「唉呀……好，閔系長。」

閔警正帶著朱明根，跟在徐總警走向車庫門口，韓檢察官則攙扶著車警衛跟在後面。

「韓檢察官，這是怎麼回事？」

「我也不清楚。我去逮捕朱明根時看到他在那裡。」

「科長……那個……」

車警衛艱難地嘗試開口，徐科長抓住他的手臂制止：

「不急，車警衛。以後再說就好。你先不要說話。」

「我叫他去醫院，但他堅持自己沒事，我只好帶他來這裡。」

「得趕緊進去檢查一下。快走吧。」

他們走出車庫，穿過小院子來到一扇大門前。

「科長，這是新的本部嗎？」

「沒錯。匆忙準備的。」

「看起來是普通的住家。」

「像嗎？哈哈，真是觀察入微。這裡是我家。」

「科長的家？那你的家人怎麼辦？」

「孩子們都搬出去了，我妻子也暫時去住別的地方。沒關係，快進去吧。」

閔警正把朱明根的手銬另一端扣在客廳桌子的桌腳上，然後走了出來。

「科長，我還要去一個地方，先走了。」

「你要去南始甫巡警那裡嗎？」

徐總警聽到韓檢察官的話，轉頭看著她問道：

「南巡警？」

然而閔警正出聲否認：

「不是。都警監也在那應該沒有問題。比起他那邊……這個等我回來再說。檢察官，麻煩妳審問朱明根。即使有證據也可能被認為是偽造的，所以一定要取得陳述。沒問題吧？」

「我一定會問出來的。別擔心，你快去吧。」

「閔系長，等一下。」

聽到徐總警叫他，閔警正立刻抓住他的手臂說道：

「科長，這裡就拜託你了，我之後再跟你解釋。」

閔警正用眼神向徐總警示意後，跑到車庫匆忙開車離去。

羅警查舉起槍走在前面，南巡警緊隨在後掩護他。走廊兩邊都是辦公室，透過透明的玻璃門能清楚地看到辦公室內的情況，幸好現在是凌晨沒有人上班。羅警查和南巡警輪流檢查兩側，緩慢前進。

當他們經過第三個辦公室時，羅警查突然停下腳步往後看。

「怎麼了？」

羅警查把食指放到唇邊，示意他安靜。

「噓！」

羅警查靠近南巡警，輕聲說道：

「好像在裡面。」

南巡警沒有回答，只是睜大了眼睛，縮起肩膀。

「打掃阿姨在裡面打掃，不過她的動作看起來很不自然。我想她可能被當成人質了。」

「我們該怎麼辦？」

「對方有槍，如果貿然行動人質會有危險。我們先假裝撤退。」

南巡警點了點頭。羅警查和南巡警先走到了走廊盡頭，再轉身走回來。

「好像不在這裡。」

「對啊？會不會去別層樓了？」

「應該是。我們快點離開這裡吧。」

「是，羅刑警。」

羅警查和南巡警假裝匆忙離開，但悄悄進入了旁邊的辦公室。原本以為裡面沒人，但沒想到發現有人躲在桌下。羅警查趕緊出示警察證件，說道：

「我們正在執行公務，請配合。」

在辦公室的人早被外面傳來的槍聲嚇傻，默默點頭。

「犯人一出來，我就在後面抓住他。南巡警，你準備上手銬。」

「好。小心。」

羅警查說話的同時，緊盯著門外的情況。外頭靜得可怕。

過了一段時間，狙擊手小心翼翼地經過了兩人埋伏的辦公室。

羅警查盯著他，輕輕地打開辦公室的門走了出去。就在南巡警跟在他後面走出辦公室時，羅警查毫不猶豫地撲向了狙擊手。

羅警查從後方抱住狙擊手並將他抬了起來。狙擊手嚇了一跳，沒能抓穩手中的M24狙擊槍。羅警查雙臂用力，狙擊手瞬間痛苦得表情扭曲。南巡警抓緊機會，試圖在狙擊手的手腕上戴上手銬。

然而就在這時，狙擊手突然彎下身子，將身後的羅警查向前拋出，同時快速轉身踹向南巡警。南巡警迅速閃開這一腳，不過狙擊手的腳尖還是擦過了他的手臂，南巡警因此失手未能將他上銬。

羅警查立刻站起來向狙擊手揮拳，兩人你來我往。南巡警舉起槍瞄準了狙擊手，但由於兩人扭打在一起，無法瞄準。羅警查貌似力不從心，焦急地對南巡警喊道：

「南巡警，開槍！不要管我，開槍！」

「不行，羅刑警！你閃旁邊一點……」

「這小子死抓住我不放，快開槍啊！瞄準他的腿！」

南巡警本想向狙擊手的腿開槍，但最終下不了手，轉而向天花板開了一槍。

砰！

突如其來的槍聲讓羅警查和狙擊手停頓了一下。狙擊手趁機一腳踢中羅警查的腹部，然後全力跑向樓梯。南巡警朝著狙擊手開了一槍，可惜射偏了。

守在逃生梯的都警監聽到槍聲，急忙跑進走廊，正巧遇見狙擊手。都警監立即開槍，但狙擊手迅速地抓住都警監的手臂往上抬，避開了子彈。

南巡警也因為都警監出現，放下了原本瞄準的槍。都警監因為狙擊手的力道而摔倒在地，羅警查趕緊去追跑下樓梯的狙擊手。南巡警拉住都警監的手扶他起身。

「警監你還好嗎？」

「我沒事，快跟上去。」

南巡警慢了一步才跑下逃生梯。當他來到一樓時，看見羅警查正與挾持著朴范秀的狙擊手對峙。

「羅刑警。」

羅警查舉起雙手，大聲喊道：

「不要過來！待在原地！」

狙擊手正拿刀挾持朴范秀，而羅警查將槍放在地上。朴范秀瞪著狙擊手說道：

「大哥，快住手。一切都結束了。」

「媽的。不想死的話就給我管好你的嘴，喂！不要動，敢給我動一下，這傢伙就馬上去見閻王。」

「相南，對不起。」

「別胡說八道，跟我走。」

狙擊手用刀抵住朴范秀的脖子將他拉了過來，沒走幾步，朴范秀抓住他的手，把脖子湊向刀口。狙擊手嚇了一跳慌忙縮手，但朴范秀的脖子已經湧出了鮮血。

「范秀！」

朴范秀摀著脖子，當場倒地不起。驚慌失措的狙擊手猶豫了一下，隨即退後轉身想逃走。

砰！

槍聲響起，狙擊手縮起身體，停下步伐。南巡警用槍指著正要逃跑的狙擊手，朝他頭上開槍。

「站住！再有動作我這次真的會射中！」

狙擊手舉起手，轉過身去。

「把手放在頭上，趴下！」

晚到的都警監也舉槍瞄準了狙擊手。羅警查抱著朴范秀高聲呼喚：

「范秀，你還好嗎？喂！范秀！」

羅警查急忙脫下上衣，用衣服包住朴范秀的脖子。

「相南，對不起。」

「不要說話。沒事的，什麼話都不要說。」

「把我這樣的傢伙當作朋友……謝謝。」

「臭小子，閉嘴，不要說話，拜託……」

羅警查的眼眶不知不覺間噙滿了淚水。

「那個人是……五星……五星。他會知道你們要找的人是誰。」

「我知道了，你別再說話了！」

南巡警走近趴在地上的五星，替他戴上手銬。同時，都警監打電話叫救護車，並走向朴范秀。

「羅警查，等一下。讓我看看。」

「警監，他能活下來吧？不能讓他就這樣死了。」

「別著急，耐心等一下，羅警查。」

都警監低身檢查了朴范秀的瞳孔與脈搏。

第18話 救出人質

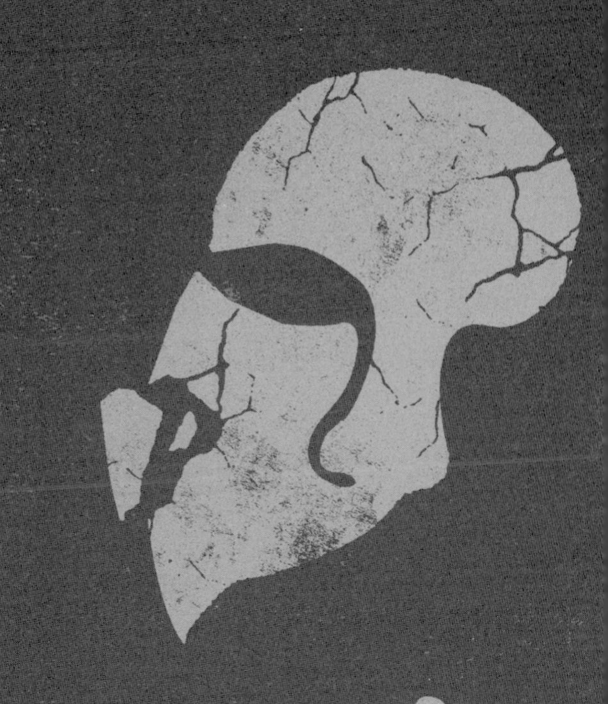

李敏智命案發生一週後

崔友哲警衛正在等嚴奇東檢察官的車，沒多久一輛黑色轎車停在了他前面，崔警衛立即坐上後座。

「有事在電話裡說就好，為什麼又跑來？」

「因為這件事必須親自面對面說。」

「是嗎？這次是什麼事？」

「關於李敏智的案子，大致收尾後就交給檢察廳。」

「突然說這話是什麼意思？」

「很難懂嗎？意思是停止調查，交給檢方。」

「不是之前才指示要監視李弼錫議員，怎麼突然又不查了？」

「不要多問，照做就對了。」

「這案子看起來是他殺，很快就能找到確切的證據……」

嚴檢察官狠狠地瞪了崔警衛一眼，打斷他的話：

「你聽不懂我說的話嗎？什麼他殺？李敏智是自殺的。就這樣結束調查移交檢察廳。還有，你已經找到證據了嗎？」

嚴檢察官用充滿威脅的眼神和語氣問道，崔警衛低聲回答：

「我覺得李敏智的男朋友好像知道些什麼，似乎握有什麼證據……。不過為什麼突然改變心意？」

「你不用管這個，只要聽從指示就行了，知道嗎？」

「組長也知道這件事，沒問題嗎？」

「別擔心這個，就算是組長也不能怎樣。你去弄清楚那個男的手上有什麼東西，然後向我報告。」

「知道了。我什麼時候能去首爾？」

「再等等吧。這件事一結束，你就會被調到首爾警察廳。」

「真的嗎？謝謝你，檢察官。」

現在

在只有床和桌椅的小房間，朱明根獨自躺在床上。韓檢察官打開房門走進來，坐在桌前的椅子上說道：

「過來坐吧。」

「……。」

「朱明根，你是以嫌疑人的身分被帶來這裡。快過來坐吧。」

朱明根翻身，背對著她回答：

「我不要。這裡又不是警察局。」

「雖然不是警局，但這裡是臨時搜查本部，而我是負責審問嫌疑人的檢察官。要知道，如果不配合吃虧的會是你自己。再怎麼不情願，也要為吳民錫想想。」

「吳民錫？那是誰？」

「你不認識吳民錫嗎？」

「所以我才問他是誰啊？」

「原來你不知道他的本名。就是吳七星室長。」

朱明根把頭轉向韓檢察官問道：

「什麼？吳室長的本名？不過吳室長怎麼了？難道是吳室長把我交給你們的？所以警察才會跑進來啊？該死，怪不得……。」

「吳民錫這麼做都是為了你好。他會勸你自首也是為了讓你能免於死刑。」

「自首？誰說要自首了？我才沒有。我看起來像想自首嗎？」

「如果你願意配合，我會以自首來處理，那麼你就有可能被判無期徒刑。」

朱明根坐起身說道：

「無期徒刑？妳要我一輩子待在牢裡？」

「吳民錫沒告訴你嗎？你可以好好表現當模範囚犯就有可能被減刑。如果你坦承犯案，陳述所有經過，那也有機會酌情量刑。所以過來坐吧。」

「真好笑。這些我都不需要！要我成為模範囚犯？是啊，都是我殺的。但是你們害我沒能殺了真正該死的惡魔！我不能就這樣去坐牢。絕對不行！」

朱明根抓著頭大叫。

「朱明根，你清醒點。如果連自己的父親都殺，那就不只是無期徒刑，很可能會被判死刑。」

「我不需要減刑，還不如直接死刑也比無期徒刑好。但是妳怎麼知道我會殺死那個惡魔？一進來就馬上對我開槍？」

朱明根下了床凝視著韓檢察官。韓檢察官看了看朱明根的腿，回答道：

「對了。你的腿怎麼樣了？幸好傷得不嚴重。」

「我在問妳問題。妳早就知道我要在那裡殺死惡魔，對吧？」

「什麼意思？我怎麼可能會知道。我進去的時候看到你撲向朱社長，所以才開槍。」

「別搞笑了。妳怎麼知道我手上有刀？我明明把刀貼在身上，從妳的位置絕對看不到。」

「這重要嗎？重點是我阻止你又殺人。」

朱明根用手掌拍著自己的額頭說：

「啊！我知道了。所以那傢伙才說那種話啊。」

一週前。主日大樓地下三樓臨時建築物內

南巡警用衣袖包起鐵塊，放進上衣口袋。口袋因沉重的鐵塊而往下垂。

「出去吧。」

「你不是說會饒我一命嗎？幫我解開手銬吧。」

「我說會饒你一命，但沒說過會放了你啊？」

「什麼？你是警察嗎？」

「我答應過會饒你一命。乖乖聽話。」

南巡警靠近朱明根的耳邊：

「你不會死，死的人是你爸。惡魔將會死去。」

朱明根聽到立刻瞪大眼睛看著他：

「你說什麼？瘋子，你說什麼？」

「所以那傢伙才對我說了那種話。他就是那個能看見屍體的警察。對吧？」

「那是……什麼意思？警察能看見屍體？」

「怎麼了？不是那個警察告訴妳的嗎？這樣才說得通啊……那傢伙叫什麼？南……總之是個巡警。」

「你怎麼會認識南巡警？」

「看來真的是他，能看見屍體的傢伙。」

「你是聽誰說的？」

「還能是誰？我聽吳室長說過啊。」

韓檢察官聽了大吃一驚，不自覺地唸起他的名字：

「吳民錫……。」

「原來是這樣啊。他有看到我殺死那個惡魔。天啊，有夠扯！真的有這種瘋子。」

朱明根抬頭望著天花板，發出詭異的大笑。

「怎麼會是瘋子？南巡警擁有的是很特殊的能力。」

「特殊能力？呿！那該死的特殊能力毀了我最後的儀式！」

「不是這樣的。他救了你，也救了你父親。」

「該死，我當初就應該要殺了那傢伙……。啊啊！該死。」

朱明根大聲吼叫，雙手握拳搥打床鋪。

「你冷靜一點，過來這裡坐下。你真的想被判死刑？那就隨便你吧。你爸一定會很高興。」

「什麼？」

「你想對惡魔報仇不是嗎？那個惡魔就是你爸。我能理解你恨到想殺了他，所以才成了連續殺人犯。就這樣結束生命不會覺得很冤枉嗎？但如果你真想要用這種方式結束我也可以幫你。只不過還有另一種方法可以向惡魔復仇……。」

「另一種方法？是什麼？」

朱明根似乎提起了興趣，把頭探向前豎耳傾聽。

「活下去見證惡魔接受法律的制裁。我一定會讓惡魔得到應有的懲罰。」

朱明根冷哼了一聲，又把頭縮了回來：

「妳是檢察官對吧？那妳應該很清楚，惡魔至今是過著怎樣的日子，又做了什麼才累積那麼多財富？妳知道惡魔一直逍遙法外吧？那了不起的法律！就是法律在保護惡魔。只要有錢什麼都辦得到！既然妳是檢察官，應該很了解吧？難道妳是個菜鳥才不懂這些？」

「是啊。至今惡魔都凌駕於法律之上，或者該說本應公正執法的公權力卻成了惡魔的後盾。但我一定會讓惡魔站在正義的法律面前，接受應有的審判。」

「……。」

「說得真容易。不過看來我不會先死。我會活著，親眼看到惡魔死……。」

「朱明根，你就從實招來，好好贖罪之後重新來過吧。吳民錫也是這麼希望，他會幫助你的。」

朱明根用手撐著下巴，不發一語地望著韓檢察官。

「怎麼樣？你願意配合嗎？」

「好。不過先給我一杯水。」

「等你陳述完，我就拿給你。」

「該死……。」

朱明根抱怨著走到韓檢察官對面坐下。

車子開進了安靜的村莊前的一片空地，那裡已經停著另一輛車，後到的車停在它旁邊，位置剛好能看清楚對方的駕駛座。車窗緩緩降下，駕駛座上的是閔宇直警正，而鄰車的駕駛座上坐著徐弼監科長。

「就是那棟別墅嗎？」

「不是，要再往前一點。」

不久後，另一輛車駛進空地停在徐科長的車旁邊。朴聖智記者下了車，走到閔警正面前向他打招呼。

「你好，我是記者朴聖智。」

「我是閔宇直。」

「我們搭徐科長的車吧。」

朴聖智坐進徐科長的副駕駛座上，而閔警正則坐到後座。

「開一台車就好，以免引人注目。」

「好。閔系長，是朴記者看到之後通知我。」

「謝謝你，朴記者。」

「不客氣，我只是盡自己的本分。現在我們該怎麼做？雖然沒辦法確定人數，但對方看起來人很多，我們三個人恐怕難以應付。」

「必須先了解內部情況。」

「那裡不好接近。尹鎮警衛也是因為太靠近才被發現。」

「那麼就到朴記者先前埋伏的位置吧。那裡應該相對安全吧？」

「就這麼決定吧。我來開車。」

「好。」

徐科長和朴記者交換座位後便出發。閔警正問道：

「徐科長，你覺得這裡是黑暗部隊的基地嗎？」

「沒錯，閔系長。」

朴記者補充解釋道：

「我調查過進出這裡的人，大部分都是過去黑暗部隊的隊員。」

「科長是怎麼知道黑暗部隊的？」

「我以前的班長跟我說過。當時還以為隊員們各自四散成了黑道。」

「如果是當時的隊員，現在應該年紀很大了，要怎麼……」

「沒錯，只不過當時也有很多未成年的隊員，據我所知，他們現在也找了很多年輕人加入，負責招攬新人的是一個叫權斗植的人，綽號一星。在他之後還有五星和三星。你應該認識三星。」

「三星？」

「在徐敏珠議員父母家門口的那個人。」

「你又是怎麼知道的？」

「這位朴聖智記者的消息可不是普通的靈通，只要提供足夠的線索，幾乎沒有他查不到的事。」

「講得好像你有好好給過線索一樣。沒這回事，閔組長，有些情報花錢就買得到。」

「那麼當時自殺的人是三星嗎？本名是都秀景。」

「沒錯，都秀景。五星本名柳東九，七星本名吳民錫。」

「吳民錫不是朱必相的人嗎？」

「對。但他們全都是金基昌的人。不過根據我收到的情報，一星似乎背叛了金基昌，改投靠南哲浩議員。

這只是推測，還不確定。」

「看來金基昌和南哲浩議員正在爭奪黑暗王國。」

「對吧？有件事我還沒告訴你……」

徐科長猶豫了一下，閔警正目不轉睛地看著他，等他繼續說下去。

「是關於崔友植刑警和李延佑刑警的事。」

「怎麼了？」

「他們的死和金基昌有關。」

閔警正驚訝地瞪大眼睛問道：

「你是說跟黑暗王國有關？」

徐科長沉默點了點頭。

呂南九命案發生前一週

坐在車後座的崔友哲警衛整個身體轉向嚴奇東檢察官，說道：

「呂南九說他要交出證據。」

「他現在在安全屋嗎？」

「是的。檢察官打算怎麼做？」

「我們的人被閔宇直看到臉了對吧？」

「是的。對不起。」

「算了，都過去了。是因為溝通出了問題。」

「謝謝。」

「這次會有新人加入。一週後開始工作。你必須在那之前找出證據。」

「我知道了。閔宇直系長正在注意這件事，沒問題嗎？」

「所以啊，你為什麼不能自己處理好……」

「至少我成功讓呂南九回心轉意了，不是嗎？」

「好啦。無論如何，你那天都要把警察的注意力轉移到別的地方，不要讓他們去安全屋。」

「知道了。還有，謝謝檢察官。我能調到首爾警察廳，都是托檢察官的福。」

「是啊，我早說過了吧？不過，這次的事要處理好，你才能坐穩那位子，這樣說你明白吧？」

「是的，我當然明白。」

「我這條救命繩你以後可要抓緊啦。」

嚴檢察官拍了拍崔警衛的膝蓋，放聲大笑。

「那是當然的。」

事實上，崔友哲警衛從警察大學畢業後，是一名比任何人都清廉與正義的警察，他克盡己職，也一直把親哥哥視為模範，過著堅守警察價值觀的生活。直到他看見工作效率比自己差，怠惰的同屆警察和後輩卻比自己更快晉升，開始產生了懷疑。

某一天，他負責一起暴力犯罪案件，但他不聽上級指示，一意孤行調查到最後，最終沒能結案就被降職到地方警局。在接下來的日子裡，他輾轉於不同的地方警局，奮不顧身屢屢立功，最後好不容易在水原警察署重案系重新站穩了腳步。而他為了保住自己的位子，赴湯蹈火地辦案。

後來，他參與了一次追捕黑道老大的行動，當時他不聽從班長的指示，單槍匹馬地闖入俱樂部試圖抓到黑道老大。原本打算等待支援的班長因為擔心他的安全，無奈之下跟了進去，卻慘遭黑道殺害。儘管如此，崔警衛一心想著要親手抓到目標，只顧著追捕黑道老大。

想當然同事們得知此一事實後便開始疏遠他，而崔警衛抗拒不了檢方提出的誘惑。

崔警衛一下車就接到嚴檢察官的電話。

「一週後放金範鎮回家。」

「我知道了。」

「紀錄立即銷毀，金範鎮還會是在獄中，知道嗎？」

「當然。我會處理好。別擔心。」

「好。訂金今天會入帳。剩下的等金範鎮出來之後會再匯過去。」

嚴檢察官掛斷電話，又打給另一個人。

「長官，一週後應該就能處理好了。」

「好。李議員怎麼樣？」

「他應該是太害怕，戒備變得森嚴，還需要一些時間。」

「我想也是。」

「長官不如親自去見李議員，讓他安心怎麼樣？」

「好主意。但不知道他會不會聽我的話。」

「您親自出面，他應該就會鬆懈一些吧？」

「那就這麼做吧。」

「好的。我會再聯絡您。」

現在

「你怎麼會來這裡？」

「我有話要對大哥說。」

「是嗎？我以為你不會再來了……。有什麼事嗎？」

「朱社長想見大哥一面。」

他意外地用手指著自己，問道：

「我?為什麼?」

「我不清楚。」

「要先知道理由我才能抽出時間。你覺得我很閒嗎?」

「好像是急事,先去見一面吧。」

「急?他當然急。大概是聽說了吧。」

他咧嘴笑著,盯著吳民錫的眼睛。

「什麼意思?」

「他沒告訴你嗎?我說過,你必須對朱社長瞭若指掌,到現在還沒得到他的信任嗎?」

「不是的。最近理事……不,因為少爺的事,我最近比較忙。」

「啊哈,那個瘋子啊。他殺了多少人?」

「那個……總之,大哥你知道是什麼事嗎?」

「你這傢伙,為什麼一提到那個瘋子眼神就不一樣了?我不是叫你不能放感情嗎?」

「我沒有。到底是什麼事?是機密嗎?」

他摟住吳民錫的肩膀,靠近他的臉說道:

「機密?不是啦,因為長官在懷疑朱社長。」

「什麼意思……?」

「他看起來很在乎自己的利益,但光有錢還不夠。」

「所以,到底……」

他輕輕拍了拍吳民錫的肩膀說道：

「喂，七星啊，你真的不知道嗎？你在朱社長那都在幹嘛？……臭小子，你其實都知道，但是這段期間故意不報告，對吧？」

「不是的，我真的不知道。現在聽大哥說才大致猜到是什麼意思。」

「是嗎？別擔心，我不會告訴長官的，反正說了他也不會挺我。長官對你實在太偏心了，還真有點煩……總之就是這樣。你現在應該懂了吧？」

「原來社長有這種意圖。」

「是啊，被長官看穿了，他可不是普通的老人家啊。我們以前不是還開玩笑說長官是會觀心術的弓裔大王復活嗎？觀心術就是看穿人心，所以你也別想要打什麼算盤，他一看就知道了。」

「我哪有打算盤？沒這回事。」

「好吧、好吧。比起這個，朱社長找我有什麼事？」

「他想見長官一面。我想他是因為這件事才找你。」

「長官本來就不喜歡露面，更不喜歡見外人，就算是自己人也要看他心情。朱社長想見他應該很難。」

他說的同時不斷搖頭。

「還是請你見見他吧，也不是什麼難事，看在我的面子上……。不是要我獲得他的信任嗎？」

「這樣啊？好吧。既然你拜託我，當大哥的當然會答應。明天我會去找他。」

「謝謝。我會轉告他。」

「七星啊。」

「是。」

「你應該也知道吧，南哲浩議員的事。」

吳民錫沉默，只是盯著他看。

「你也知道長官和南哲浩議員的關係吧？」

「為什麼問這個？」

「長官對你期望很高，你也清楚吧？」

「你想說什麼……」

「有件事要你去辦。既然你人都來了，我就順便告訴你。不用馬上動作，等時機成熟我會給你指示。」

「可是我……」

他拍了拍吳民錫的肩膀，打斷了他的話。

「我知道會沾血的事你不做，長官也是因為這樣才把你派去朱社長那，朱社長好像也不會要你做那種事。我們都很清楚，但就做最後一次吧。這件事你自己處理會很辛苦，當然光我一個人也辦不到。所以我不是在命令你，而是想拜託你。」

「大哥，我真的做不到。」

「喂！七星。你不行的話就得叫五星去做，這可不是普通的小事耶？長官信不過五星所以希望你來……我當然也是希望由你出面。就最後一次，他說只要這件事處理好就會放你自由。」

吳民錫訝異地看著他問道：

「自由？真的嗎？」

「是啊。長官可曾說話不算話？你去朱社長那裡不也是長官替你安排的嗎？」

「我知道，但是……」

「好好想一想。我會去見朱社長，到時候跟我說你的決定，知道嗎？」

「我知道了。」

「好，你走吧。不了，我送你。」

他和吳民錫一起走出來的時候，不知從哪裡傳來了慘叫聲。

「那是什麼聲音？」

「沒什麼。只是抓到了老鼠。」

「老鼠？」

「快走吧。」

「好。那麼明天見。」

吳民錫向他點頭打招呼，鐵門打了開來，吳民錫開著車離開。

◉

徐道慶總警在車庫裡，好像在等誰出現。不久之後，一輛汽車駛進了車庫，車庫門隨即關上，都敏警監從後座下車。

「科長怎麼在這裡等？」

「都警監，辛苦了。朴范秀送去醫院了嗎？」

「是的，羅相南警查陪他一起去。」

南始甫巡警從駕駛座下車，向徐總警敬禮。

「忠誠！」

「喔，南巡警。辛苦了。」

南巡警跑向被都警監拖下車的狙擊手，抓住了他的手臂。

「他就是狙擊手。」

「是的，科長。」

「快進去吧。」

徐總警走在前面帶路。南巡警拉著低著頭的狙擊手緊隨在後。都警監走在徐總警旁邊說道：

「韓瑞律檢察官在裡面嗎？」

「對。她正在審問朱明根。你看能不能進去幫她，也還要調查狙擊手吧？」

「我先去朱明根那邊。」

「好。狙擊手我會先看著。」

都警監走進了韓檢察官正在進行審問的房間。徐總警靠近南巡警說道：

「南巡警，你知道閔系長發生了什麼事嗎？」

「啊？組長有什麼事？他不在這裡嗎？」

「他突然有事出去了，我聯絡不上他。」

「我以為組長和韓檢察官一起去逮捕朱明根。」

「是這樣沒錯……看來你也不了解情況。好吧，到時候應該就會有消息了。安警衛很快就會過來，我需要先審問這個人，麻煩你在這裡等安警衛。」

「是，我知道了。」

徐總警帶著狙擊手進入房間。南巡警則留在客廳。他掏出手機，看了看時間。

由於聯絡不到五星，嚴奇東檢察官來到了中古車車行。車行職員坐立難安，不斷看他臉色。

「怎麼？還是聯絡不上嗎？」

「是的。要再打給他看看嗎？」

「不用，算了。去忙你的吧。」

職員低下頭打了聲招呼便急忙走出辦公室。坐在沙發上的金範鎮看了看嚴檢察官的表情，走上前搭話。

「發生什麼事了嗎？」

「不關你的事。」

金範鎮聽了又走回沙發，走到一半停下腳步，再度開口：

「別這樣，跟我講吧。如果是五星出了什麼差錯……」

「就說了沒事。金範鎮，你有聽說閔宇直的事了吧？」

「有，很抱歉，如果再給我一次機會，我一定會讓他……」

金範鎮謙卑地請求原諒，嚴檢察官卻大吼打斷了他的話。

「閉嘴！媽的！不久前才剛因為蔡議員的案子被罵……。閔宇直……可惡！該死的……。」

「所以請再給我一次機會。在事情傳到長官耳裡之前，我會處理得乾乾淨淨。」

「給我等著。閔宇直有這麼好對付嗎？看那傢伙把我們騙得團團轉就知道了吧？再說，不是處理掉他就沒事了。你以為那傢伙這段時間都在混嗎？必須搞清楚他查到了多少。在那之前應該先解決蔡利敦……」

「那麼蔡利敦議員交給我……」

「我說了，你給我乖乖等著。等之後收到指示再好好表現。」

嚴檢察官再次嘗試聯絡五星，但仍是關機狀態。這時候，嚴檢察官的手機響了起來。

「怎麼了？」

「您讓五星做了什麼？」

「我……等一下。」

嚴檢察官走出辦公室，確定附近沒人後說道：

「我哪有叫他做什麼？」

「沒有上頭的指示，您就叫五星單獨行動嗎？」

「五星怎麼了？」

「您是真的不知道？」

「到底什麼事？快說啊，你這傢伙！」

嚴檢察官似乎很焦急，手指急促地敲打著手機，提高了聲音。

「聽說他被閔宇直那夥人抓住了。」

「閔宇直？」

「您真的不知道嗎？」

「不……。對，我……。先告訴我發生了什麼事。」

「我打來就是想問您，坦白跟我說吧。」

嚴檢察官拿下手機，閉眼咒罵之後繼續通話。

「這混帳……唉！對，是我下令處理掉蔡利敦議員。」

「這是長官的指示嗎？」

「長官？喂！是我下的指示，我的指示就是長官的指示，幹嘛硬要問？你這傢伙真是……」

「原來不是長官的意思。」

「對，是我的意思。又失敗了嗎？就是因為這樣，我才……」

「您不知道現在不能單獨行動嗎？為什麼要叫五星去做？」

嚴檢察官情緒變得激動，嗓門越來越大。

「你這傢伙真是越來越囂張，居然敢教訓我！我怎麼會不知道？所以我才叫他和崔友哲刑警一起行動！」

「崔友哲？」

「是啊，崔友哲。」

「那傢伙是檢察官安插的間諜嗎？」

「他的身分已經曝光了，沒有利用……等一下，五星真的被他們抓到了？太奇怪了，沒道理會被抓啊。我聽說是要在對面大樓射殺蔡利敦，怎麼會……。搞什麼？我們這邊有內鬼嗎？」

「是不是那個叫崔友哲的背叛了我們？」

「什麼？崔友哲那傢伙……」

「這件事我會向長官報告。」

「你說什麼？不行！我會自己報告，暫時先我們自己知道就好。長官最近事務繁忙，不應該連這種小事都讓他操心啊，你說是不是？」

「他日後知道了，您要怎麼負起責任？」

「所以要在那之前處理乾淨啊。你查一下五星在哪個警局，然後向我報告。」

「他們應該是把他帶到了別的地方，不是警察局。」

「在哪裡？」

「不清楚，聽說半路追丟了。」

嚴檢察官大聲怒吼，氣得直跳腳。

「媽的！那五星要怎麼辦？」

「為什麼是問我？」

「什麼？他不是你的隊員嗎？你不管他了嗎？」

「……不是的，五星和蔡利敦就交由我們來處理，以後請不要再直接命令我們的人，必須先透過我。」

「什麼？操……好，就這樣吧。」

「那我先掛電話了。」

嚴檢察官一掛斷電話就不滿地咒罵道：

「該死的狗崽子，連這種小流氓也敢對我……」

「發生什麼事了？」

在後頭偷聽的金範鎮出聲問道。

「啊？你哪時候過來的？」

「我不是故意要聽……只是在想也許我能幫忙。」

「你能幫什麼忙？不要沒事出去亂說話。聽到沒？」

「好，我會當作什麼都沒聽到。不過這麼聽下來，我好像知道一些事能有幫助。」

「又在說廢話，快進去，你要是被看到可就麻煩了。」

「不是說內部有間諜？真的是間諜嗎？你不好奇我要說什麼嗎？」

嚴檢察官連看都不看他一眼，不屑地問道：

「說什麼？你是知道什麼？」

「也許是因為那傢伙看得到屍體。」

嚴檢察官這才顯得感興趣，轉頭問金範鎮：

「那傢伙？看得到屍體？你在說什麼？」

「閔宇直手下有個叫南始甫的傢伙。聽說他現在當上了警察，他有可能事先察覺到，五星才會被抓。」

「到底是什麼意思？把話說清楚。」

金範鎮向他解釋了南始甫巡警的能力。

「什麼？所以他能提前看到未來發生的事？那個叫南始甫的傢伙有預知能力？」

「差不多吧。反正那小子可以事先知道然後提前做準備。閔宇直能死裡逃生也是因為他。」

嚴檢察官傻眼地笑了出來：

「瘋了吧，太誇張。世上竟然有這種人？就因為那傢伙，我們的計畫全都失敗了嗎？沒能解決掉蔡利敦也是？難道閔宇直能逃出倉庫也是因為他？」

「我也懷疑是不是……反正很可能都是那小子在作怪。」

「媽的……。若真是這樣，那傢伙日後會是一塊絆腳石。」

嚴檢察官低聲自言自語。

「你說什麼？」

「算了，把你知道的全都告訴我。」

「好的，那個叫南始甫的……」

◎

車停的地方是一片茂密的森林，道路狹窄，就連一輛車要通過都相當困難。朴聖智記者轉向一處偏僻的地方停車後，指著山坡對閔宇直警正和徐弼監科長說道：

「再往上走一點就能看到了。」

「好。快走吧。」

閔警正帶頭，當他們爬上山坡找到位置，一輛車駛出了黑暗部隊的基地。朴記者拿起大炮鏡頭查看車內。

「看起來像是吳民錫。」

「是嗎？讓我看看。」

閔警正將朴記者遞過來的鏡頭對焦，看到了坐在駕駛座上的人。

「是吳民錫沒錯。看來這裡真的是黑暗部隊的祕密基地。」

徐科長靠在閔警正旁邊問他：

「朱必相應該知道黑暗王國吧？也許他是透過吳民錫和黑暗部隊密切聯繫。」

閔警正移開鏡頭，看著徐科長說道：

「朱必相似乎不知道黑暗王國。黑暗部隊的隊員也不知道黑暗王國的存在。」

「什麼意思？黑暗王國不是金基昌創立的嗎？不過你怎麼知道？聽你的語氣應該不只是推測？」

「沒錯，科長。是吳民錫說的。」

「啊？吳民錫跟你說？」

「我沒有親耳聽到，是從這次一起調查的韓瑞律檢察官那裡聽說的。他們倆見面時有談到。」

「你說檢察官叫韓瑞律？蔡利敦貪汙案……負責你案子的那個韓瑞律檢察官？」

「沒錯。就是當時那位檢察官。」

「韓瑞律檢察官跟吳民錫有見面……」

徐科長說著，摸了摸嘴巴周圍陷入沈思。

「怎麼了？」

聽到閔警正的問題，徐科長看著他說道：

「韓瑞律檢察官的父親就是那個班長，我之前提過的韓東卓班長。」

「告訴你黑暗部隊的那位……」

「沒錯。班長在追查黑暗王國的過程中不幸去世，他當時還不知道對方是黑暗王國，以為只是在調查犯罪組織。一定是黑暗王國將他的死偽裝成自殺。」

「真的嗎？我不知道韓瑞律檢察官有這樣的背景。」

「原來吳民錫去找了韓檢察官。他終於站出來了。」

「這是什麼意思？」

「李延佑刑警在調查韓東卓班長的命案時認識了吳民錫。吳民錫不是凶手，但是以此為契機，我們認為是擁有巨大權力的犯罪組織殺害班長，所以開始調查。吳民錫原本願意協助，但李延佑刑警去世後我就沒辦法聯絡吳民錫。當時覺得要是我的身分也曝光就沒戲唱了，而且我也信不過吳民錫。」

「做得好。多虧當初的判斷，我們現在才能一起調查。」

「現在回想起來，確實如此……。所以吳民錫決定要協助我們了嗎？」

「韓瑞律檢察官是這麼說的。其實我還不完全相信他，我也有跟韓瑞律檢察官說過，世事難預料啊。」

「謹慎點不會錯。」

「不過，他確實提供了金基昌和黑暗王國的情報。」

「是嗎？內容是什麼？能跟我們分享嗎？」

「我沒帶在身上，而且我也還沒看過。」

「是喔？那韓檢察官看過了嗎？」

「應該有。你聽說過新成俱樂部嗎？」

「新成俱樂部？」

閔警正點了點頭。徐科長看著朴記者問道：

「朴記者，你聽過嗎？」

「沒有，是什麼樣的俱樂部？」

「這段時間我一直在關注的社交派對，就是由新成俱樂部的成員組成的。我一度以為這個俱樂部就是黑暗王國，但事實並非如此。」

「原來如此。新成俱樂部……。」

「吳民錫說那是第五共和國時期成立的組織。要成為俱樂部的成員，必須與現有的成員家人聯姻。」

「所以是由家族關係組成的……。」

「由於是極為封閉的組織，所以一直以來沒什麼人知道。」

「新成俱樂部也和黑暗王國有關係嗎？」

「我聽說金基昌對新成俱樂部非常感興趣。過去黑暗王國似乎還寄生在新成俱樂部之下運作。」

「所以他現在想接管新成俱樂部。」

閔警正點了點頭。

「科長，又有車出來了。」

朴記者拿起鏡頭拍攝那輛車，說道：

「是權斗植。」

「原來是一星。」

「後面還有一輛車跟著。後座是……尹鎮警衛。」

「尹警衛？」

徐道慶總警家的車庫門打開了。南始甫巡警在車庫內等待，車子開進車庫後門又再度關上，坐在後座的蔡利敦議員下了車。

「蔡議員，這邊請。」

南巡警向蔡議員打招呼，並示意他往門口走。安警衛從駕駛座下車後，替崔警衛解開扣在副駕駛座門把上的手銬，再戴回他的手腕。崔警衛默不作聲地跟著安警衛。

蔡議員走進南巡警指的門，安警衛在崔警衛身旁勾著他的手臂，南巡警則是勾住他另外一隻手：

「崔刑警……。」

崔警衛低著頭，沒有看南巡警。

「南巡警，發生什麼事了？」

「進去再說。」

安警衛點了點頭，帶著崔警衛走進屋內，南巡警帶蔡議員來到二樓的房間。這時原本在審問朱明根的都敏警監走出了房間。

「安警衛，你剛回來嗎？」

「是的，警監。」

「崔警衛，很遺憾在這種情況下見面。」

崔警衛依然低著頭，不發一語。

「蔡議員呢？」

「剛才南始甫巡警帶他去二樓了。」

「這樣啊。安警衛，你在這裡等一下。我有話要跟崔警衛說。」

「好的。」

「崔警衛，和我一起上去吧。」

都警監走近崔警衛抓住他的手臂。南巡警從二樓下來時，審問五星的房間突然傳來徐總警的大吼聲。

「你要繼續這樣嗎？」

五星依然保持著沉默。

「你知道這樣對你沒半點好處吧？」

「……。」

「是權斗植下的指示嗎？」

五星眼皮顫抖，急忙低下了頭。

「看來是。一星頭上還有別人吧？是檢察官嗎？」

五星低著頭，但眼珠不斷左右顫動。

「所以這也沒錯。」

五星仍然低著頭不發一語。

「抬起頭來。給我抬頭聽清楚。五星，你以為都不說他們就會救你嗎？沒有任何方法能救你，只會加重你自己的罪。協助調查才有機會減刑，知道嗎？」

「說什麼屁話。」

「什麼？你這傢伙……」

這時手機鈴聲響了。徐總警拿出手機查看了來電者。

「啊！尹警衛……」

是尹鎮警衛打來的。

「喂？尹警衛。」

「……。」

「尹警衛？尹警衛，聽得到嗎？」

徐總警連喊了兩三聲，過了一會電話卻傳來了一星的聲音。

「徐道慶總警？」

「你是誰？」

「我的人在你那邊嗎？」

「我問你是誰。尹警衛呢？尹警衛在那邊嗎？」

「聽說你們把我的人帶走了。」

「什麼？」

徐總警走出房間才繼續說：

「你的人？你是說五星嗎？」

「喔，是啊，沒錯。把電話給五星。」

「我要先確認尹警衛平安才能讓他聽。」

徐總警一走出房間，南巡警和安警衛立刻從座位上站了起來。安警衛正想要開口說話，徐總警做了個手勢示意他安靜。

「是嗎？好吧。姓尹的，說話。」

「我是尹鎮警衛。」

「尹警衛，我是徐道慶。」

「科長，這裡是……」

一星毫不留情地毆打了尹警衛的腦袋。

「閉嘴，臭小子！」

「尹警衛！你到底是誰？竟然抓走尹警衛……。」

「該換人來聽了吧。」

「等我一下。」

徐總警再次走進房間，把手機放在五星的耳邊。

「說話。」

「……。」

「快說啊！」

「五星，是我。」

對徐總警的話毫無反應的五星聽到一星的聲音馬上開口。

「一星哥。」

「沒事吧？」

「對不起，一星哥。」

「應該要謹慎一點……。」

徐總警把手機拿回來聽。

「說吧，你是誰？權斗植嗎？」

「你知道我的名字啊？」

「對。你對尹警衛做了什麼？」

「我做了什麼？我才想問他像條狗一樣跟在我們後面是想做什麼。」

「好吧。我大概猜得到你想幹嘛，不如直接說吧？」

「不拖泥帶水，非常好。放了我的人，那我就把你的人還回去。」

「就這樣嗎？」

「喔。我手上還有另一個人。」

「什麼？」

「叫羅永錫吧？你也要聽他的聲音嗎？」

「條件是什麼？」

「蔡利敦議員在你那邊吧？」

徐總警沒有馬上回答。

「你不是很清楚我要什麼嗎？把蔡利敦交給我，那我就把姓羅的一起還你。」

「這條件有困難，你可以想想其他的要求。」

「其他要求……我倒是沒想過。還是姓羅的被我殺了也無所謂？」

「我不是這個意思！」

徐總警瞬間大怒，但隨即冷靜地繼續說：

「不要輕舉妄動。蔡議員不能交給你，你可以提別的要求。」

「好吧。那就……把閔宇直交出來。」

「閔宇直系長？為什麼？」

「當然是因為有需要啊，不願意我也沒辦法。」

「知道了。就這麼決定。」

「喔齁，很好。不要想耍小聰明，否則到時候連姓尹的都會沒命，了解嗎？」

「好。現在要交出閔系長有困難。我先拿五星換尹警衛。」

「是嗎？已經開始動歪腦筋了啊。」

「我沒有。但必須先問過閔系長的意見吧？如果他拒絕……不，我會想辦法說服他，再給我一點時間。」

「是嗎？那就這樣吧。反正我也沒有什麼損失。」

「約在哪裡？」

「漢江公園。天黑以後見。」

一星說完就掛了電話。

「該死！」

五星嘲笑著徐總警：

「你不是說沒有辦法可以救我嗎？」

「什麼？你……可惡！」

徐總警長嘆了一口氣，再次走出房間。

吳民錫進入朱必相社長位於主日大樓十七樓的辦公室。

「怎麼樣了？」

「他明天會過來。」

「明天？這麼快就能解決的事，你之前都在做什麼？」

「對不起。」

「一星來這的事不要讓任何人知道。」

「是。我會處理。」

「七星，你知道我為什麼要找一星嗎？」

「是因為社長想跟長官會面嗎？」

「那是原因之一，但你錯了。聽過兔死狗烹吧？」

「是的。抓到兔子後，就把派不上用場的獵犬煮來吃……。但為什麼問這個……？」

「我現在就是長官用不到的獵犬。」

「為何這麼說？」

「就是字面上的意思。他想殺了我。」

朱必相說著並抬頭看了看吳民錫，吳民錫瞳孔些微顫動，但表情完全沒有變化。

「不，為什麼……社長是從那裡聽說的？」

「怎麼了？你認為有人在挑撥我和長官？」

「不是……。但長官有什麼理由……」

「那死老頭已經察覺到了，他可不是普通的老人家。」

「他察覺了什麼……？社長真的想接管新成俱樂部嗎？」

吳民錫驚訝地問道，朱必相好像覺得很有趣，微笑著說道：

「怎麼？難道我不可以擁有新成俱樂部嗎？」

「不是的……我以為長官是想透過社長接管新成俱樂部。」

「是嗎？看來這段時間我偽裝得很完美，連你也這麼想。但那死老頭是怎麼發現的……。」

朱必相拍打桌子繼續說道：

「該死！所以現在要先下手為強。」

「社長，這樣會有危險。」

「你以為我不知道嗎？所以才需要你的幫助。」

「社長，請再考慮一下。要不要向長官坦白請求他原諒？」

「我要怎麼求他原諒？你覺得那老頭子會放過我嗎？」

「不管怎樣……」

「算了，反正你必須出面。做得到吧？」

朱必相說完，試探似地看著吳民錫。

「社長，你該不會……」

「沒錯。神不知鬼不覺地送他上路。」

「即使長官不在，也不見得能解決問題。」

「什麼意思？」

「還有南哲浩議員不是嗎？」

「南哲浩議員？」

朱必相突然放聲大笑，接著說：

「他們早就撕破臉了，你還擔心他啊？不然你以為我是從誰那裡聽到兔死狗烹的故事？」

「是南哲浩議員說的？」

「對，所以……」

「社長，您不知道黑暗王國嗎？」

朱必相臉上的笑意瞬間消散，反問道：

「黑暗王國？」

一星乘坐的車進入中古車車行，載著尹警衛的車緊跟在後。一路跟蹤一星的閔宇直警正將車停在車行外，靠近察看裡頭的動靜。

一行人將尹警衛拉上事先準備好的車，同時一星走進了倉庫。閔警正打算趁機躲進車行時一通電話打來。

「科長，我之後再聯絡……」

「閔系長，先不要掛。」

「我現在有急事，回頭再……」

「尹鎮警衛被一星抓走了。」

「你怎麼會知道？」

「什麼？你已經知道了？為什麼？」

「我正在跟蹤一星，看到了尹警衛。」

「閔系長，聽我說。」

徐道慶總警說明了與一星發生過的事。

與此同時，一星和金範鎮正在倉庫裡交談。

「你就是金範鎮嗎？」

「我是李敏赫。」

「李敏赫？你不是金範鎮嗎？」

「金範鎮已經死了。你沒聽說嗎？」

「你這是，好吧，無所謂。因為嚴科長才暫時安排你住在這，你得儘快搬走。」

「你自己去跟嚴科長說。又發生什麼事了？我看到外面有個受重傷的人。」

「不要沒事亂看，對你沒好處。」

「幹，說話可真難聽。我的眼睛想看哪就看哪，你……」

一星瞪大眼睛盯著金範鎮。

「別仗著嘴臭就隨便開口，信不信我把屎塞到你嘴裡？」

金範鎮慢慢垂下視線，避開一星的目光。

「很好，給我老實點。我已經說過了，給我儘快搬走。」

「好，我知道了。」

一星走出倉庫，坐上了載有尹警衛的車。金範鎮從倉庫門縫靜靜地看著一星的背影。

第19話 幽靈搜查組的反擊

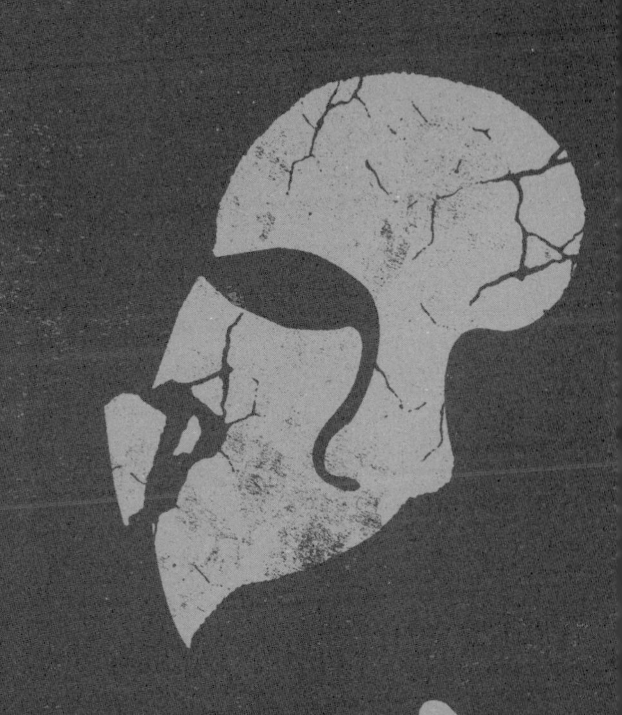

都敏警監讓崔友哲警衛坐在床上，將書桌前的椅子拉開，坐了下來。

「幫我解開手銬。」

「抱歉。這有困難。」

「呼，那也沒辦法。你想要我怎樣？」

「我想要……知道真相。崔警衛，你這段期間把內部情報都給了嚴奇東檢察官，對吧？」

崔警衛露出驚訝的神情，一隻眼睛的雙眼皮變得更深了。

「對不起，我在你身上裝了竊聽器。所以直接說實話吧。嚴奇東檢察官背後有誰？」

崔警衛得知自己被竊聽，自暴自棄似地低下頭說：

「如果你有竊聽，那應該知道我也不清楚是誰吧？」

「是金基昌嗎？」

「金基昌？我不知道。有一個他們都稱呼是『長官』的人，我真的不知道他是誰。」

「好。那是誰殺了呂南九？真的是你殺的嗎？」

「為什麼這樣問？那是趙德三檢察官說謊不是嗎？你明知道……」

「那是誰殺了他？」

「我怎麼知道？」

看到崔警衛一問三不知，都警監搖了搖頭說：

「你真的不知道？不是你跟嚴檢察官串通好的嗎？」

「串通？你有什麼證據這樣說？」

「你那天為什麼不去找呂南九，而是去見趙檢察官？」

「這個也要回答嗎？好，沒錯，我承認是我的錯。我不該這麼做的，是我上了趙檢察官的當……」

都警監打斷了崔警衛的話，嚴厲地說道：

「不是吧，崔警衛。我們找到了趙德三檢察官的手機，費了一番工夫才修復。」

崔警衛瞪大眼睛抬頭看著都警監，問道：

「趙檢察官的手機嗎？」

「對。我本來期待崔警衛會誠實說出來，可惜結果令人失望。那也沒辦法了。」

崔警衛似乎不相信都警監，沉默著觀察他的表情。

「不信？那你自己聽。」

都警監拿出手機，播放了錄音檔。

「我聽到一個奇怪的傳言。」

「請說。」

「聽說李弼錫議員和李大禹大法官都是被謀殺的。你知道這件事嗎？」

「你聽誰說的？」

「這你不用問。你早就知道了嗎？」

「閔宇直系長認為是他殺，正在進行調查。」

「是嗎？閔宇直……。如果閔系長說是他殺，那應該就是了。」

「你為什麼要問這個？」

「沒事，調查結果一出來就馬上回報。」

「你有想到什麼事嗎？」

「哪有？我怎麼會知道？我是好奇為什麼李敏智案有關的人都一個個死了。知道了，先這樣。」

「你還要堅持自己不知道嗎？」

「警監，對不起。我會全部老實告訴你，那麼……不，我會協助調查，能替我減刑嗎？」

「崔警衛……。」

「我會坦承一切，拜託了。」

「好吧。現在開始誠實地把事情解釋清楚。」

都警監用手機開始錄音。

我的任務是取得呂南九手上的證據。在我要去拿證物的那天，組長約我去醫院探望李敏智的父親。我打算趁組長轉移注意力時取得證物。在此期間，我故意不接呂南九多次打來的電話。

後來，我以為事情都結束了，就打電話給呂南九。幸好組長下午也有其他事沒辦法和我一起行動。在我去見呂南九的路上，接到了趙德三檢察官的電話。

「喂？我是崔友哲刑警。」

「崔警衛，你現在在哪裡？」

「我現在要去見呂南九先生。」

「是嗎？那我們先見個面吧。」

「現在嗎？趙檢察官，有什麼事嗎？」

「能有什麼事？我有話要說。」

「不過我現在有急事……。」

「我知道。我也是因為那件事才約你見面。現在一團混亂。」

「什麼意思？」

「沒拿到證據啊。怎麼會這樣？你快點過來地檢吧。」

「沒有證據？好吧，我馬上過去。」

我一聽說沒有拿到呂南九手上的證據，便馬上去找趙檢察官。我在那時候就知道呂南九是被謀殺的，明明說只要確保證物到手就好……。

還有哥的事……我沒想到他們真的會殺了哥。一開始只說要拿到證物和抓閔宇直組長……。我和哥約好見面的時間過了一小時後，打來了一通電話。

「怎麼樣了？」

「抱歉了。因為蔡非盧和金範鎮出現……」

「這是什麼意思？」

「你哥沒有帶證物出門。」

「我哥沒事吧？」

「這不是重點。我們必須找出證物藏在哪。你知道嗎？」

「我哥怎麼了？快說。」

「對不起。蔡非盧和金範鎮殺了你哥。」

「你說什麼？你說過我哥不會有事的！」

「抱歉，但如果你現在找不到證據，你的晉升也會泡湯。」

「你說什麼？媽的！我要掛了！」

我當下以為天要塌下來了，既困惑又痛苦。都是我的貪婪害了哥……。即使是在那樣的情況下，我還是想到了哥會藏證物的地方。我猶豫了好一陣子要不要去找，當我決定去拿的時候，閔組長已經在我哥家了。

「謝謝你願意說出實情。那你知道呂南九父母的案子是怎麼回事嗎？」

崔警衛揮動著戴著手銬的雙手說道：

「我真的不知道。我聽說呂南九把證物寄給了他母親，就去了他父母的家，但當時他們已經自殺。不，應該不是自殺，一定是他們殺的。」

「你為什麼去找他們？」

「我從徐議員那裡聽說之後，直覺呂南九的父母會有危險。不出所料，我到的時候他們已經過世了。」

「你真的不知道嗎？」

「請相信我，警監。我是想去通知呂南九的父母會有危險。」

「是嗎？我知道了。還有什麼要說的嗎？」

「警監，我想見徐議員。可以嗎？」

「徐議員因為這件事受到了很大的打擊。徐議員也會想見你一面，我再安排。」

「謝謝警監。我接下來會怎麼樣？」

「我必須和檢察官商量一下，但是你很快就會被移送到檢察廳，正式接受調查。」

「好。對不起，警監。」

「你先待在這裡吧。」

大檢察廳刑事部科長嚴奇東檢察官走進了金基昌位於南加佐洞的住宅。鄭室長親自到大門迎接。嚴檢察官與鄭室長交談著走進別墅的庭院。

「知道他找我有什麼事嗎？」

「不清楚。嚴科長，請進吧。」

鄭室長開了門，嚴檢察官走進屋內，金基昌坐在客廳的沙發上。

「長官，我來了。」

「過來坐吧。」

嚴檢察官觀察著金基昌的表情，在沙發上坐了下來。

「幹嘛用那種眼神看我？」

「啊……沒有，沒什麼。」

「我叫你來是想知道……蔡議員的事怎麼樣了。」

「長官，很快就會從新聞看到蔡議員的消息。」

「看來他現在還活得很好？」

「對不起，長官。」

「盡可能低調處理。知道吧？」

「是的，我當然會。」

「你當然會什麼？」

金基昌突然怒罵道。

「什麼？長官……」

嚴檢察官嚇得縮起肩膀，不敢正眼看金基昌。

「你怎麼會把事情處理成那樣？你以為我都不知道？」

「我會改進。是一星報告的嗎？」

「一星？一星也知道嗎？」

「啊……不是他嗎？」

「你們這些傢伙……。新聞都在報導首爾市中心發生了槍戰，你不知道嗎？」

「對不起。我會馬上讓人撤下來……」

「我已經處理好了。」

「長官，請原諒我。那是因為……。」

「比起這個，你還有什麼事沒向我報告？」

「沒……」

金基昌用尖銳的聲音打斷了嚴檢察官的話。

「嚴科長，你最近是怎麼搞的？腦子不清楚了？」

「我嗎？不，不是的。對不起。那個，其實閔宇直還活著……不，有報告說他已經無大礙。」

金基昌指著嚴檢察官，大發雷霆罵道：

「又來了！又來了！你怎麼處理事情的……。唉，算了！你認識一個叫南始甫的警察嗎？」

「長官也知道他的事嗎？」

「有我不知道的事嗎？他真的有那種能力？」

「我也是聽人說的，沒有親眼見過……。不過是誰告訴……」

「你問這個要幹嘛？那嚴科長你是聽誰說的？」

「金範鎮說了一些奇怪的話……」

「什麼意思？說清楚。」

嚴檢察官把從金範鎮那裡聽到的事一五一十地告訴了金基昌。

「如果真是這樣，本來不曾失敗的事這陣子會接連出錯，都是因為他嗎？」

「話是這樣說，真的有那種能力嗎?比起這個，計畫不斷出問題，我懷疑我們有內鬼。」

「內鬼……。你有懷疑的人嗎？」

「不能說是懷疑，可是最近一星那傢伙……不，他仗著您的寵愛四處作威作福。他不是還私下見過南哲浩議員嗎？」

「他們見面不是因為我的指示嗎？」

「在那之後他們還是有保持聯繫……。有傳聞說，他已經投靠南哲浩議員……。」

「我也聽說過。那是南哲浩議員的人故意散布的謠言，別被那種傳聞影響。去打聽一下那個有特殊能力的傢伙。」

「就這麼縱容……」

看到金基昌扭曲的表情，嚴檢察官趕忙打住。

「不。好的，我知道了。」

「在查明那傢伙的來歷之前，所有工作都先停下來，明白嗎？」

「是，長官。」

夕陽西下，一輛車駛進了漆黑的廢車場。徐道慶總警打開車門，走到車燈前。

「我們來了！你在哪？」

徐總警的話在廢車場內迴盪，對面的車燈立刻亮起，光線的旁邊站著一星。

「現在才來？」

「突然要換地點，好歹也換近一點的。為什麼要跑這麼遠？」

「我憑什麼相信你！不是嗎？」

「就像你自己說的，少動歪腦筋！」

「那就來交換吧。」

「直截了當，很好。你先放人，我們再跟著放。」

四周迴響起大笑聲，接著就聽見一星說道：

「你這人還真是有趣。那就同時放人。」

徐總警一打手勢，安敏浩警衛就把五星一塊拖下車。從對面車燈的光線之間可以看到尹鎮警衛。

「來吧！我們先放人了。」

徐總警推了五星的背。五星慢慢地向前走。尹警衛也穿過對面車燈的光走了過來。

當五星和尹警衛來到中間面對彼此時，五星突然跑了起來，尹警衛也拐著腳往前跑。安警衛跑到尹警衛面前扶住他。就在這時，突然響起了槍聲。

幸好對面飛來的子彈射偏了，沒擊中尹警衛，徐總警立即掏出槍扣下扳機。在一來一往的槍戰之間，安警衛扶著尹警衛上車，開著槍同時坐上駕駛座。

徐總警也躲到車門後繼續開槍，車一發動他便迅速坐進後座。車子倒退開向出口，當快要抵達出口時，突然一輛車衝到門口攔住他們的去路。安警衛急忙停下車，疑似是一星的同夥頓時湧上來衝向他們。

砰！吱——！

就在此時，突然傳來了一聲巨響。另一輛車撞上一星同夥的車尾並用力往前推。安警衛敏銳察覺到有了能離開廢車場的機會，立即踩油門倒車。衝向他們的一星同夥為了躲避車，急忙撲向一旁，安警衛調轉車頭，駛離廢車場。在那之後，推開一星同夥的車輛也倒車跟在安警衛後頭離開。

一星和同夥晚一步跑到出口，舉起槍瞄準時，倒退跟著安警衛的車突然急轉彎，拿著槍的司機露出臉來，是閔宇直警正。一星和同夥立刻趴低躲避子彈，隨後又立即站起來，追上去連續開槍。但是閔警正的車早已越開越遠。

一星無奈地看著這一幕，舉起手大喊要同夥停止射擊。

同一時間，朴聖智記者在鐵柵欄旁拿著相機徘徊。他觀察著四周走近鐵門的時候，大門忽然打開，兩名看似黑暗部隊隊員的壯漢走了出來，拿手電燈照向他，高聲喊道：

「拿相機的傢伙！過來！」

朴記者被手電筒的燈光嚇了一跳，頭也不回地沿著林間小路逃跑，兩名壯漢立即追上去。朴記者在樹叢中拚命地逃，最終還是被壯漢逮到。他緊閉著眼睛，被他們硬生生地拖往別墅。

當他們到達鐵門前時，其中一名壯漢把朴記者拉到前方對著監視器揮手，大門立即開啟。此時，一名在裡面看著監視器螢幕的值班隊員走出來：

「這傢伙是誰？」

壯漢們不發一語地把朴記者推向前。

「怎麼了？這傢伙是……啊？」

其中一名壯漢突然撲向他，迅速摀住他的嘴並將他拉進了哨兵室。在哨兵室的燈光下，終於看清楚了那名壯漢的真面目，是車禹錫警衛。朴記者和南始甫巡警跟在他身後。

他們以朴記者當作誘餌，將兩名壯漢引至樹林，再由埋伏在旁的車警衛、南巡警以及徐科長突襲追上來的壯漢。接著車警衛和南巡警換上了他們的衣服，帶著朴記者進入了黑暗部隊的基地。

徐科長將兩名壯漢綁得死緊，在外頭等候。車警衛和南巡警能成功潛入，是按照閔警正的計畫行動。

幾個小時前，徐科長和閔警正通電話。

「科長，我知道他們的基地在哪裡。」

「是嗎？」

「他們不會就這樣輕易放走尹警衛。我們可能會被暗算，一定要保持警覺。科長不是要自己去吧？」

「我打算和安警衛一起行動。」

「那就好。車警衛的狀況如何？」

「遍體鱗傷。他無法參加這次行動。」

「是嗎？那麼南巡警……」

「南巡警不行吧？我打給羅警查，叫他過去。」

徐總警掛斷電話後，立刻打給羅警查，但他始終沒接。在一旁觀察著情況的南巡警問道：

「科長，發生什麼事了？剛才說我不行怎樣？雖然不清楚狀況，但請讓我去吧。」

「因為派南巡警過去太危險了，應該要找羅警查……」

安警衛也一起勸說南巡警：

「就聽科長的吧，南巡警。」

「那麼就讓我和安敏浩刑警一起陪科長去吧。好嗎？科長。」

「哎喲……南巡警……。」

「他那麼想參加，就讓他去吧。」

車警衛從二樓走下來說道。

「啊！車警衛，你身體還好嗎？」

「好多了。出了什麼事？」

「那個啊……」

徐總警詳細說明了閔警正的計畫。

「那由我代替組長，請讓南巡警也加入吧。」

「對，我也要加入，科長。請讓我和車禹錫警衛一起去。」

「這……。」

車警衛將手臂搭在南巡警的肩膀上，說道：

「我們人力有限，多一個人不是更好嗎？」

「是這樣沒錯，但是……。好吧，我再跟閔系長討論看看。」

「我就當科長已經同意了，先去準備。南巡警，還站在這做什麼？」

「啊！好，我馬上去準備。」

「黑暗王國？」

朱必相看起來毫不知情。但是吳民錫依然再次確認。

「社長沒聽說過嗎？」

朱必相不耐煩地問道：

「那是什麼？你是指黑暗部隊嗎？」

「原來社長真的不知道。」

「黑暗王國是什麼？你也不知道？」

「那是金基昌長官和南哲浩議員成立的檢察祕密組織。」

「檢察祕密組織？」

「成員都是前任和現任檢察官。」

「然後呢？有什麼特別的嗎？每個圈子都有類似的組織。」

「就因為那不是普通的祕密組織，才會引起金基昌長官和南哲浩議員之間的明爭暗鬥不是嗎？」

「南哲浩議員妄想當總統，但金基昌妨礙他。金基昌希望南議員能聽他的擺布，但南議員卻不受控制。他們兩人的關係就是這樣。」

「雖然這也是原因之一，但實際上，他們的分歧都與黑暗王國有關。金基昌長官計劃接管新成俱樂部後，聯合黑暗王國與更大的勢力，建立新的至高權力來操控整個韓國，總統也會是他的傀儡。只不過，南哲浩議員希望建立以檢察官為權力核心的檢察國家，最終讓自己登上總統大位，重組勢力。」

吳民錫的每一句話都讓朱必相震驚。

「七星，你怎麼會知道得這麼清楚？」

「我無意中聽到南哲浩議員和尹畢斗次長檢察官的對話。」

●

「尹次長，你看民主主義多好。言論自由、法治國家。現在就是權力至上，屬於檢察官和法官的世界。只要有錢就能操縱記者。韓國往後就會是由法律，金錢和媒體主導。」

「但現在人民意識也逐漸提高，傳統媒體的影響力也不如過去了吧？」

「所以該想的不是如何控制輿論，而是從報導的源頭下手。還有你說人民意識？只要給點甜頭，他們馬上就會忘記自己被當成豬狗對待，這才是人民的意識吧？你看，因為房價下跌說要提高稅金，他們就開始吵了不是嗎？連問題出在哪裡都不知道。」

南哲浩議員拍著桌子大聲笑了出來。

「光靠檢方辦得到嗎？就像長官說的……」

「你這人真是的，這就要靠法律啊。檢察機關改革不正是建立在對法律的信仰嗎？只要稍微表現出進行改革的樣子，逮到幾個貪汙的政客和有錢人，大眾很快會重新建立對檢察機關的信任。這麼強大的權力幹嘛要分給貪汙政客和有錢人？不是嗎？還不都是因為金基昌部長想獨攬韓國的大權嗎？應該要把目標放得更遠。『黑暗王國』應該由檢察機關主導，而大韓民國的核心應該有黑暗王國。不是交給個人，而是該由檢察官掌控。」

尹畢斗次長檢察官用力地點了點頭。

「如果黑暗王國能接管新成俱樂部，那麼將來任何人都無法動搖檢察機關。」

「為什麼要與罪犯分享權力？我絕對不能容忍這種事發生。他們是罪犯，是腐蝕國家的寄生蟲，應該接受法律的制裁，不是能和我們同進退的附庸。你要牢記這一點，那些附庸不知道何時會背叛我們，到時說不定又要當他們的走狗。不，更糟的情況可能是連檢察機關都會解體。難道不是嗎？」

「的確如此，但是……」

「我們被欺負過多少次了？尹次長都忘了嗎？要我們趴著叫就叫，要我們爬就爬，咬牙過這樣的日子多久了？我們得到了什麼？只得到『走狗』、『幫凶』這種可恥的稱號不是嗎？那些人就是這種貨色。絕對不能相信，也不能和他們合夥。你沒看到他們已經使出渾身解數想要解散檢方了嗎？尹次長，你可要好好想一想。」

朱必相認真聽完吳民錫的敘述，用懷疑的神情看著他，問道：

「所以呢？你是說南哲浩議員為了除掉長官，跟我說假情報？」

「我不確定。但是除掉長官之後，社長真的就能接管新成俱樂部嗎？黑暗王國不會坐視不管的。而且，南哲浩議員顯然也不會放過你。」

「別擔心這個。我已經和南哲浩議員談過了。」

「談過什麼？」

「總統寶座的事。」

「然後呢？他真的會把新成俱樂部交給社長嗎？」

「他根本不在乎新成俱樂部。」

「這樣一來南哲浩議員會廢除新成俱樂部，那社長也……」

朱必相舉起手打斷了吳民錫的話，說道：

「七星啊，這一點我也考慮過了。」

「社長手裡有什麼嗎？」

「看來現在我不用明講你也懂。」

「如果是這樣的話，那就好。」

「七星，你能出面吧？」

「我有一個條件。」

「說吧。」

「別管理事了。」

「不要管？什麼意思？」

「我的意思是，請不要過問連續殺人案，讓他被捕吧。」

「啊？你說這什麼話？」

我們從抓住的哨兵口中得知羅永錫警衛被關的地點後立即行動。我走到帶頭的車禹錫警衛旁邊對他說：

「車警衛，我去其他地方看看。」

「為什麼？這裡很危險，我們得趕快救羅警衛出去。」

「我知道。如果他們發現這裡已經曝光，肯定會撤退。必須在那之前找到一些證據。」

「雖然是這樣，但時間已經……。不知道一星什麼時候回來。再說你獨自行動很危險。」

「我會小心，待會在正門會合。」

我轉身要往別的方向去時，車警衛抓住了我的手臂。

「我只給你十分鐘。十分鐘後正門見，聽到了嗎？」

「好的，我走了。」

車警衛去羅警衛被囚禁的地點，而我則朝一座看似倉庫的建築物走去。倉庫裡放置了健身器材，還有一個用鐵絲網製成的四角環。我拿出手機查看了時間。

怎麼會？時間又再快速流動？我環顧四周，好不容易穩住了搖晃的身體，周遭的景象開始變模糊，頭痛襲來。不知道是什麼聲音在我耳邊縈繞。

嗡嗡！嗡！嗡嗡！

顯然我是進入了超自然現象。

我急忙躲到放有健身器材的地方。

砰！倉庫的門打開，有人走了進來，在他後方的吳民錫推著一名被捆綁的老男人。幸好倉庫裡十分昏暗，他們似乎沒有發現我的存在。

「你們在做什麼？為什麼帶我來這裡？」

「我叫你安靜！」

先進來的男子大聲怒吼，用腳無情地踹了老男人的肚子。

「嗚呃！呃……。你……為什麼……」

「本來不想這麼做的……就你那張嘴！給我安靜。」

吳民錫對踢人的男人說道：

「現在要怎麼做？」

「什麼怎麼做？當然是處理掉他。」

「你打算自己動手？」

「我？當然不是。這件事得由你來。」
「為什麼？這和先前說好的不一樣啊？」
「哪裡不一樣？當然要由你來做。你以為我會讓自己的手沾到血嗎？」
就在這時，吳民錫的視線停在我這個方向。他看到我了嗎？
「幹嘛？你怎麼了？」
「等等，那裡……」
吳民錫用手指著我在的地方。
「什麼東西？」
剛才對老男人暴力相向的男人大步地向我走來。怎麼辦？這種時候真希望有人能喚醒我……媽的！
就在這時，我感覺到有隻手拍了我的背。
「南巡警。南巡警，你聽得到我說話嗎？」
「喔！嗯咳。」
有人摀住了我的嘴。
「安靜。」
原來是車警衛。
「怎麼可以發出那麼大的聲音？」
「啊……。對不起。」
多虧他，我才脫離了超自然現象。

「都過了十幾分鐘，你怎麼還在這裡？」

「對不起。啊！羅警衛呢？」

「他在大門的哨兵室。羅警衛的狀態不太好，得趕快送他去醫院，快走吧。」

「啊……。等一下。請給我一點時間。」

「沒時間了。剛才一星用無線電聯絡說正要過來。我們得儘快離開。」

都敏警監站在窗邊，焦急地看著手錶與屋外，突然間又著急地跑向了大門。車庫門打開，兩輛嚴重損壞的車子開了進來。安敏浩警衛那台車的擋風玻璃和車身都有明顯的彈痕。閔宇直警正從第二輛車走下來，他的車前保險桿已經完全碎裂。

都警監走近安警衛問道：

「安警衛，出了什麼事嗎？」

「警監，請稍等一下。」

後座的門打開，尹鎮警和徐道慶總警下了車。安警衛急忙走上前，攙扶住徐總警。

「科長……。」

閔警正也走了過來，與安警衛一起攙扶徐總警。

「組長，怎麼回事？科長還好嗎？」

「都警監，我們發生了槍戰。」

安警衛補充說道：

「科長的腹部好像有中槍。」

「是嗎？快扶他進去。快。」

「都警監，我沒事。只是腰部有稍微擦傷。你去照顧尹警衛吧。」

尹警衛一瘸一拐地下了車，說道：

「我沒什麼大礙。」

都警監走到尹警衛身邊，做手勢示意他們進屋。

「快進去吧。我來扶尹警衛。」

安警衛和閔警正攙扶著徐總警，一同走進屋裡。尹警衛雖然未被槍擊中，但因為被嚴刑拷打，腿受了重傷。都警監攙扶著尹警衛。

在房內審問崔友哲警衛的韓瑞律檢察官聽到騷動，趕來客廳查看。

「發生什麼事了？科長，你肚子在流血……。」

「檢察官，哪裡有空房間？」

韓檢察官趕忙跑到空房間前，打開了門。

「這裡，組長。」

閔警正讓徐總警進房躺下，並檢查他的傷口。所幸子彈從他腰部擦過，只有腰側有道撕裂傷。都警監拿著急救箱進來，對傷口進行消毒，並做了簡單的縫合。

過了一會，等徐總警打了鎮痛劑入睡後，都警監才放心走出房間。

「都警監，科長還好嗎？」

「他會沒事的。為什麼不送他去醫院？」

在他身後的安警衛說道：

「對不起。因為科長說他沒事……」

「沒關係的，安警衛。就像科長說的，他的傷不嚴重。他剛睡著。」

閔警正拍了拍安警衛的肩膀，說道：

「太好了。尹警衛情況如何？」

「尹警衛需要拍X光才能確認腿骨有沒有裂……不過好險沒有骨折。」

「好。那安刑警你帶尹警衛去醫院吧。」

「是，組長。」

安警衛扶起在沙發上休息的尹警衛，兩人走向車庫。

「都警監，車警衛沒有跟你聯絡嗎？」

「還沒有。」

「不知道那邊情況如何。我應該一起去的……。」

「組長不是還得保護科長和尹警衛嗎？別擔心。而且還有徐弼監科長在啊。」

「是啊。也對，我們再等等吧。」

坐在沙發上的韓檢察官起身走向閔警正。

「組長，可以開始了吧。」

閔警正望向都警監說道：

「我想也是，對吧？都警監。」

「可以。他們的身分已經曝光，可以開始了。」

閔警正點了點頭，輪流看著都警監和韓檢察官。

「好的，都警監。檢察官，麻煩了。」

「我馬上帶朱明根去地檢。」

「好。我會聯絡媒體。都警監去找金承哲警監，把我們目前手上關於黑暗王國與殺人事件的資料進行最後整理，也寄一份給我。」

「好的。」

「你知道金承哲警監在哪裡嗎？」

「他在羅永錫警衛家嗎？」

「對。那就拜託你了。檢察官，我會等徐弼監科長打來再行動，妳先出發吧。」

都警監馬上離開，韓檢察官則進到朱明根所在的房間。閔警正上了二樓，來到關著崔警衛的房間。

在黑暗部隊基地的大門前停著一排車輛。一名隊員下車，敲了敲緊鎖的大門。

砰！砰！砰！

「喂！裡面沒人嗎？開門！」

一星也等不及下了車來到大門前。這時，從裡頭傳來匆忙的腳步聲。大門打開，一名穿著內衣的男子揉著惺忪睡眼走了出來，他看到一星立刻彎腰鞠躬。

「一星哥好。」

「你這是在幹嘛！」

一星無情地賞了那個男人一記耳光。

「啊呃！」

「為什麼現在才開門！站崗的人都去哪了？真是太散漫……。」

這時，跑進哨兵室的五星急切地呼喊一星。

「一星哥！一星哥，請你過來一下。」

一星晚一步走入哨兵室，看到兩名只穿著內衣的隊員，和一名衣著整齊的隊員被膠帶封住嘴綁在一起。

「這是怎麼回事？」

五星撕下了隊員嘴上的膠帶。

「呃！一星哥，有人混進來了。」

「什麼？是誰？」

「我不知道，他們帶走了關在這裡的人。」

「啊？什麼時候？」

「剛走沒多久，對了！他們一定是躲在別墅裡。」

「別墅？立刻去別墅看看！」

「是！一星哥。」

和一星一起進來的隊員們一齊上車前往別墅。

「見鬼了……。那些傢伙怎麼會知道這裡……？」

五星觀察著一星的表情，問道：

「大哥，怎麼辦？如果這個地方被發現了……」

「操……，那些傢伙太小看我了。五星，先從這裡撤退。」

「撤退的意思是……」

「分散躲起來。在我下達指示之前要躲好。知道嗎？」

「好的。我會交代下去。」

「媽的！」

一星咒罵了一聲，回到車上。在此期間，躲在別墅內的車禹錫警衛和南始甫巡警來到山下的村子裡，與徐弼監科長、朴聖智記者會合，帶著羅永錫警衛離開了陽村面。

◉

韓瑞律檢察官讓朱明根坐進副駕駛座，開車前往首爾地方檢察廳。

「幫我解開手銬。我不是已經答應會乖乖跟妳去招供嗎？快解開！」

「抱歉，我不能幫你解開。就快到了。」

「媽的！」

韓檢察官突然把車停在了路邊。

「搞什麼？為什麼停在這裡？」

這時，有人坐上了後座。

「你的腿還好嗎？」

聽到吳民錫的聲音，朱明根馬上回頭看。

「喔？七星哥？」

「檢察官，妳怎麼能就這樣開槍？」

「對不起。當時情況緊急，我別無選擇……。那個當下我也只能裝作不認識你。」

「我明白。」

「幸好只是腿有稍微擦傷。」

「那就好。」

朱明根焦躁地移動著屁股說道：

「七星哥，你不是來救我的嗎？」

「理事，我當時就跟您說過了，請您要坦承罪行，表現出悔意，才能盡可能獲得減刑。」

「你這話是什麼意思？還在我這個檢察官面前……。不應該是『表現』悔意，應該要真心懺悔。」

「檢察官，是我說錯了。對，理事您必須真心懺悔，才能重新開始。」

「什麼？我爸呢？我爸要眼睜睜地看著我去坐牢嗎？」

「我已經跟社長說了。」

「好。那他說什麼？要你把我救回去嗎？」

「不是的。我拜託社長，讓理事為自己犯下的罪付出代價。」

原本充滿希望的朱明根瞬間表情扭曲。

「你說什麼？哥你發什麼神經？應該要想辦法幫我減刑啊。」

朱明根情緒激動，吳民錫抓住他的肩膀說道：

「理事，請您聽我的話。社長已經答應我不會干涉這件事。他也希望你能贖罪，重新開始。」

「真的嗎？我爸有這樣說？」

「是的。所以您就配合檢察官去接受調查吧。」

朱明根甩開吳民錫放在他肩膀上的手，看向前方。

「媽的……。走著瞧。」

「吳民錫，朱必相真的是這樣說的嗎？」

吳民錫猶豫了一會兒，回答道：

「是的。那我要下車了，請檢察官多關照少爺。」

吳民錫說完便下了車，轉眼間消失在眼前。

門在漆黑中被悄悄地打開，寂靜的房間裡聽得見微弱的鼾聲。一名用黑色頭巾蒙住臉的人大步走近床邊，他拉下頭巾，輕輕搖晃金基昌的肩膀。

「呃！什麼……」

吳民錫用手摀住金基昌的嘴。

「長官，是我。不用怕。」

他說著，緩緩地移開了手。

「你……你怎麼會在這……。」

金基昌用顫抖的聲音接著說：

「這裡的人都……」

「長官，很抱歉。請聽我說。」

「你想說什麼？」

「我必須私下見您一面所以才冒犯闖入。還請長官原諒。」

「好，我知道了。說吧，發生什麼事了？」

吳民錫環顧了一下四周，說道：

「長官，朱必相社長都知道了。」

「什麼意思？」

「是您下令殺了朱必相嗎？」

金基昌睜大眼瞪著吳民錫。

「你說什麼？朱社長知道這件事？」

「是的，長官。還有其他人知道嗎？我們內部可能有叛徒。」

金基昌皺眉歪著頭。

「什麼？叛徒？」

「否則朱必相社長怎麼會知道這件事。」

「所以朱必相派你來殺我嗎？」

「我今天只是來報告的。」

「是嗎？好，我果然沒看錯人。」

「會是誰？一星嗎？」

「一星？一星的確知道。還有……嚴奇東……。」

「嚴奇東檢察官嗎？」

「對。他們兩個都知道。」

「長官請聽我說。請您不要跟一星和嚴奇東檢察官提起我來過的事。還有，朱必相社長似乎和南哲浩議員共謀想除掉您。看來是南哲浩議員對朱社長透露了您的計畫。」

「南哲浩那傢伙……。」

「您暫時不要外出，最好也加強這裡的警備。在確定是誰之前，請您務必裝作不知情。」

「好，就這麼做吧。那朱社長和南哲浩這些人該怎麼處理？」

「您已經指示一星除掉南哲浩議員了嗎？」

「那個……嗯。我本來打算之後找你過來，當面交代給你去辦。」

「好。我明白了。我會處理南哲浩議員，但請您一定要遵守給我自由的承諾。」

「自由？這是什麼意思？」

「不是您答應的嗎？」

「你想要自由嗎？」

「是的，長官。請答應我，這件事結束就放我走吧。」

「這……。」

「不行嗎？」

「放你走太可惜了……。就這麼辦吧。但是你得把南哲浩和朱社長處理乾淨，不能留後患。」

「必須在同一天處理掉朱社長和南議員。他們太機警，只除掉其中之一，另一個很快就會注意到。」

「是啊。有什麼好辦法嗎？」

「我和一星會負責處理南哲浩議員。至於朱社長，請您把他叫來這裡處理掉吧。」

「什麼？你這是要我弄髒自己手嗎？」

「朱必相社長很想見您，還有比這更好的機會嗎？請他過來再安靜地處理掉就好。不用您親自動手。我會做好準備。」

「是嗎？我可以相信你吧？」

金基昌用懷疑的眼神看著吳民錫，吳民錫直視他的眼睛回答道：

「請相信我。我都來到這裡了，您還信不過我嗎？」

「好好好，我相信你，也信任你的能力。」

「那我先告辭了。」

吳民錫正準備轉身時，金基昌叫住他。

「七星啊。」

「是，長官。」

「你覺得誰是叛徒？」

「我有和一星碰過面，但感覺不到他有背叛的跡象，我認為應該是嚴奇東檢察官。但為了以防萬一，這件事請也對一星保密。他馬上會和朱必相社長見面。」

「一星為什麼要見他？」

「朱必相社長似乎是為了要見你一面才找他談。一星見完朱社長應該會向您報告吧？如果沒有，那一星就是叛徒。」

「一星……。好，讓我們拭目以待吧。七星啊，謝謝你。」

「應該的。請一定要遵守給我自由的約定。」

「好，我知道了。」

吳民錫深深鞠了躬走出房間。看著他的背影，金基昌自言自語道：

「真是……浪費了一個人才……。」

金基昌原本想躺回床上，又坐起來拿起手機。

「嚴科長。」

「是，長官。大半夜的出什麼事了嗎？」

「抱歉把你吵醒了。」

「沒這回事，我不是這個意思……」

「我知道。比起這個……你說他叫南始甫對吧？那個看得到屍體的警察。」

「啊！是的。您想問那名巡警的事嗎？我還沒有查到值得報告的……」

「不是。明天……不，今天立刻把他帶來我面前。」

「那個巡警嗎？」

「是啊。怎麼了？辦不到？」

「啊，不是的。我會去辦。可是為什麼要……？」

「又來了，你又來了。我叫你做就做，最近是怎麼了？每次都要抱怨……」

「抱歉，長官。我會改進。」

「就這樣。」

打從一大早，江南警署正門就聚集了一群記者。一輛中型轎車駛入大門，車一停妥記者們便迅速湧上前。

正要下車的洪斗基署長停下動作。

「發生什麼事？」

「我也不清楚。」

「搞什麼。真是的，下車開路。」

「是，署長。」

司機下車並走向後座，小心翼翼地打開車門擋住記者。洪署長下車，一群記者立刻衝向他連續提問。

「洪斗基署長，聽說連續殺人案真正的凶手被抓到了，是真的嗎？」

「聽說江南警署重案組抓到的連續殺人犯是假的，這是事實嗎？」

「他們是在署長的指揮下造假的嗎？」

「洪斗基署長，是你親自下的指示嗎？」

洪署長沒有回答，推開那些記者往正門走去。晚一步出現的警察們護送他走進警署。

「這是怎麼回事？那些記者到底在說什麼？」

「署長，首爾地方檢察廳發布了逮捕江南連續殺人案真凶的聲明。」

「說這什麼話？什麼真凶？」

「我也……」

「立刻把聲明拿來給我看！」

洪署長不悅地走進了署長辦公室，坐下來上網搜尋時，前去拿資料的警察急忙跑了進來。

「喔，拿過來。」

「署長，不是的，檢方的人來了。」

「檢方？」

「是的。似乎要進行扣押搜查，他們拿著空箱子……」

這時，署長辦公室的門被打開。

「洪斗基署長，我們將開始進行扣押搜查。這是搜查令。」

搜查官將搜查令交給洪署長。

「這是在做什麼？什麼扣押搜查？憑什麼？誰說那傢伙是凶手？」

韓瑞律檢察官從搜查官身後走了出來。

「洪斗基署長，我們懷疑你在連續殺人事件調查過程中有不實與造假的行為，因此進行此次的扣押搜查。請協助執行公務。」

「是妳？韓瑞律檢察官，妳說我造假？殺人犯都已經認罪了！」

「所以得確認調查過程是否有施壓的情形。」

「施壓？」

洪署長扯開嗓門大吼，然而韓檢察官面帶微笑指示搜查官：

「趕緊開始吧。」

「是，檢察官。」

「請老實待著。如果干擾搜查工作，我會將你以妨礙公務罪現行犯做緊急逮捕。」

「現行犯？逮捕我？」

洪署長皺著眉走向韓檢察官。這時一直在後方觀察的羅相南警查站出來，擋住了洪署長。

「你又是誰？」

「署長，請勿再靠近，否則即使是署長也會做相應處置。」

「什麼？你這小子……唉！」

洪署長大大嘆了一口氣轉過身。韓檢察官從羅警查身後走出來說道：

「署長，我先提醒你。你將以證人的身分到首爾地檢說明，還會因為非法竊聽和監聽接受調查。」

「非法竊聽、監聽？」

「我們在朴旼熙巡警的衣服和包包裡發現了非法竊聽裝置。」

「那跟我有什麼關係？」

「所以才說你是作為證人接受調查。吳哲鎮警衛也是。」

洪署長驚訝地看著韓檢察官。

「吳警衛？」

「到時候就知道犯人是誰了。請出去吧，否則就是妨礙執行公務。」

「妳說什麼？媽的！韓檢察官，妳這可是犯下大錯了。等著瞧！」

洪署長大聲咆哮，踹開署長室的門走了出去。

「長官，我是鄭室長。」

「……。」

叩叩叩！

「長官，我是鄭室長。嚴奇東科長說有急事。」

一夜難眠的金基昌吃力地從臥室起身，披著絲綢睡袍走出來。

「喔，怎麼了？」

「嚴奇東科長急著要見您。」

站在鄭室長身後的嚴奇東檢察官等不及，上前開口說道：

「長官，對不起。我有急事要報告。」

「嚴科長？什麼事？你已經把人帶來了？」

「不是的，請讓我進去向您報告。」

鄭室長似乎有不好的預感，站在原地不打算離開。

「鄭室長，沒關係。我叫你之前不要進來。」

「是，長官。」

鄭室長這才走回客廳。金基昌和嚴檢察官走進房內，嚴檢察官畏畏縮縮地說道：

「長官，大事不好了。」

「怎麼了？」

「檢方對中古車車行和別墅發布了扣押搜查令。」

「什麼？怎麼會？嚴奇東，你到底在做什麼？」

「對不起。是淩晨突然……」

「是哪個傢伙批准了搜查令？」

「是首爾地檢的沈魯陽部長檢察官……」

「沈魯陽？他不是南哲浩議員的女婿嗎？南哲浩果然還是背叛我了嗎？不，應該不是。這樣一來南議員也休想脫身……」

「他們還想搜查您的房子。」

「你說什麼？已經批准搜查令了嗎？」

「沒有。尹畢斗次長檢察官攔了下來，但別墅和車行他說自己也無能為力……。」

「媽的！不行了。我得見南哲浩議員……」

金基昌心煩意亂找起手機，嚴檢察官急忙對他說：

「長官、長官，現在問題不是這個。您不知道為什麼要進行扣押搜查嗎？」

金基昌瞪著嚴檢察官大聲喊道：

「要說什麼就快說！」

「那個……是的，因為您的影片……」

「什麼？」

金基昌拿起床頭櫃上的水壺扔向了嚴檢察官。水壺擦過嚴科長身邊，撞在房門上後掉落在地。嚴檢察官彎下腰磕頭：

「長官，對不起。我也不知道怎麼會變這樣……」

「那玩意怎麼會到南哲浩手上？又是朱必相那傢伙嗎！」

「據我所知，不是朱必相……」

「那是誰？快說！」

金基昌大聲怒吼。

「是閔宇直刑警……」

「什麼？閔宇直？那個該死的傢伙？那現在怎麼辦？你說啊！」

金基昌大吼大叫，突然扶住後頸倒在床上。

「長官，您還好嗎？鄭室長！鄭室長！」

幾天前

「宇直啊，這計畫好是好，可是那個人……」

金承哲警監看了一眼韓瑞律檢察官，接著說道：

「我是說，沈檢察官會照我們的意思去做嗎？」

「想必不容易。但找沈檢察官應該還是有可能。他現在只是藏起來，一旦機會來了就會露出真面目，我們就是要利用這一點。」

「要利用他家的事嗎？」

「對。雖然很卑鄙，但目前只有這個方法能讓沈檢察官動起來。這麼做只是為了讓沈檢察官採取行動，而不是要讓他公開出醜。」

「我懂。但還是不應該。」

在一旁聽著的韓檢察官詢問閔警正：

「沈魯陽部長檢察官發生過什麼事嗎？」

「檢察官，你知道沈在哲會長是沈魯陽部長檢察官的大伯吧？」

「當然。我知道。」

「沈檢察官的父親替他哥哥做了各種骯髒事，但是有次沈在哲會長竟然強暴了沈檢察官的母親。沈檢察官的父親知道這件事之後和妻子一起自殺。沈檢察官的父親幸運活下來，但他母親卻去世了。因為後遺症，他的父親有一隻眼睛失明，沈檢察官也因此受到了很大的打擊。不過當時他年紀還小無法對付沈會長，加上經濟困難，他的父親只能忍氣吞聲繼續在沈會長手下工作。正是因為這件事，他才決心成為檢察官。」

「組長為什麼知道得這麼清楚？」

「我聽他說的。」

閔警正指著金警監，金警監接著說道：

「我第一次接手的案件就是沈檢察官父母的案子，無意間看到了遺書。」

「那份遺書……」

「應該在沈檢察官手裡。」

「原來沈部長有過這樣的往事。」

第20話
真相現形

「你要他揭發黑暗王國？」

金警監吃驚地脫口反問。

「嗯，必須把黑暗王國的真面目公諸於世，該把我們知道的事告訴他了。」

「所以呢？跟沈檢察官說這些有什麼用？」

韓瑞律檢察官回答了金承哲警監的問題：

「我們必須把黑暗王國、金基昌、南哲浩拆開，這樣才能分散黑暗王國的力量，減少我們調查時的障礙。除此之外，讓他們起內鬨，最終要瓦解黑暗王國時也會更容易。」

「檢察官，妳認為沈魯陽檢察官辦得到嗎？」

「承哲啊，光靠沈檢察官一個人絕對做不到，但也許能作為開頭不是嗎？先從敲開一條小裂縫開始吧。」

「小裂縫？」

幾天後

沈魯陽部長檢察官閉眼坐在熱氣騰騰的浴池裡。金承哲警監東張西望地走進澡堂，坐在沈檢察官旁邊。

「不是說好要約在安靜的地方見面嗎？」

「這裡很好啊？很安靜。」

沈檢察官閉著眼睛回答。

「這裡說話別人也聽得見不是嗎？」

「別擔心，不會有別人進來。比起這個，有什麼事急著約我見面？」

「你要參加這次的國會議員選舉嗎？」

「你又是從誰那裡聽來的？真是……。所以呢？」

「在參選之前，先提高點關注度如何？」

沈檢察官瞥了金警監一眼，再次閉上了眼睛。

「什麼意思？」

「你認識金基昌吧？」

「啊？你怎麼可以隨便直呼長官的名字？小心點。」

「喔，這樣嗎？你約在這種地方見面，我也沒法子給你看……」

「是什麼？直接用說的吧。」

「內部正在調查關於性侵和教唆殺人的案件。」

沈檢察官這才猛然睜開眼睛，轉身看著金警監說：

「什麼？有證據嗎？」

「現在有興趣了嗎？」

「我在問你有沒有證據。」

「我當然有，所以才會約你見面啊？」

沈檢察官將身體轉回來，又閉上了眼睛。

「你以為我會幫你嗎？」

「怎麼了？你會怕嗎？」

「什麼？」

沈檢察官不悅地斜眼瞪他，金警監避開他的視線，看著前方說道：

「我知道。金基昌這位老人家非常了不起，也知道他有多殘忍又可怕。」

「知道的話就別興風作浪，即使有證據要調查也不容易。你覺得會有檢察官願意負責嗎？」

「肯定是不容易。」

「既然明白那就放棄吧，否則連你也會有危險。這次我就當沒聽見。」

「我已經差點死過一次了。」

「什麼？被長官知道了嗎？」

「你知道黑暗王國吧？」

沈檢察官掩飾不住驚慌，提高了聲音。

「你說什麼？你是真的想死啊？」

「我都知道。你也是黑暗王國的成員嗎？」

「金警監，不要胡說八道。你說你差點就死了？這次說不定會真的翹辮子。」

「從鬼門關前走一遭回來，我現在什麼都不怕了。南哲浩議員……不，我很清楚你岳父和金基昌長官的關係。這會是一次機會。」

「什麼啊？你想利用我岳父攻擊長官嗎？以夷制夷？這戰略是不錯，但長官絕對不會讓自己一個人遭殃。你不是很了解嗎？既然知道黑暗王國的存在，那應該也知道這麼做會鑄成大錯。」

「沈魯陽部長檢察官，大家都以為你是沈在哲會長的侄子，所以生活富裕無憂無慮，但事實上我很清楚你受到的不公平待遇、冷落，還有痛苦的童年。這不就是你決心成為檢察官的原因嗎？尤其是令尊……」

沈檢察官一拳砸向浴池裡的水，濺起激烈的水花，怒火中燒地說道：

「住口！你想幹嘛？打聽到這麼多我的事，以為這樣我就會願意幫助你們背叛長官……不，你覺得我會出賣自己的岳父嗎？」

金警監似乎早已預料到他會有這般反應，堅定地看著沈檢察官繼續說道：

「這不是出賣，而是身為檢察官必須面對的客觀義務[*2]，外加一點點個人的報復？大概人人都知道南哲浩委員長為什麼讓你當他女婿。但是你有機會改變一切，不，只需要讓一切回歸正常就好。你可以讓被金基昌和你岳父搞得烏煙瘴氣的檢察機關恢復原狀。這樣沈在哲會長就能被送上法庭接受審判了不是嗎？」

「你這個人真是……」

「我有說錯嗎？你不就是因為沈在哲會長，才忍辱負重坐在這個位子？」

「什麼？是哪個傢伙說的？你真的想找死嗎？」

沈檢察官瞪著布滿血絲的眼睛，像是恨不得要撲上去殺了金警監，脖子上青筋暴起大聲怒吼。

＊2：不管對犯罪者或被告有利與否，必須站在客觀立場上進行調查或訴訟的義務。

「看吧。就是被我說破了才會這麼激動……。」

「你這小子……。」

「我就是都知道了才來找你。別擔心，我絕對不會讓外界知道真相，這樣也會冒犯令尊在天之靈。」

「什……你……。」

沈檢察官突然把臉埋進浴池裡，粗暴地洗臉。

「只要金基昌和南哲浩這兩個人在，沈在哲會長就絕不可能接受法律的制裁。用金基昌的慣用手法來處理當然會更快，但這麼一來你也變得跟他們沒什麼兩樣，不是嗎？」

「所以呢？你打算怎麼做？」

「先從金基昌開始吧。」

現在

徐道慶總警家的車庫門打開，車開了進來。閔宇直警正一下車，在車庫裡等著的徐總警便上前迎接。

「這麼快就來了？」

「你怎麼在外面等？不多睡一下。」

「沒關係，已經睡夠了。事情怎樣了？」

「你應該已經猜到了吧？」

「是嗎？都警監那邊也是？」

「對。別墅也是。和預想的一樣，都已經整理乾淨了。」

「是啊。得扣押搜查金基昌的家才行啊……。」

「我說過這很難吧？快進去吧，得開始進行下一步。」

「好，快進來。朴記者也在等。」

一進到屋內，徐總警就問閔警正：

「安敏浩警衛怎麼沒跟你一起來？」

「怕有什麼遺漏，我要他再確認一下扣押到的資料。」

「好。韓檢察官也有聯絡我，她正在扣押搜查洪署長的辦公室。希望那裡能發現一些東西。」

「他們應該想不到會搜那。等等，怎麼沒看到南巡警？」

「喔，轄區警局的人急著找他，他在你來之前就出去了。」

「是嗎？知道是出了什麼事嗎？」

「不清楚。我沒來得及問，他就走了。」

「什麼狀況？」

這時，朴聖智記者從房間裡出來打了招呼。

「怎麼樣？你找到願意發新聞的媒體了？」

「我發了幾家有可能的……不過還沒有下文。」

「很難吧？」

「的確。還是別發媒體，直接公開在社群媒體上吧。我的部落格和社群追蹤人數不少，很快就能傳開。」

「可以嗎？金基昌可能會提告妨害名譽，如果出了什麼差錯……」

「你以為我提議之前沒想到嗎？想當記者，就要能承受得起這點程度的風險。即使刀架到脖子上也必須報導事實，這才是真正的記者。」

朴記者豪爽地笑了笑，閔警正上前抓住他的肩膀說道：

「是啊，那就那麼做吧。我去跟李德福見個面。」

「閔系長，為什麼突然要見李德福？」

「我要告訴他崔刑警的事，還有日後李敏智案勢必會在媒體上傳開吧？想也知道媒體不可能只說好話，一定會出現很多假新聞。我得先告知他，請他諒解。」

「沒錯，是該如此。金基昌肯定不會坐以待斃，他會用各種假新聞來汙衊死者。你考慮得很周全。」

都警監說著，跟上正準備要出門的閔警正。

「組長，我可以跟你一起去嗎？」

「你有空的話就來吧。」

「那麼，科長，我先跟組長去一趟。」

閔警正和都警監再次回到了車庫，朴記者回房內將寫好的報導上傳至部落格。

李南熙巡警看到南始甫巡警走進大方派出所，趕忙站起來迎接。

「南巡警，好久不見。一直沒看到你，還以為你調走了。」

「沒有啦，李巡警。我只是暫時外派。聽說組長急著找我。」

「是嗎？等一下。」

這時金弼斗警查走出茶水間，一看到南巡警就跑了過來。

「嘿！南始甫！終於見到你了。」

「啊！金警查，這陣子還好嗎？組長呢？聽說他在找我？」

「喔，對啊。他在那裡。」

張組長從金警查指的方向走出來，揮手招呼。

「南巡警，你來啦？」

「忠誠！組長，你找我嗎？」

「對。跟我去個地方。」

「哪裡？」

「去了就知道了。有人想見你。你有空吧？」

「有。」

「那就開我的車去吧。」

張組長帶著南巡警走出派出所。

「長官，你還好嗎？鄭室長！鄭室長！」

聽到嚴奇東檢察官的呼喊，鄭室長跑進了臥室。

「長官！長官！怎麼會這樣？」

目睹金基昌突然倒下，嚴檢察官坐立難安，不知所措。

「長官，醒醒。」

金基昌扶著自己的後頸暈了過去，鄭室長慢慢地扶他起身。

「藥……藥……。」

「是，長官。」

鄭室長從抽屜裡拿出藥瓶，將藥放進金基昌的嘴裡，想拿放在床頭櫃的水壺卻找不到。他接著注意到水壺掉在房門旁，於是對嚴檢察官喊道：

「你在做什麼？快去倒杯水。」

「什麼？喔。好，好。」

嚴檢察官慌忙跑出臥室拿水。金基昌喝了水，靠在鄭室長的肩膀上半晌。

好不容易恢復力氣，金基昌開口說道：

「鄭室長，你可以出去了。」

「沒問題嗎？不用找鄭醫師來看看嗎？」

「不必。我已經沒事了。」

「好。」

鄭室長猶豫著要不要離開，說道：

「那個，長官。」

「怎麼了？」

「啊，沒事。」

「怎麼了？幹嘛不說？」

「不，那個……我覺得您應該看看這個。」

「又發生什麼事了？」

鄭室長猶豫了一下，說道：

「那個……網路上……」

「網路上？」

「可能是一篇部落格文章在社群網站傳開來，現在您的名字登上了熱門關鍵字的第一名……」

「什麼意思？」

鄭室長將手機交給了金基昌。

「為什麼？這是在寫什麼？」

金基昌看不清手機上的字，戴起放在桌子上的眼鏡仔細閱讀文章。

「這篇文章……照片……」

金基昌認真閱讀文章，眉頭逐漸深鎖。

「是誰？是哪個傢伙？」

「長官，能讓我看看嗎？」

嚴檢察官接過金基昌手裡的手機。

「這傢伙，不是朴聖智記者嗎？」

「朴聖智？朴聖智……。好像在哪裡聽過。」

「以前不是有個節目？《製作人搜密》裡那個煩人的傢伙……」

「又是他！那時候被教訓過還不清醒嗎？」

「看起來是他沒錯。」

「立刻去堵上那傢伙的嘴。鄭室長，叫曹律師過來。」

「是，長官。」

鄭室長離開房間，金基昌喃喃自語：

「這次一定要把那傢伙教訓到他再也站不起來……」

金基昌再次仔細閱讀報導。內容寫著在別墅裡發生的事和性侵被害人遭到謀殺的內容，並指出嫌疑人是金基昌。另外，報導也推測金基昌動員檢察機關內部的祕密組織，將李弼錫議員、李大禹大法官以及性侵被害人的男友及其父母的事件捏造成自殺。

整篇報導穿插了別墅內部的照片。金基昌讀完報導怒火中燒，將手機砸到桌上。

「該死的……。這傢伙到底知道多少？」

嚴檢察官也在用自己的手機讀著報導。

「長官，我確定當時的資料都銷毀了。請相信我。」

「難道這些人沒有證據還敢這麼囂張？」

「還是說……這都是閔宇直刑警在背後策劃的？」

「嚴科長也這麼認為嗎？憑一個小記者不可能這麼胡來，他又不是沒吃過苦頭，對吧？」

「是的。我還以為他當時就學乖了……。」

「這次得讓他徹底開竅才行。當時怎麼處理的？」

「當時他因為被起訴與檢舉，家庭破碎也離了婚。那時候已經做到讓他無法再站起來……」

「雖然記者是個混帳，但顯然這一切都是閔宇直在作怪，不是嗎？」

「是的，我也是這麼認為。該死的傢伙！我馬上去宰了他們……」

嚴檢察官大發雷霆正想走出去，金基昌立刻叫住了他：

「站住，嚴科長！你現在能拿他們怎麼辦？還想把事情鬧得更大嗎？現在殺了他們，那些人一定會衝著我來。不是交代過你做事要先動腦……嘖。」

「對不起，長官。是我太心急了。那該怎麼做呢？」

「先冷靜想想。不是還有我們擅長的做法嗎？」

「我們擅長的？」

「是啊。先去整頓媒體吧。盡快找到轉移大眾注意力的話題，還要找出能讓閔宇直身敗名裂的東西，向檢察機關檢舉。這樣一來只要檢方將調查內容洩露給媒體，就能讓輿論轉向。要做到這樣才能斷了他的後路不是嗎？又不是沒經驗，每次都得我來教嗎？」

「抱歉，長官。我會去處理。」

「帶他到懸崖邊，讓他自己跳下去，知道了嗎？」

「是。我知道了，長官。」

嚴檢察官正要離開臥室，又被金基昌叫住。

「那個，嚴科長。」

「是，長官。」

「快把那個南始甫給我帶過來。」

「好的。」

嚴檢察官低頭打了招呼便走出臥室。金基昌拿起手機打給一星，但沒接通。

地下停車場內的臨時建築，原本面目全非的跑車變得煥然一新，朱必相坐在跑車的駕駛座上，握著方向盤假裝開車。這時傳來了敲門聲。

「社長，我是七星。打擾了。」

吳民錫打開臨時建築物的門走了進來，一星跟在他身後。朱必相下了跑車上前迎接。

「歡迎。抱歉約你來這麼簡陋的地方見面。」

「客氣了。朱社長找我有什麼事？」

「才剛見面就切入正題嗎？好。七星，你出去吧。」

「是。」

吳民錫低頭打了招呼，離開臨時建築。

「過來坐吧。」

朱必相指著一張小桌子前的椅子並坐在對面。一星坐了下來並打量四周。

「你喜歡車嗎？」

「沒有。是朱社長好像對車很有興趣，還會自己改裝，到了這個年紀還喜歡跑車啊。」

朱必相面帶微笑說道：

「我這年紀怎麼了嗎？其實我對改裝沒興趣，只喜歡速度感。別看我這樣，我可是個速度狂，還曾經是賽車手。」

「啊！對，我有聽說過。」

「這樣啊？即使上了年紀，也放棄不了速度帶來的快感，看來是上癮了。可是……」

一星摳著耳朵，打斷了朱必相的話：

「不說這個了，聊聊朱社長為什麼要約我見面吧。」

「看來你對車沒什麼興趣。那我就直說了，你要多少錢？」

「多少錢？」

「要多少錢才能讓你成為我的人？」

一星不屑地瞄了一眼朱必相，咧嘴笑道：

「想用錢收買我？你能給我多少，說來聽聽看。」

「說你想要的金額，我會盡力讓你滿意。」

「是嗎？但你為什麼要收買我？」

「等到你成為我的人之後再說。」

「難道是想對長官……」

「呵呵。你果然很機伶。」

「如果我說不願意，你打算在這裡殺了我嗎？」

朱必相擺手說道：

「哎喲，我才不是這種人。而且我很清楚你的實力，我怎麼可能動得了你？我不過是想要救自己。」

「那你找錯人了。我要走了。」

「等一下！聽說你和老人家疏遠了，難道不是嗎？所以你才到南哲浩議員那邊。」

「是誰在胡說八道？」

「胡說？所以不是嗎？聽說你已經是南哲浩議員的人了？」

「少聽信那些謠言，不如聽七星的話吧。還有，你最好去向長官求情。他可不容許有人敢覬覦他的目標，誰膽敢搶走他到嘴邊的肉，他絕對不會放過。還是快去找長官請求原諒吧。」

「求他就能活命嗎？」

「如果你真想活，一開始就不會做那種事。不是有句話這麼說嗎？必死則生，幸生則死。哇，真是講得太有道理了，不是嗎？」

「這是什麼意思？你想救我？還是我誤會了？」

「長官雖然直性子，但也是寬宏大量的人。一切都看朱社長你怎麼做。誰會喜歡看到別人拿著湯匙來自己的飯桌呢？不過若是送上滿到兩手拿不動的心意，又有誰會不高興呢？」

朱必相拍了下膝蓋說道：

「啊哈！是啊，原來是這個意思。我明白了。那你能幫我約個時間見長官嗎？」

「這不難。可是……我為什麼要做這件事？」

「哎喲，這樣啊。我又沒考慮周到了。我會讓七星轉交過去，你放心。」

「那就這樣吧。」

一星起身，離去前又補充說道：

「啊！我會告訴七星約好的時間，準備好你的心意吧。」

他大笑著走出了臨時建築物。朱必相皺著眉頭看著一星離開。

一星走近在外頭等著的吳民錫。

「這麼快就聊完了？」

「我這個人討厭講廢話，有什麼事就直說。怎麼樣？你想好了嗎？」

「我答應你。」

一星拍了拍吳民錫的肩膀說道：

「哇喔，非常好。沒錯，就是要像這樣簡單乾脆。」

「你什麼時候要去？」

「為什麼要問我？」

「你是要我自己去做嗎？」

「怎樣？不行嗎？憑你的實力沒問題。」

「我需要支援，光靠我一個人很難做到。」

「是嗎？哎，臭小子。沒有那麼難吧？」

「對大哥來說很簡單，但我還不行。」

一星哈哈大笑，指著吳民錫說：

「看看你，現在也懂得拍馬屁了。跟著朱社長光學會怎麼耍嘴皮子。好吧好吧，一開始就這樣識相不是很好嗎？雖然有點晚了，但你終於學會怎麼在這個世界生存。等決定好日程我再聯絡你。」

「是，一星哥。」

●

「你到底在想什麼？」

「岳父，請聽我說完。」

南哲浩議員接到報告，得知沈魯陽部長檢察官批准對別墅和中古車車行的扣押搜查，急忙把他叫來家裡。

「好。說吧。你為什麼要這樣做？」

「這是我們的機會。」

「機會？」

「是的。把金基昌長官拉下來的絕佳機會。」

「你怎麼還搞不清楚啊？金基昌會自己去送死嗎？他會不知道是你批准的？他肯定會認為是我的指示，那他還會放過我嗎？你怎麼連這個都沒考慮到？闖禍之前至少應該先提醒我吧。為什麼不跟我商量就擅自作主。說啊？」

南議員越說越激動。

「我沒有時間。而且岳父肯定會反對。」

「什麼？你明知道我會反對還做？你在打什麼主意？」

南議員眯起眼睛懷疑地看著他，沈檢察官擺了擺手說道：

「岳父怎麼能這樣說？我至今目睹過多少岳父被金基昌長官羞辱的情景，難道不該讓他付出代價嗎？現在有不必動手就能報仇的機會，當然不能錯過。」

南議員皺著眉頭提高了嗓門：

「難道他們抓了金基昌就會放過我們嗎？你我就是下一個目標！這麼明顯你也看不出來？你是真的不懂還是在裝傻？」

「我知道。我怎麼會不懂？請等著看吧。金基昌長官會甘願被修理嗎？他一定會做好準備，如此一來他們會兩敗俱傷。不管結果如何我們都能漁翁得利，不是嗎？岳父，別忘了我是誰？我可是韓國的檢察官，而且我們還有黑暗王國，有什麼好擔心的？」

「你真以為事情能如你所願嗎？」

南議員無奈地搖了搖頭。

「我會確保一切如我所願地進行。這次之後金基昌長官的勢力會因此縮小。到時候只要岳父站出來，黑暗王國的成員就會追隨您，到時候再除掉他就行了，您說對嗎？」

南議員搔了搔後腦勺，神經兮兮地說道：

「沒那個必要！」

「為什麼？」

「我們不需要親自介入，這件事自然會解決。你啊，哎！嘖嘖。算了，你以後千萬不要擅自作主，你要不是我女婿啊……唉！我這樣說你聽明白了嗎？」

面對高聲咆哮的南議員，沈檢察官畏畏縮縮地回答道：

「是的，岳父。那要怎麼辦……」

「立刻聯絡金基昌部長，和我一起去見他。」

「見了面後，岳父有什麼打算？」

「現在還不是我們該站出來的時候，這樣只會讓他產生戒心。這個該死的混帳……」

「岳父，您有別的計畫嗎？」

南議員瞪了沈檢察官一眼，開口道：

「什麼計畫？原本有個好點子只需要坐享其成，結果都被你搞砸了！你先去金基昌面前跪下求他原諒，聽到了嗎？找個藉口說你是不得已的，請他饒了你！」

「要找什麼藉口？」

「我怎麼會知道？你自己想啊，找個讓他相信你的藉口好求得他的原諒。」

「好的。但是為什麼非得做到這種地步……。岳父，您就相信我一次……」

「要我相信你？好，我相信你，但現在先聽我的安排。」

「那個……啊哈，岳父是想放煙霧彈吧，對吧？」

「對，你這傢伙，唉……。首先要讓他放下戒心，不知道那老頭會不會上當。」

「我知道了。其實，本來想搜查金基昌長官的住家，但失敗了。」

「什麼？連房子都想搜……。」

南議員瞥了沈檢察官一眼，長嘆了一口氣。

「對不起。因為尹畢斗次長檢察官出手攔截……。」

「混帳！你到底幹嘛要自己……啊！該死。立刻聯絡尹檢察官約好時間。」

「尹次長？不是要約長官……？」

「對！但我們得先去見尹檢察官！」

南議員瞪大眼睛，鬱悶地對沈檢察官怒吼。

「啊……。好的，岳父。」

「瞧你這副德性……嘖嘖。唉！」

鄭室長在書房門前敲了門說道：

「長官，嚴奇東檢察官來了。」

「我馬上出去。」

正在看書的金基昌摘下眼鏡，穿上了披在椅子上的羊毛杉。嚴奇東檢察官和被蒙上眼睛站著的南始甫巡警在客廳裡等候。

「長官，我帶他來了。」

「就是他嗎？」

「是的。」

「摘下眼罩。」

「是，長官。」

嚴檢察官摘下南巡警的眼罩。

「組長，我們要去哪裡？」

「快到了。啊！他在那裡。」

張組長把車停在一輛停著的車旁邊。張組長和南巡警下了車走向對方的後座，後座的車窗降下來，在車內的是嚴奇東檢察官。

「你後面那位就是南始甫巡警嗎？」

「是的，檢察官。」

「讓他上車，張警衛你可以回去了。」

「啊……。是的。南巡警，上車。」

「我一個人嗎？為什麼……？」

「沒事的，這位是檢察官。還不快上車？」

張組長打開後座的門示意他上車。南巡警一臉茫然地看著張組長並上了車，車門很快地關上後便出發。

「你就是南始甫巡警？」

「是的。我們現在要去哪裡？」

「有人想見你。不好意思，我需要檢查一下你的隨身物品，沒關係吧？」

「好。」

嚴檢察官檢查了南巡警的上衣，並拿出他的手機放進了自己的口袋。

「抱歉，這個暫時由我保管吧，回去的時候會還你。還有，現在你要去的地方不能曝光，所以必須蒙住你的眼睛，好嗎？」

「啊？眼睛？」

「別擔心。到了以後就會解開。」

「可是……」

「沒有時間了，動作快。」

南巡警自己戴上了嚴檢察官遞來的眼罩。

「用這種方式見面，你應該嚇了一跳吧？」

摘下眼罩的南始甫巡警因為光線刺眼，瞇起眼睛打量了一下四周。

「你是南始甫巡警？」

「啊，是的。」

南巡警看了一眼嚴奇東檢察官後回答道。

「沒關係。放輕鬆，別光是站著，過來坐吧。」

金基昌用手指著沙發，自己也走過去坐了下來。嚴檢察官帶著南巡警坐到沙發上，並在他的旁邊坐下。

「我聽說了一些關於你的趣事，所以才想見你一面。」

「什麼意思？」

「你有預知能力嗎？」

「啊……。也不能說是預知能力……」

「為什麼？那就叫預知能力啊，不然要叫什麼？聽說你能看見未來發生的事？還能看到屍體？」

「偶爾會看到，但……不能稱之為預知能力。」

「是嗎？不必謙虛。我聽說你用這種能力救過很多人。你能在這裡展示一下你的預知能力嗎？」

「並不是我想看就能看到。這裡……啊，難道……」

「怎麼了？」

「你想知道這裡會不會發生命案嗎？」

「是啊，你終於明白啦。可以嗎？」

「這個……請等一下。」

南巡警注視著客廳的各個角落，目光落在牆上的大時鐘上。

「你看到了什麼嗎？」

南巡警閉著眼睛像是在沉思。金基昌問嚴檢察官：

「他這是在做什麼？」

「我也不知道。南巡警，你在幹嘛？不會是睡著了吧？」

南巡警依然沒有回應，閉著眼睛一動也不動。嚴檢察官勃然大怒，伸手搖晃南巡警：

「南巡警。南巡警，你在幹嘛？」

南巡警猛然縮了一下身體，睜開了眼睛。

「啊！對不起。」

「嚴科長，等等。南巡警，你有看到了什麼對吧？」

金基昌阻止了嚴檢察官，好奇地看著南巡警。

「啊……抱歉，我陷入沉思的時候會聽不見別人說話的聲音。你們剛才說什麼？」

「這樣啊？你有看到屍體嗎？」

「啊，沒有。」

「那就好。你暫時先住在我家幫我個忙吧。像現在這樣檢查確認就可以了，應該不難吧？」

「暫時是多久……？」

「不會留你太久的。」

「很抱歉，這恐怕有困難。我還有工作，突然消失我的同事也會擔心。」

「有困難嗎？」

嚴檢察官輕輕拍了拍南巡警的手臂，說道：

「南巡警，你以為這是在求你嗎？」

金基昌阻止嚴檢察官，說道：

「嚴科長，好了。當然，我能理解你有自己的考量。但是想清楚了，留在這裡幫我，往後你的前途會是一片光明。想去哪裡儘管說，不管是什麼職位我都能安排。」

「不用，我不需要……」

金基昌舉起手打斷南巡警的話，接著說：

「聽我說完，話可不能只聽一半。如果你離開這裡不幫我，不僅是你，你的家人也可能會過得不太順利。比方說，你的父母可能會突然遭遇不測，車禍去世……」

「你說什麼？這是在威脅我嗎？」

「威脅？聽起來像威脅嗎？看來你終於了解自己的處境了。」

金基昌看著南巡警露出狡猾的笑容。嚴檢察官用肩膀推了南巡警的肩膀一下，說道：

「南巡警，就照長官的話去做吧。他會好好照顧你的。」

「選條舒適的路走不就好了嗎？是吧？」

南巡警低下頭搓弄著雙手默不作聲，嚴檢察官又拍了拍他的大腿，說道：

「這有什麼好煩惱的？快回答。」

南巡警這才抬起頭回答道：

「好，我答應幫你。」

「這樣啊，很高興你終於想通了。鄭室長！」

鄭室長從廚房走出來回應：

「是，長官。」

「帶南巡警去他的房間，他住在這裡的期間要好好招待，可不能有怠慢。」

「好的，長官。南始甫先生，請跟我來。」

鄭室長帶著南巡警上了二樓。嚴檢察官看著他們上樓後開口：

「長官，我按照您交代的把媒體公司和入口網站都打理妥當了。所有相關文章都會刪除並且禁止搜尋，很快就會從即時搜尋排行榜上消失。」

「好。找到能讓讓閔刑警上鉤的方法了嗎？」

「我試著找過了但實在不太容易。不過我有個想法。」

第21話

爾虞我詐

徐敏珠議員打開門進來，原本坐在床上看著窗外的崔友哲警衛立刻轉過身。

「敏珠。」

崔警衛站起來叫了她的名字，但她不發一語，筆直地走向他。

「謝謝妳願意過來。」

徐議員用盡全力，舉起手打了崔警衛一耳光。

「敏珠……。」

「說吧。你叫我過來是想用那張嘴說什麼？你說啊。」

「對不起，敏珠。」

「對不起？你真的有覺得對不起我嗎？」

「對，我被打活該。但請相信我，我對妳……事到如今說這些沒用，但……」

「我還能相信你嗎？你一直在騙我。為什麼要這樣？到底為什麼？」

徐議員用雙拳捶打著崔警衛的胸口，哭了起來。

「你為什麼要騙我？為什麼！」

「敏珠，對不起。但是……」

崔警衛抓住徐議員的手臂，繼續說道：

「但我對妳是真心的。是真的，無論妳信不信，我對妳的感情千真萬確。敏珠，求妳相信我……」

「你到底為什麼要這麼做？」

徐議員甩開崔警衛的手，高喊著並往後退。

「我也想得到所有人的認同，過上不輸別人的好生活，但無論我怎麼努力都辦不到，所以我恨這個世界，我知道這都不能當作理由，也知道現在後悔已經太遲了。可是敏珠，拜託妳……我不想失去妳，是真的。我希望妳能永遠陪在我身邊。為了這樣，我像是發瘋一樣……」

徐議員摀住耳朵，打斷了崔警衛的話。

「夠了。我不想再聽了。就算你說的都是真心話，我也沒辦法再相信你了。你已經失去了我對你所有的信任，現在說什麼都沒用了。你知道嗎？都是你自己造成的，混蛋！」

「敏珠，我知道。我都能理解。但妳願意來這裡見我，代表妳對我……不是嗎？妳也還對我……」

「沒錯。我想直接聽你說，看看你對我的心意是真是假。雖然表面上看不出來，但你的眼神已經證明了，幸好那都不是謊言。但是我們之間已經都太遲了。」

徐議員說著，低下了頭。

「我知道，我不能再繼續錯下去。但是……不，妳理解我的心意那就夠了。敏珠，這段時間謝謝妳，我是真心感謝妳。妳是……唯一陪在我身邊，對我別無所求的朋友……不，曾經是我的朋友。謝謝妳。」

徐議員轉身走向房門，又停下了腳步說道：

「友哲，現在還來得及。別再錯下去，重新開始吧。」

說完，她頭也不回地走出房間。

「謝謝妳，敏珠。」

崔警衛後退了一步，跌坐在床上低下頭，肩膀微微顫抖著。

韓瑞律檢察官和徐道慶總警坐在沙發上聊天。

「科長，崔友哲警衛今天會被移送到拘留所嗎？」

「是啊。會留到今天，是因為他要求一定要見到徐議員。等徐議員出來，崔警衛就會被移送到拘留所。」

「讓徐敏珠議員單獨進去，我有點擔心。不會有事吧？」

「別擔心，沒事的，還有羅警查在門口守著。而且崔警衛對她是真心的，他不會傷害徐議員的，放心。」

「崔友哲警衛真的很喜歡徐敏珠議員……不對，他們是彼此相愛嗎？」

「可以說是吧。該說他們是戀人未滿的摯友嗎？徐議員也想見崔警衛，確認他的心意。」

「他們以後會怎麼樣？」

「只有他們兩個知道了。看來是不太容易，真可惜。崔警衛怎麼會……」

「就是說啊，任誰也沒想到。」

這時，朴聖智記者從房間裡出來找徐總警。

「總警，我網站的文章都被移除了，金基昌的名字也從即時搜尋關鍵字中消失了。」

「你說什麼？問過入口網站了嗎？」

「我只有到諮詢服務留言，沒有其他方法可以聯繫。」

「科長，會不會是金基昌？」

朴記者點頭同意韓檢察官的話。

「我也是這麼想。」

「金基昌的動作比預期得要快，而且他不是只會防守的人。」

徐總警一說完，朴記者就問了韓檢察官：

「檢察官，有沒有辦法打探到檢方的動靜？」

「是啊，韓檢察官。如果金基昌出動了黑暗王國，那麼檢方肯定也會有風吹草動。我會去打聽看看，韓檢察官妳也……」

就在這時，朴記者的手機響了。

「是徐弼監科長打來的。」

「嗯，好。快接吧。」

朴記者點點頭，接聽了手機。

「是，科長。」

「喂？朴記者。我沒看到部落格上的文章，怎麼回事？」

「好像被入口網站移除了。」

「不出我所料。你跟徐道慶總警在一起嗎？」

「是的，他就在旁邊。要換他聽嗎？」

「好。」

「等一下。徐道慶總警，科長找你。」

徐總警接過了朴記者的手機，說道：

「喂？是我。」

「是我，徐弼監。對閔宇直系長進行內部偵查的指示已經下來了。」

「怎麼可能因為這樣就停手？」

「沒那麼簡單，不過這當然只是名義上的理由，不就是想阻止閔組長嗎？」

「怎麼可能因為這樣就停手？」

「沒那麼簡單，檢方也不可能坐視不管，有點不尋常，你有聽說什麼消息嗎？」

「現在還沒有……。我們也正想去打聽。」

「閔系長在哪裡？」

「他說要去見李德福。」

「李德福是誰？」

「李敏智的父親。大致狀況我明白了。我們這邊也會著手打聽消息，制定對策。」

「我會想辦法拖延閔系長的偵查，你那邊確認一下檢方的動向。」

「好。還有什麼事就直接聯絡我。」

朴記者接過徐總警遞過來的手機，問道：

「總警，非法竊聽和監聽是什麼意思？與閔宇直組長有關？」

「沒錯。好像下了指示要對閔宇直系長進行內部偵查。」

韓檢察官表情嚴肅地詢問徐總警：

「這也是金基昌幹的好事吧？」

「才剛開始而已。黑暗王國已經出手了，我們不能只顧著等檢方的動作，對吧？」

「當然，絕不能坐以待斃。科長，開始反擊吧。」

朴記者反問韓檢察官：

「反擊？」

「如果他們可以操縱檢方，我們就得操縱國會。」

「總警，國會議員會願意出面嗎？」

「別擔心，都已經準備就緒。」

「真的嗎？」

朴記者看著徐總警追問，但回答他的是韓檢察官。

「是的，朴記者。多虧有徐敏珠議員打頭陣。當然，組長也有提前準備。」

「原來是早就有所計畫。」

「朴記者和韓檢察官負責注意檢方的動向。我等徐議員出來就和她一起去國會。」

這時，徐總警看到羅相南警查扶著徐敏珠議員從二樓走下來。他起身走向徐議員，問道：

「徐議員，妳還好嗎？羅警查，怎麼回事？」

羅警查正要回答，徐議員搖手答道：

「沒事，只是有些頭暈。坐下來休息一下就好了。」

徐總警協助羅警查讓徐議員坐在沙發上。韓檢察官走到羅警查旁邊問道：

「這是怎麼了？」

「我也不知道。議員從房間裡出來，突然跌坐在地上……。不知道他們聊了什麼，但感覺徐議員受到了很大的打擊。」

韓檢察官點了點頭，小心翼翼地坐到徐議員身邊：

「沒問題嗎？妳現在的狀態很難召開記者會吧。」

「不行。組長說今天一定要開記者會。」

聽到徐議員這番話，徐總警問道：

「是嗎？妳跟閔系長通過電話了？」

「對，組長說對方很可能會察覺到，所以必須以最快的速度召開緊急記者會。」

「可是以妳現在的身體狀況……」

「只有我出面，其他初選議員才會跟著動作。我沒事，休息一下就出發吧。」

徐總警心疼地看著徐議員，說道：

「就這麼辦吧。謝謝妳，徐議員。韓檢察官和朴記者先行動吧，我會照顧徐議員。」

「好。那我們出發了。」

韓檢察官和朴記者走向大門，羅警查單獨把韓檢察官叫到一邊，小聲說道：

「檢察官，等安敏浩刑警過來，他會負責將崔刑警帶到拘留所，等他們離開之後我想去一趟醫院。」

「啊！對了，朴范秀先生，聽說他沒有生命危險……。」

「是的。聽說范秀已經轉到普通病房了，所以我想過去看看。」

「好。不需要擔心朴范秀的安全。我們已經安排了二十四小時的警衛看守，他不會有事的。」

「我知道了。檢察官，路上小心。」

「崔警衛就拜託你了。」

韓檢察官和朴記者離開之後，羅警查回到樓上。徐議員靠在沙發上閉目養神。徐總警看著她的樣子，打給了閔警正。

就在這時，羅警查突然慌張地跑下來大喊：

「科長！科長！」

徐總警嚇了一跳，急忙掛斷電話跑向羅警查。

「怎麼了？」

「科長，科長……那個……」

「快說啊，發生什麼事？」

「崔刑警……崔刑警死了。」

「什麼？你說什麼？」

徐總警連忙衝上二樓，在沙發上休息的徐議員也急忙起身，還沒來得及開口就暈了過去。羅警查急忙跑到徐議員身邊扶她起來，試著搖醒她。

「議員！議員，快醒醒！」

鄭珉宇在隨行祕書的護衛下走出民道集團總公司地下停車場的入口，一輛中型轎車已經停在入口，司機在後座車門前等候。等鄭珉宇走過來，司機用眼神問候並打開了車門，就在他要上車之際。

「兄弟！」

鄭珉宇轉頭看向聲音的來源。

「哇，瞧瞧這是誰？你還活著啊？」

「是啊，托你的福我才活下來。」

「東民。不對，現在不該叫你東民，該稱呼車禹錫警衛對吧？兄弟，別鬧了。看你的臉，似乎是朱社長饒了你一命，識相點收手吧。這樣已經夠了。以後不要出現在我面前，了解？」

車禹錫想要走向鄭珉宇，但隨行祕書們走上前阻擋，他不得不保持距離回答道：

「怎麼了？這段時間相處，對我有感情了嗎？」

「感情？是啊，的確是有感情。所以趁我還願意放你走，安靜地回去吧。」

「怎麼辦呢？不過我是來執行公務的。」

「是喔？那去忙你的吧。不要再出現在我面前，知道嗎？」

鄭珉宇正要上車時，車禹錫用低沉的聲音說道：

「鄭珉宇本部長，請留步。你涉嫌服用禁藥，還有根據《特定犯罪加重處罰法》，我現在要以收受賄賂嫌疑緊急逮捕你。聽清楚。你有權保持沉默，也可以聘請律師，但你所說的每一句話都可以在法庭上作為指控你的不利證據。還請謹慎發言。」

鄭珉宇沒有上車，苦笑著大喊了起來：

「哇！你瘋了嗎？要在這裡逮捕我？」

「鄭珉宇本部長，請和我走吧。」

車禹錫伸手拿出手銬，想走過去逮捕鄭珉宇，但是隨行祕書們擋住了他的去路。

「你們再這樣，我會以妨礙公務罪逮捕你們。」

「東民，你這什麼態度？」

「怎麼了？是不是有點不習慣？兄弟！乖乖跟我走吧，別把事情鬧大。」

「這個語氣才像你啊。你不是為了抓我才刻意偽裝接近我的吧？你到底想從我這裡得到什麼？」

「我想要什麼？你跟我走就知道了，所以……」

「你的目標是我爸嗎？還是朱社長？就算你能把朱社長關進牢裡，也最好不要碰民道集團。其實這話我本來不該說，但為了你著想就告訴你吧，動民道集團等於是跟檢察機關作對，這樣聽懂了嗎？」

「的確是。畢竟有檢方在為你們撐腰。」

「你知道？既然知道就適可而止吧。你敢惹檢方嗎？兄弟，你不過是一介警察，凡事要懂分寸，這樣才能過上舒服的好日子，長命百歲，懂不懂啊？」

鄭珉宇說著，不以為然地笑了笑。

「既然話說完了……」

「好啦。我會帶著你要的資料去找你，你就先回去吧。我今天要去個好地方，你也很清楚啊，今天就是好日子。怎麼樣？要一起去嗎？你不是很喜歡嗎？嗯？想一起去就上車啊。」

「我雖然很想，但不是今天。而且看來你今天也去不了，不，短時間內都很難。跟我去比那裡更好的地方吧，兄弟。」

「兄弟，你是一個人來的嗎？」

「嗯。我一個人就夠了。」

「是嗎？勇氣可嘉。既然這樣，我也沒辦法了。還在等什麼？快解決掉。」

「是！」

鄭珉宇比了個手勢，隨行祕書們紛紛撲向車禹錫。車禹錫後退幾步，與隨行祕書們對峙。

「本來想安靜地帶你走……」

一名隨行祕書大喊一聲，撲向車禹錫。

「閉嘴，臭小子！」

車禹錫彎下腰，一腳踢向後方隨行祕書的臉，隨行祕書巧妙地用手臂擋住並迅速後退。車禹錫靈巧地避開了兩名隨行祕書的攻擊，走近了鄭珉宇所在的轎車。

鄭珉宇急忙坐進後座關上車門，看著車窗外的混亂打鬥。車禹錫被隨行祕書們團團圍攻，他跳上車子引擎蓋並朝著隨行祕書飛撲。他的腳後跟正中一名隨行祕書的頭，同時拳頭擊中了另一名祕書的臉。臉部被擊中倒地的祕書試圖站起來，又被他以一記精準的迴旋踢再次踹中臉，瞬間昏了過去。其他隨行祕書也接連被車禹錫的腿和上勾拳擊中，倒地不起。

鄭珉宇見狀連忙命令司機出發。司機立即發動引擎，踩下油門。但是車禹錫立刻衝上去，抓住駕駛座的把手打開了車門。車禹錫和司機短暫扭打，最終車子停了下來。司機的頭重重地撞在方向盤上，暈了過去。

這時，鄭珉宇試圖逃跑卻被車禹錫抓住了後頸。

「喂！東民，放開我，我叫你快放開，臭小子！」

「不是叫你老實跟我走了嗎，兄弟。」

車禹錫從口袋拿出手銬，戴在鄭珉宇的一隻手腕上，再押他坐進副駕駛座，將手銬另一端扣在上方握把。

「你惹錯人了。以為這樣對我還能平安無事嗎？」

車禹錫將司機拉下車，自己坐上了駕駛座。

「兄弟，你以為做了那些事，還能繼續吃香喝辣嗎？乖乖跟我走，聽到沒？」

「什麼？你這傢伙……」

鄭珉宇舉起一隻手想打他，但車禹錫的拳頭更快。

「呃啊！」

鄭珉宇被這一拳打得鼻子流下鮮血。

「敢對我動手？」

「這小子……。」

車禹錫再次舉起拳頭，鄭珉宇反射性地低下頭，蜷縮身體。這時，車禹錫看到幾名身穿西裝的男人從停車場入口跑過來，於是發動車子，迅速離開停車場。

南哲浩議員和沈魯陽部長檢察官來到大檢察廳次長檢察官尹畢斗的辦公室。

「委員長，打電話交代一聲就行了，怎麼還特地跑一趟？」

「當然是有空的人過來啊。尹後輩你可是大忙人啊？」

「沒這回事。只要委員長吩咐，我二話不說立刻趕到。」

「是嗎？呵呵。我今天是因為有急事才來。」

「好的。先請坐吧。沈檢也過來一起坐。」

南議員坐在沙發上，沈檢察官則坐在他旁邊。尹檢察官坐在主位，看著南議員問道：

「委員長怎麼會來呢？」

「我女婿闖了禍。你應該知道吧。」

尹檢察官困惑地看著沈檢察官，問道：

「沈檢察官，怎麼了嗎？」

「哎……那個……。」

沈檢察官偷看南議員的表情，猶豫著不知道怎麼開口。

「怎麼了？委員長，出了什麼事嗎？」

「你真的不知道？我是在說扣押搜查金部長家的事。」

「為什麼要問這個？該不會是沈檢批准的吧？」

「什麼？你真的不知道嗎？」

「真的是嗎？為什麼？我有接到電話報告，但不知道是誰批准的就先擋下來。沈檢為什麼要這樣做？」

沈檢察官低著頭，說道：

「非常抱歉，是我想得不夠周到。警方提出了明確的證據，我不好直接拒絕。對不起，次長檢察官。」

「沒事，這沒什麼，人總會犯錯。委員長是因為這件事才特地過來嗎？幹嘛這樣？沒什麼大不了。」

「啊？沒什麼大不了？那為什麼允許搜查別墅和中古車車行？」

「要是連這個都阻止，事情不是會鬧得更大嗎？至少要放手一部分才不會被說話。而且，事先都已經收拾好了，不會有問題。」

「金基昌部長早就知道，事先指示了嗎？」

「不是的，委員長。這種程度的小事還在我的權限之內。」

南議員連連點頭，緊緊握住了尹檢察官的手。

「是啊，沒錯。尹後輩處理得很好。那能替我對金基昌部長保密嗎？」

「當然沒問題。長官還不知道嗎？說不定已經傳到他耳裡了，畢竟他總是可以比我先接到消息啊。」

「是啊，沒錯。長官實在很了不起。但是尹後輩，你考慮過我們之前說的那件事了嗎？」

「委員長，請再給我一點時間。」

「想太多反而容易選錯。你要看遠一點，放眼未來。除了你還有誰能帶領黑暗王國呢？不是嗎？」

「委員長言重了，還有長官和委員長在啊。別這樣，趕緊和長官和好，讓事情平安落幕吧。別自亂陣腳把事情給搞砸就不好了。」

「我也知道。但那就得全聽那個人的話才行。我在他面前總是抬不起頭，看來這次也是一樣。」

「不是的……。」

南議員舉起手阻止尹檢察官繼續說下去。

「最好不是？好啦，知道了。我也有想過，你說的沒錯，不該自己人起內鬨搞砸大事對吧。」

「委員長果然有氣度。為了黑暗王國，委員長應該和長官合作……」

「知道了。我本來就有打算去見金基昌部長。既然尹後輩也這麼想那我就接受了。好，那我先走了。」

南議員從座位上站起來，沈檢察官一把抓住了他的手臂。

「岳父，就這樣……」

南議員甩開沈檢察官的手，皺起眉頭。

「別吵，快起來跟我走，廢話少說。」

「委員長，抱歉讓您難過，請和長官好好談談吧。」

「有什麼好難過的？我原本也是這麼想的，別擔心。」

南議員怒目瞪視還坐在原位猶豫不決的沈檢察官，接著說道：

「還坐著幹嘛？快起來，沒聽到我說的話嗎？」

「啊……是的。」

「我們先走了。下次見。」

「是的，委員長。下次再邀請我到府上吧。」

「好，那當然。」

沈檢察官向尹檢察官低頭致意後，跟在南議員之後離開。沈檢察官來到南議員身邊問道：

「怎麼回事？岳父，為什麼就這樣走了？真的要去討好長官嗎？」

「我早說過了吧？你不知道尹畢斗那傢伙是站在金基昌那邊的嗎？哎，真是的，嘖嘖。你什麼時候才能有點長進？跟他說再多也沒用，所以才叫你趕快走。」

「所以這也是煙霧彈嗎？」

「我不清楚是不是煙霧彈，不過尹畢斗一定會把我們的談話內容告訴金基昌。如此一來……搞什麼？我還得向你解釋嗎？唉呀！嘖嘖。不說了，快跟我走。」

「對不起，岳父。」

一個菸灰缸朝大門飛去。

一星表情嚴肅地站在大門前。

砰！咣啷！

「長官，對不起。」

「該死的傢伙……。」

一星觀察金基昌的臉色，一邊走進客廳。

「你竟然不接我的電話？」

「長官，我沒有不接，只是沒接到。」

「好，那說說看你為什麼沒接到。」

「那個……我沒注意到有電話打來。我當時正在和朱必相社長見面。」

「朱社長？為什麼？」

「朱社長想見長官，所以來找我幫忙。」

「他想見我？」

「是的，長官。」

「說！怎麼回事？」

金基昌大吼，怒目瞪視著他。

「那個……朱社長好像察覺到了。」

「察覺什麼？別賣關子，全部說出來。」

「好的。朱社長知道自己覬覦新成俱樂部的事被長官發現了。」

「他怎麼知道的？」

「那是因為……朱社長的第六感很準，消息也很靈通吧？」

「所以他見我要做什麼？」

「還能做什麼呢？我要他到長官面前請求原諒。」

「原諒？你覺得我會原諒他嗎？」

「當然不是。所以我有提醒他，要拿出最大的誠意。」

「所以你要我去見那個傢伙？」

「如果您不願意，我會去……」

「嚴科長還沒告訴你嗎？」

「什麼？有新的指示嗎？難道……」

金基昌揮著手說：

「不，沒事。轉告朱必相，可以如他所願。」

「您願意見他嗎？」

「是啊，我很好奇他會帶什麼來。」

「好的，長官。如果是朱社長，想必會帶來讓您滿意的東西吧？」

「親眼看了才會知道。話說回來，我有事找你……。南議員終於露出真面目了。」

「南哲浩議員？他怎麼了……？」

「你都幹什麼去了？他要搜查我的房子。」

一星瞪大眼睛看著金基昌問道：

「長官的房子？是哪個傢伙……不，檢方竟然……」

「還能是誰？就是南議員的女婿沈魯陽那小子。」

「沈魯陽檢察官？」

「對。那傢伙哪可能自己惹事？八成是南哲浩的指示吧。」

「但是扣押搜查的罪名是……？」

金基昌大大嘆了一口氣，摸了摸額頭。

「唉！想到就火大。那該死的影片！我早交代過一定要處理好……。結果還是被擺了一道。」

「南哲浩議員怎麼會知道……？」

「不知道東西在南哲浩還是閔宇直手上，反正一定要找出來，這次徹底銷毀。不，直接拿到我面前。」

一星低著頭回答：

「是的，長官。我會處理妥當。」

「還有不能就這樣放過南哲浩議員。」

「是時候了嗎？」

「是啊，叫七星……」

「不用了，我已經告訴七星了。」

「這麼快？」

「我去見朱社長的時候，已經確實轉達給七星。他聽說是您的指示，二話不說就答應了。」

「是嗎？那麼南哲浩處理完後，連他也一起解決掉。」

一星再次瞪大眼睛看著金基昌：

「長官？」

「怎麼了？」

「這……您不是很愛惜七星嗎？為什麼？」

「為什麼？想要送走南哲浩議員，這點犧牲也是當然的，還是你想……。」

「不。我明白您的意思了，長官。」

「應該要馬上聽懂啊。」

「是的，長官。我會改進。」

「你走吧。」

「是。」

一星彎腰行禮後轉過身，搖著頭朝前門走去。

徐道慶總警和徐敏珠議員坐在國立科學搜查研究院解剖室前。不久後，韓瑞律檢察官匆匆趕來。

「科長，這是怎麼回事？」

一直閉著眼睛的徐總警睜開眼回答道：

「喔，韓瑞律檢察官。」

「崔友哲警衛怎麼了？」

「都警監現在正在驗屍，很快就會查明死因。」

「是他殺嗎？」

韓檢察官瞥了一眼在徐總警旁邊低頭哭泣的徐議員。

「他殺還是自殺，要等驗屍結果出來才能知道。」

「現場沒有他殺的跡象嗎？」

「鑑識組有來現場，但沒有找到他殺的痕跡，也沒有任何侵入的跡象。」

「那麼……。」

徐議員聽了徐總警這番話，再次哽咽抽泣。

「韓檢察官，妳先帶徐議員離開吧。讓她冷靜一下比較好……。」

「也好。都警監正在驗屍，所以閔宇直組長也有過來嗎？」

「他們一起進了解剖室。」

「了解。徐議員，跟我一起走吧。這裡還有組長不用擔心。如果連妳也倒下該怎麼辦？我們走吧。」

韓檢察官試圖攙扶起徐議員。

「不。我聽完解剖結果再走。請讓我留下來吧，檢察官。」

韓檢察官為難地看著徐總警。

「好吧。結果很快就會出來的。」

「好……。沒看到其他組員，他們留在本部嗎？」

「沒有。安警衛去蔡利敦議員那，羅警查則是去找朴范秀。大家都是被閔系長交代儘快去確認情況。」

「為什麼？」

「組長說怕有什麼萬一。如果崔警衛是他殺，代表黑暗王國開始行動了。」

「也就是說，蔡議員和朴范秀也可能會有危險。」

「對。所以徐議員在這也不安全，等結果一出來就得馬上送她回安全屋。喔，都警監和閔系長出來了。」

徐議員一聽，立刻站起來卻又失去力氣坐了回去。韓檢察官連忙跑過來扶著她，並坐在她身旁。都警監和閔警正交談著，朝徐總警走了過來。

「科長，徐議員怎麼還在這裡？」

「後來就讓她待著了。都警監，驗屍結果如何？」

「跟預測的一樣，是他殺。」

「真的是？」

「對，科長。從體內驗出砒霜。」

「是他們幹的。得趕快把議員送到安全的地方。」

韓檢察官試圖扶徐議員站起來，但她倒在韓檢察官的懷裡哭了出來。

「議員，得趕緊離開了。這樣下去妳也會有危險。我們快走吧。」

「嗚嗚……好……。對不起。」

徐議員在韓檢察官的攙扶下勉強站起來。這時一群身著西裝的男人來到解剖室外，其中一名男人走上前。

「我們是大檢察廳刑事三科。你是徐道慶總警嗎？」

「大檢察廳？有什麼事？」

「徐道慶總警，這是拘捕令。」

大檢察廳檢察官向徐總警出示了拘捕令。

「請跟我們走一趟。」

閔警正走到徐總警面前阻止，並質問對方：

「你們要以什麼罪名帶走總警？」

一直在後面看著的張秀哲檢察官走向前，說道：

「涉嫌濫用職權和施壓。」

「你說什麼？什麼濫用職權？施壓又是怎麼回事？」

「不用問自己應該也很清楚吧？濫用職權監視人民並違法調查，甚至對搜查工作施壓造成警察同仁身亡。難道你們不知道嗎？還有，違法對崔友哲警衛的遺體進行解剖驗屍也會追加進去。我們會將遺體帶走，按照程序重新驗屍。在等什麼？還不帶走？」

「是，部長。快走吧。」

拿著拘捕令的檢察官走到徐總警身邊想架住他的手臂，被閔警正一把抓住手，兩人動起手來。

「閔宇直系長。閔宇直，住手。」

徐總警大聲阻止閔警正。

「住手，閔系長！我沒關係。閔系長不要輕舉妄動。」

「你最好聽總警的話。再往前一步，我會以妨礙公務罪逮捕你。」

「什麼？」

閔警正氣得想走向張檢察官，徐總監阻止他並說道：

「好了，別再說了。我會去，讓我自己走。」

「沒問題。在旁邊護送徐總警。」

「是的。」

「你們進去收拾遺體帶走。」

「是，部長。」

站在張檢察官身後的便衣人員進入解剖室，檢察官們宛如左右護法般帶走了徐總監。便衣人員讓張檢察官確認遺體身分後也跟著離開。張檢察官走在最後，他走到一半停下回頭說道：

「閔宇直系長。」

閔警正不發一語地注視著張檢察官。

「很快就輪到你了。下次見。」

張檢察官仰天大笑後轉身離開。韓檢察官抓著閔警正的手臂說道：

「組長，得快點離開這裡。徐議員可能會有危險。」

「的確是。徐議員，妳還好嗎？」

「我沒事。」

「那麼檢察官和徐議員一起去安全屋吧。都警監，你帶著驗屍報告和證據照片回本部。」

「好的。但他們為什麼沒有一起逮捕組長？」

聽到韓檢察官的疑問，都警監也點頭表示同意，接著說道：

「是啊，我也覺得很奇怪。不光是組長，明明可以連我一起逮捕。」

「一定還有其他原因。」

「其他原因？」

凌晨的一場雨讓院子裡盛開的花朵和樹葉上沾滿了水珠。鄭室長打開前門走出屋外，拿起放在門口的報紙又回到室內。鄭室長將報紙放在客廳桌子上，穿著絲綢長袍的金基昌正從房裡走出來。

「長官，早安。」

「嗯，鄭室長早。」

「可能是凌晨下了雨的關係，天氣非常晴朗又涼爽。」

「是嗎？真希望有像天氣一樣好的消息。南始甫怎麼樣？沒鬧事吧？」

「是的。他安靜地待在房間裡，也有按時用餐。」

「太好了。帶他出來聊一下吧。」

「是，長官。」

鄭室長來到二樓，帶著南始甫巡警下樓。

「我帶他過來了，長官。」

「好，過來坐吧。」

南巡警觀察著金基昌的表情，坐在了沙發上。

「你不用看我的臉色。今天也看一下吧。有沒有看到什麼？」

「好的。請等一下。」

南巡警閉上眼睛，皺著眉聚精會神。過了一會，他睜開眼睛看著金基昌說道：

「什麼事都沒有發生。我沒看見屍體。」

「是嗎？那就好。南巡警，拿著早餐跟我去個地方。」

「要去哪……」

這時門鈴響了起來。

「一大早的會是誰？」

鄭室長查看了對講機後說道：

「長官，南哲浩議員來了。」

「什麼？那傢伙要幹嘛？真是的，一大早倒人胃口……。讓他進來。」

「是，長官。」

「南巡警先回二樓吧。看來早餐得晚點吃了。」

南巡警簡單打了個招呼後回到二樓。鄭室長走出來帶著南哲浩議員和沈魯陽部長檢察官進到屋內。

「一大早有什麼事？」

「長官還沒吃飯嗎？」

「現在都幾點了，還這樣問？」

「哎喲，我還以為您睡不好，會很早吃早餐。抱歉。」

「什麼……好，來這裡有什麼事？」

「您還不知道嗎？還杵著幹嘛？還不快過來認錯求饒？」

沈檢察官猶豫地走上前，深深地鞠躬道歉。

「長官，我犯了一個天大的錯誤。請原諒我。」

「錯誤?你覺得自己只是犯錯這麼簡單嗎?」

「長官，真的只是失誤。是我想得不夠周到。我應該盡力阻止，都怪我的能力不足。」

「還怪給能力……。南議員，你家女婿想法短淺，能力又不夠，肯定吃了不少苦。不管沈會長這個靠山有多穩，怎麼能把女兒交給這種人?」

「嗯咳，我這女婿好像還沒清醒。過來。」

南議員拉著沈檢察官的手臂來到金基昌面前，用腳踹了沈檢察官的大腿，強迫他跪下。

「噢!岳父……」

「在幹嘛?還不向長官求情。」

「南議員，他不情願就不用勉強。不用了，你們走吧。」

沈檢察官咬緊嘴唇趴在地上。

「長官，我罪該萬死，請您原諒我。我不該找藉口，一切都是我自己的錯，我岳父什麼都不知道。求您能大發慈悲原諒我一次，我永遠不會忘記您的恩惠。」

站在一旁的南議員也低下了頭。

「長官，請看在我的面子上原諒他這一次吧。這傢伙是在不知情之下才做出這種事，這次就睜隻眼閉隻眼吧。長官，我們在一起這麼多年了，以後還有很多事要一起做，不是嗎?請看在我的面子上放他一馬，從輕發落吧。」

金基昌乾咳了兩聲，裝作無可奈何的樣子，說道：

「怎麼每次都只光用嘴巴說。人生在世，有來有往才是做人的道理啊，不是嗎？」

「當然，您說的是。長官儘管開口，我們會為您準備。」

「不需要準備什麼。只要南議員放棄總統大選就行了。」

低著頭的南議員驚訝地看著金基昌。沈檢察官表情扭曲地抬頭看著南議員。

「怎麼？辦不到？那就拿你女婿的命來賠吧。」

「什麼……」

跪在地上的沈檢察官立刻爬到金基昌面前，苦苦哀求道：

「長官！長官，是我錯了，請饒了我吧。我確實犯了大錯但罪不至死啊？怎麼能讓岳父放棄總統大選？長官比任何人都清楚，我岳父把那個位子看得比生命還重要。長官，請您重新考慮吧。」

「就是因為我很清楚才這麼說啊。我是擔心你岳父會不擇手段。這次的事也是，不就是為了想坐上大位才想除掉我嗎？那麼我只有先斬草除根，才能避免類似的事重演，不是嗎？南議員。」

「長官，請再考慮一下。我岳父絕對……」

「我願意放棄。」

南議員的突然開口讓沈檢察官瞠目結舌。

「岳父……」

「你安靜。長官，我願意放棄。我從以前就很清楚您的心思，知道您中意的人選不是我。沒有被選中的人怎麼能坐上那個位子？我早就明白只是放不下。」

南議員說著，低下了頭。

「是嗎？不愧是南哲浩議員，處世之道與眾不同。這就是我喜歡南議員的原因。」

金基昌放聲大笑，瞇起眼看著沈檢察官。沈檢察官用頭撞著地板哭了起來。

「又不是要辦喪事，哭什麼哭？快起來謝謝長官。」

沈檢察官用袖子擦乾淚站起來。南議員深深地彎腰行禮。

「長官。那我們就先回去了。」

「這樣啊。原本想一起吃個飯，但今天恐怕不行。改天再找時間見面吧。」

「好的。您有需要隨時叫我過來，長官。」

「好、好。」

「還發什麼呆？」

南議員拍了一下沈檢察官的手臂。

「長官，我保證以後不會再做出這種傻事了。」

「好，沈檢察官。下次我們笑著見面吧。」

沈檢察官擦掉不斷流下的淚水，垂頭喪氣地跟在南議員身後離去。

●

羅相南警查抵達警察醫院來到朴范秀的病房。病房前有兩名警察站崗。

「辛苦了。」

羅警查拿出警察證給門口的警察看，打了聲招呼。

「啊！你好。醫師剛進去，請在外面等一下。」

「喔好，是會診嗎？」

「不是。只有一位醫師，說有事情要確認……。」

「只有一位醫師？」

「什麼？啊，是的。怎麼了……」

羅警查慌張地跑進病房，醫師正在用針筒往朴范秀的點滴瓶裡注射著什麼。

「醫師，等一下。」

但醫師並沒有停下動作，反而匆忙調整了輸液套管。

「我說等一下！」

正在睡覺的朴范秀被羅警查的大喊吵醒，睜開了眼睛。

「喔，你來啦？」

羅警查跑到醫師面前抓住他的手臂，但立刻被甩開，醫師試圖拿針筒刺向羅警查的脖子。羅警查抓住對方的手奮力抵抗。

「你是誰？」

羅警查用雙手艱難地抵抗，同時費力地對朴范秀說：

「范秀，呃……快把手臂上的針頭拔出來。快點！」

「什麼？啊！好。」

朴范秀急忙撕開手臂上的膠帶想要拔掉針頭。醫師推開羅警查，撲向朴范秀，幸好羅警查及時抱住他的腰才攔住。

「你是誰？你不是醫師吧？這傢伙……」

醫師抓住羅警查的手臂用力推開他。這時，外面的警察聽到動靜進到病房，醫師敏捷地打倒警察後奪門而出。羅警查確認朴范秀拔下針頭後追出病房。跑出去時，轉身對病房內的警察喊道：

「不要跟出來，保護患者。知道嗎？絕對不能離開病房。」

倒在地上的警察站起來點點頭。羅警查追著醫師跑了出去，但眼前好幾位穿白袍的醫師，很難辨認誰是從病房跑出來的那位，而且醫師們都戴著口罩，看不清長相。羅警查抓了幾名醫師查看他們的眼睛，但都不是剛才那個人。羅警查不得已放棄追趕，再次回到朴范秀的病房。

安敏浩警衛來到蔡利敦議員所在的臨時庇護所。那裡有兩名特警隊隊員在貼身保護蔡議員。

「警衛好，議員在裡面。」

「大家辛苦了。馬上就會離開，請準備一下。我會帶路，大家跟著我的車走。」

「明白。」

安警衛帶著蔡議員走出來，在車庫等待的特警隊隊員開車向外移動。安警衛乘坐的車一出發，特警隊的車就緊跟在後。

當車開到大路，跟著安警衛的特警隊逐漸減速拉開車距，然後變換車道，往不同方向開去。過沒多久，因為車流多的關係，安警衛的車慢慢停下來，這時前後的車裡跑出了身穿黑色西裝的人，朝他衝了過來。

就在他們試圖用錘子砸碎車窗玻璃的那一刻。

「停！住手，王八蛋！」

「大哥，怎麼了？」

一名看似帶頭老大的人查看了車內。

「啊！該死！不是這輛車。蔡利敦不在車上！該死的……他到哪裡去了？」

「大哥，怎麼辦？」

「先撤退。」

在出發之前，安警衛和蔡議員在車庫換上特警隊的服裝，並上了隊員的車。換上安警衛和蔡議員衣服的隊員則上了安警衛的車，監視他們的人認錯並追了上來。多虧安警衛察覺到有人跟蹤，才避免了一場危機。

閔宇直警正和韓瑞律檢察官將徐敏珠議員送到她父母家，正在返回的路上。

「組長，這樣沒問題嗎？是不是應該把議員送到安全屋？」

「檢察官，別擔心。現在父母家是最能讓徐議員心情平靜的地方，房子裡外都有特警隊隊員站崗，反而比安全屋安全。」

「特警隊的人可以相信吧？」

「尹鎮警衛只挑了他信任的隊員，所以不用擔心。」

「那我就放心了。不過組長，我從剛剛就很好奇。你說沒有馬上被逮捕是有其他原因？是什麼意思？」

「檢察官想知道？沒什麼，就是他們打算讓我死。」

韓檢察官震驚地望著閔警正。

「什麼？」

「幹嘛嚇成這樣？有什麼好驚訝的？」

「不該驚訝嗎？所以故意不逮捕組長就是因為這個？」

「不是。他們可能想知道我手裡有什麼，等到手後再把我偽裝成自殺，這就是他們慣用的手法不是嗎？」

「的確。從他們的立場來看，這樣做能免除後患。所以你認為等他們都拿到手就會殺了你。」

「可能是吧。」

「那現在還有時間反擊，對吧？」

「呵，不愧是檢察官，非常積極。當然，只要我還活著就還有足夠的時間反擊。」

閔警正說完，看著韓檢察官笑了。

「組長的稱讚聽起來都不像是稱讚。總之我們該把握所剩不多的時間，好好準備了吧？」

「檢察官，我當然是在讚美妳。話說回來，我聯絡不上南始甫巡警。他有跟妳聯絡嗎？」

「我嗎？如果有重要的事，他應該會聯絡組長，不是我……。」

「是嗎？我還以為我不在的這段時間，你們應該會更親近。我不在的時候，南始甫巡警……」

韓檢察官打斷了閔警正的話，斬釘截鐵地說道：

「大家是工作上的同事，有什麼親近不親近的？我們只是一起調查案子沒別的了，組長。」

「啊？我有說什麼嗎？我只是想說我不在的時候，南始甫巡警很依賴又很挺檢察官……。所以真的有其他我不知道的事嗎？」

韓檢察官的臉瞬間漲紅，還開始結巴。

「啊……沒有啊。哪、哪有什麼事？原來如此。南始甫巡警是這樣跟組長說的嗎？」

「對啊。他對我發脾氣說：你知道韓檢察官有多辛苦嗎……。他的語氣很容易讓人誤會。」

「沒這回事。而且南巡警也沒說錯。這段時間多辛苦啊，現在回想起來還是很生氣。那時候真是……」

閔警正避開韓檢察官嚴厲的目光說道：

「哎喲！我好像說了不該說的話。不過，我得去找一下南巡警。請讓我在前面下車。」

「那一起去吧。」

「一起？其實不需要……」

這時，閔警正的手機鈴聲響起。閔警正接起電話說道：

「喂？羅刑警。」

「組長，他們想殺了朴范秀。」

「真的嗎？朴范秀沒事吧？」

「幸好逃過一劫。」

羅相南警查向他描述在病房裡發生的事。

「哎！真的是太好了。你有看到對方的長相嗎？」

「沒有。我正在確認現場的監視器，但都沒看到他露臉的畫面。這肯定是黑暗王國幹的吧？」

「是啊。醫院現在也不安全了，看來必須轉移地點……。朴范秀的狀況如何？可以出院嗎？」

「我先去問一下主治醫師。」

「好，先問問看吧。首先必須再加強警戒。告訴尹鎮警衛……不，不用，我會去打聽，在那之前你要跟著朴范秀。萬事小心，你也可能會有危險。」

「放心吧。我可是羅相南。」

手機另一端傳來了羅警查的笑聲。

「好，謝了。」

「又來了。幹嘛每次都要謝我？先這樣。」

「組長為什麼每次都要說謝謝？之前就說過了，我們並不是因為你才這麼做。」

閔警正掛斷電話，在一旁聽到通話內容的韓檢察官出聲指責。

「我當然知道，不過還是……」

「也打個電話給安敏浩警衛吧？我想知道蔡利敦議員是否平安。」

「喔，好，等我一下……。」

閔警正搔了搔頭，打給了安警衛。

「喂？安刑警，是我。」

「是，組長。我剛到本部。」

「是嗎？還順利吧？」

「有點狀況，但幸好我們都平安到達了。等見面再說吧，組長什麼時候過來？」

「喔，我馬上就過去。我先去看看南巡警。」

「南始甫巡警還在派出所嗎？」

「是啊。已經一天沒聯絡了，也不接電話，不知道發生了什麼事……。既然他說派出所有事，那去一趟就知道怎麼了吧。」

「我知道了。路上小心。」

閔警正掛斷電話，韓檢察官問道：

「他們平安到了嗎？」

「對。不過好像有發生什麼事，安警衛沒說細節。但他們已經平安到達本部，不用擔心。」

「太好了。」

韓檢察官將車停在了派出所的停車格。

「檢察官請先留在這裡。我很快回來。」

「好，小心。」

閔警正下了車，快步走進派出所。

從半地下室的窗戶照進了微弱的光線，金承哲警監和都敏警監坐在一間辦公室裡交談。

「金警監，我都不知道來過這裡多少次了。」

「這可能是最後一次了。不過朴記者在裡面做什麼？」

都警監把目光轉向裡面的房間說。

「聽說網站完全被封鎖了，他正在架一個新的網站。」

「沒想到對方直接出招了。利用媒體來推動輿論的策略失敗了，難道國會是唯一的方法了嗎？」

「他們能從各方攻擊，我們理所當然應該反擊不是嗎？要讓更多的人知道他們的惡行，才能讓有影響力的議員被輿論逼得必須採取行動。」

「之所以將徐道慶總警推出去被輿論攻擊也是為了削弱對他們的指控。如果不能徹底揭發他們的真面目，將會是一場艱難的戰鬥。即使公開金基昌的影片也可以推託是捏造或陰謀，他們很明顯打算揭露我們的弱點，讓輿論站在他們那邊。」

「原定要在正論館召開的初選新聞發布會，難道要無限延期嗎？」

「那是當然。雖說是國會議員，但也不過是影響力小的初選議員……。就算在記者面前揭發他們的惡行，在沒有證據的情況下終究無濟於事。所以才想先透過社群媒體形成輿論後，再開記者會增加殺傷力……現在情況變得更複雜了。果然計畫永遠跟不上變化，再加上崔警衛的事……。」

「是啊。沒想到他們竟然對崔警衛下毒手，我們可能太輕敵了。」

「那應該是黑暗王國幹的吧？竟然能不留下任何痕跡偽裝成自殺，到底是怎麼辦到的？光是想像他們靠這種手法殺了多少人，就覺得毛骨悚然。」

金警監打了個寒顫，都警監十指緊扣，下定決心地說道：

「光是我們知道的就夠驚人的了，而且一定還有很多我們不知道的案件。這次一定要把黑暗王國和黑暗部隊一網打盡。不能再讓類似的事情重演。」

金警監低頭看著放在桌子上的案件資料，堅定地點頭說道：

「是啊。即使是為了那些無辜喪命的人，也要結束這一切。必須要這麼做。」

寬敞的院子裡，戴著眼罩的南始甫巡警靜靜地站著。在他前方的是一座玻璃溫室，後方則是兩座同樣風格，斜對著的豪宅。

「解開吧。」

鄭室長遵從金基昌的指示，摘下南巡警的眼罩。

「這是哪裡？」

「這裡？是新的宮殿。我之後要搬進來住的豪宅。」

金基昌手指著豪宅，豪邁大笑。

「為什麼帶我來這裡？要我看這裡有沒有屍體嗎？」

「是啊。走吧，進去看看。動作快。」

鄭室長帶路，南巡警東張西望跟在他後面。豪宅周圍種滿樹木，後方有著高牆，高牆上排列著細長的鐵線，到處都設有保全攝影機。

「你說這是宮殿……所以這裡是王國嗎？」

「王國？沒錯，就是王國。」

金基昌拍了下膝蓋，放聲大笑。

閔宇直警正慌張地從派出所跑出來上了車。

「檢察官，現在……」

閔警正這才發現韓瑞律檢察官正在通電話，於是停了下來。

「好，我明白你的意思。請等一下。」

「檢察官，現在南巡警……」

韓檢察官打斷閔警正的話，遞出手機。

「我知道，組長。先接電話吧，是吳民錫。」

「吳民錫？」

第22話 閔宇直組長的犧牲

長桌上擺滿了山珍海味，以鮮花與蠟燭裝飾。餐桌一端的金基昌正在用餐，另一端的朱必相似乎剛吃完。

「長官，能被您這樣款待，我真是太感動了。」

「這沒什麼。我替你倒杯酒吧。」

朱必相拿著酒杯想從座位上站起來，金基昌要他別動，親自走了過去。

「來，敬你一杯。」

「啊……。好的。」

朱必相起身到一半，屈膝接過了金基昌倒的酒。金基昌走回了自己的位子。

「怎麼不喝？快喝吧，喝完也給我倒一杯。」

「啊，好的。那我不客氣了。」

朱必相頭側向一邊，將杯中酒一飲而盡，臉上的表情瞬間變得猙獰。

「酒有點烈吧？」

「長官，這可不是普通的烈，感覺要燒起來了。」

「這樣啊。看來這酒真有點烈……。快過來給我倒杯酒吧。」

朱必相從座位上站起來，緩慢走向金基昌，正想拿起桌子上的酒瓶時，視線內的酒瓶突然一分為多。朱必相的身體搖搖晃晃，無法保持平衡，只能扶著桌子支撐。

「怎麼了？只喝了一杯就醉了嗎？」

「啊……不，不是的……喔……。」

朱必相一隻手抓著脖子，眼神渙散地看著金基昌，接著向後方倒下。

砰！

「長……長官……你……。」

朱必相伸出手想說話，但嘴巴像是僵住似地發不出聲音。

「長……長……。」

朱必相痛苦地用雙手抓住脖子，淚水他上吊的雙眼流了下來。

❦

金基昌津津有味地聽著我的話，指了指餐廳說道：

「是嗎？你說你在餐廳看到朱必相的屍體？」

「是的。」

「你認識朱必相社長嗎？」

「你知道在江南發生的連續殺人案嗎？」

「連續殺人案？我好像聽說過。」

金基昌歪著頭，直勾勾地看著我。

「朱必相的兒子叫朱明根，因為他是連續殺人犯，所以我才認識他。」

「啊哈，原來如此。有其父必有其子，真是……。能知道朱必相是怎麼死的嗎？」

「不清楚確切情況，好像是在吃飯時突然倒下，死於心臟麻痺。」

「哎喲，真是的。心臟麻痺啊……。」

「我要在這裡做這些事到什麼時候？你……金……」

「大家都叫我長官，南巡警也可以這樣叫我。」

「好。總之，有人要殺長官嗎？所以你才要把我留在身邊，要確認我能不能看見你的屍體？」

「你覺得是這樣嗎？」

「不對嗎？」

「對，對是對……。但比起我……」

金基昌說到一半笑了出來。

「我能知道還要在這裡待多久嗎？不，應該說你會放我活著離開嗎？」

「為什麼問？你沒辦法看見自己的屍體嗎？」

我瞬間感到毛骨悚然，說不出話來。金基昌可能是覺得我的樣子很好笑，鼓掌大笑道：

「沒事，我只是開個玩笑。你真的看不到自己的屍體？」

「我……可以。」

「是嗎？那你應該知道自己能活著出去，還是死了才出去。」

「……。」

「開個玩笑而已。別再皺眉了，就再陪我幾天吧。幾天就可以了。」

幸好沒在這裡看到我的屍體，但誰知道他會不會在其他地方殺了我？

「你在想什麼？」

「什麼？」

「別擔心，我會讓你活著出去。你這人很有意思，有趣的年輕人。」

我不清楚自己哪裡有趣，但他不時看著我笑的狡猾表情，讓人渾身不舒服，總有種陰森的感覺。

「來，到那邊坐。一起吃個飯吧。」

金基昌指著餐廳餐桌的盡頭，自己坐在了上座。

「好，那……呃？」

這是什麼情況？金基昌指的位子上坐著閔宇直組長，可是……他從頭到整件上衣都是血。為什麼？我看到超自然現象了嗎？現在？而且閔組長怎麼會在這裡……？

「你不過去坐下在做什麼？」

閔組長會死在這裡？他要殺閔組長嗎？我必須立即查看閔組長的眼睛。

「南巡警，哎，真是的。你這是怎麼了？」

上菜的阿姨抓住我的手臂搖晃。

「你在做什麼？長官說……」

「什麼？啊！是。」

阿姨拉著我的手臂，把我帶到了閔組長坐的位子。

「請坐。」

「你在想什麼？怎麼了？還在擔心自己會死嗎？」

「你說什麼？」

金基昌笑了出來，說道：

「你不是在擔心自己能不能活著出去嗎？」

「啊……。不是……。我應該可以活著離開吧？」

「可以，別擔心了，坐下吃飯吧。」

我坐在座位上，看了一眼組長眼睛的殘影。

該死！這又是怎麼回事？

徐道慶總警半閉著眼，坐在南部地方檢察廳偵訊室桌子前。他勉強睜開了眼睛，而坐在他對面的張秀哲檢察官拿著文件重重地拍打桌子。

啪！啪！

「你以為這是什麼地方？還打瞌睡？睜開眼睛！快！」

「張檢察官，讓我睡一下吧。已經審問了整整一天不是嗎？這樣沒問題嗎？」

「再問兩小時都沒關係。給我睜開眼睛，好好回答。你是受誰的指示進行調查的？是警察廳長嗎？還是你擅自下令調查？你承認濫用職權嗎？」

「我只是對有犯罪嫌疑的人進行內部調查，怎麼能算濫用職權？你不覺得你這次的調查太不合理了嗎？你的目的是什麼？」

「你這傢伙真搞笑。犯罪嫌疑？你不知道你們用偽造的證據申請搜查令被駁回了嗎？你甚至施壓害死一名無辜的警察同仁不是嗎？都這樣了還說我的調查不合理？再說，你們偽造那種粗糙的影片，誰會相信？」

「你們覺得那影片很粗糙？我倒是覺得拍得很清楚。」

張檢察官突然大吼：

「什麼！以為做這種事你們一夥人能安然脫身嗎？趕快承認所有的錯誤，為自己的罪行付出代價。你們才能繼續混口飯吃。我有說錯嗎？」

「有時間擔心我們，還不如顧好自己的飯碗。」

「說什麼？你這混帳……」

張檢察官一拳砸向桌子。

在首爾地方警察廳刑事科偵訊室裡，車禹錫警衛和鄭珉宇本部長面對面而坐。

「你們要瓦解新成俱樂部？你覺得有可能嗎？」

鄭珉宇冷嘲熱諷地瞪了車禹錫一眼。車禹錫面無表情地答道：

「怎麼了？你覺得做不到嗎？」

「當然，絕對不可能。為什麼？如果新成俱樂部瓦解，韓國的經濟也完了。你知道俱樂部成員是誰吧？不知道嗎？」

「是誰？你說說看。」

「你真不知道？哎，不知道還……。不管怎樣，想逮捕那些成員在韓國是不可能的，換作是美國的話……嗯，在美國也是難如登天。我是為你好才告訴你的，就到此為止吧，否則你自己也會受傷。啊，不對。」

鄭珉宇把臉湊向前，小聲地對車禹錫說道：

「你可能會死。」

接著他的頭向後一仰，發出詭異的大笑聲。

「他們有那麼了不起嗎？抱歉有眼不識泰山。」

「是啊。所以你放棄吧。我的律師也快來了，不要做超出能力範圍的事。不管你們再怎麼神通廣大，也贏不了我們法務組。絕對不可能。」

「那這個怎麼樣？」

車禹錫將一個文件袋放在鄭珉宇面前。

「這是什麼？」

「打開看看吧。」

他從文件袋裡拿出幾張紙，看了幾眼。

「這……。」

鄭珉宇查看文件上的內容後，表情瞬間僵硬。

「怎麼了？現在改變心意了嗎？」

鄭珉宇擠出虛弱的笑容問道：

「哇，連這個都找到了。這是……朱社長那傢伙嗎？是他對吧？」

「這事你不用管。怎麼樣？這應該足以瓦解新成俱樂部了吧？」

「兄弟，這種程度……好吧。嗯，可能會受到一些打擊，但不至於到瓦解吧。那個組織怎麼可能承受不住這種程度的打擊，會死的可不只我們。你真的敢公開嗎？這可是會轟動全韓國。警察廳長還不知道吧？嗯，他不可能放任你們這麼做。有得到警察廳長的批准了嗎？」

「你話越來越多，看來非常擔心啊。」

鄭珉宇勃然大怒，吼道：

「喂！我有什麼好擔心？我是擔心你才勸你適可而止。你以為收賄的只有一兩個人嗎？除非太陽打西邊出來，否則你們絕對查不了。聽懂了嗎？」

車禹錫雙臂抱胸，不發一語地看著他。

「怎樣？看你這個姿勢和表情。你有信心嗎？」

「要我告訴你一件事嗎？」

「……。」

鄭珉宇默默地等著車禹錫開口。

「沒興趣？那就算了。」

「少囉嗦，有什麼事快說。」

「很好，這就對了。過來一下。」

「真夠煩人的。」

鄭珉宇把臉湊向前。

「這個東西。我絕對不會公開。」

「什麼？對啊。很好，這麼想就對了。」

鄭珉宇大聲笑著，再次將身體往後靠。

「聽我說完，兄弟。我在想要不要公開民道集團的資料，毀掉你父親。這個你也認為我們做不到嗎？警察廳長有可能不批准嗎？」

「你說什麼？你這傢伙……。」

鄭珉宇咬緊牙關怒目瞪視，車禹錫突然怒吼：

「所以給我閉嘴！照我們說的做，臭小子！」

「你這傢伙在發什麼瘋……」

「我們只要逮捕沈在哲會長就行了。」

鄭珉宇一臉疑惑地望著車禹錫，歪頭問道：

「……沈在哲會長？」

一輛車開進了中古車車行。一星下車打開了倉庫的門，嚴奇東檢察官正在倉庫裡的辦公室等待。

「您找我嗎？」

「你的手下都去哪了？」

「我叫他們躲起來。」

「所以連電話都不接了嗎？」

「我說過了，要下指示必須透過我。」

「你……。因為你忙著給長官跑腿我才……。話說回來，你為什麼要見朱社長？」

「您怎麼會知道這件事？」

嚴檢察官瞪大眼睛吼道：

「我為什麼會不知道？瞧不起我嗎？」

「為什麼要生氣？是因為應該沒人知道……。您該不會派人跟蹤我？還是在內部……」

「現在這個重要嗎？重要的是你為什麼要見朱社長，還不回答我？我大可直接告訴長官，是看在這段時間的情分上才來找你……」

「長官也知道。」

原本瞇著眼瞪視他的嚴檢察官瞬間睜大了眼睛。

「什麼？長官知道了？是他下的指示嗎？」

「是我告訴他的。」

「是嗎？那就好。你見那傢伙……我是說你見朱社長有什麼事？」

「這我不能告訴您。想知道直接就去問長官吧。」

「什麼？你這傢伙……」

一星的臉瞬間不悅地扭曲，但很快又恢復。

「您叫我來這就只是為了問這件事嗎？」

「聽說你把金範鎮趕出去了？」

「金範鎮……。金範鎮不是死了嗎？」

「你說什麼？死了？怎麼……」

「啊，您說李敏赫啊，是嗎？」

嚴檢察官這才意識到一星在捉弄自己，勃然大怒。

「開什麼玩笑？李敏赫就是金範鎮！」

「您講話會不會太大聲了？小心隔牆有耳。」

「該死……唉！那你為什麼要趕走他？」

「我沒有趕走他，而是鄭重地拜託他離開這裡。而且這樣不是剛好嗎？如果上次扣押搜查的時候他還在這裡，不就麻煩大了？」

「什麼？你早就知道會來查嗎？」

「不是的……。這有那麼重要嗎？」

「哎，因為我聯絡不上那小子，想知道你是不是做了什麼……沒有吧？」

「我嗎？沒有。而且他不是我的人，也不是我要負責照顧他，我怎麼會知道為什麼聯絡不上他？」

「你真的不知道嗎？」

「我不知道。如果沒其他事的話，我可以走了嗎？」

嚴檢察官觀察了一星的表情，壓低聲音問道：

「聽說你最近私下和南哲浩委員長見過面……。」

「少多管閒事，快去找那個叫金範鎮還是李敏赫的人吧。」

「你真的是照長官的指示去見南哲浩委員長？」

「長官是這麼說的嗎？」

「不是嗎？」

「沒錯。可以了吧？」

「你為什麼要見南哲浩委員長？你在打什麼算盤？」

「我打算盤？長官沒跟您說嗎？」

「什麼？」

嚴檢察官瞬間眼神閃爍，直盯著一星。

「原來如此。看來長官不太相信您。怎麼辦呢？」

「你這小子……真是……。」

「別把氣出在我身上，要是好奇直接去問長官不就行了嗎？我先告辭了。如果可以，以後這種事在電話裡頭說就好。」

嚴檢察官勉強壓抑怒火，怒瞪著一星。

「呃……啊啊啊！」

一星走出辦公室，嚴檢察官氣得將桌上所有的東西掃到地上。

崔友哲警衛的靈堂設置在S大學醫院內的殯儀館。檢方以自殺結案，並取得遠房親戚的同意，預計在舉行完簡單的葬禮後便將遺體火化。

閔宇直警正和徐敏珠議員衝進了空蕩蕩的殯儀館。

徐議員一看到崔警衛的靈堂就一陣暈眩，閔警正扶著她的肩膀。

「組長，怎麼可以？真的……葬禮……。」

「妳還好嗎？怎麼能這樣……」

徐議員看到空蕩蕩的靈堂只有崔警衛的遺像，忍不住哭了出來。

「組長，請想想辦法吧，不能就這樣送友哲走。不管怎麼說……這樣不對啊。」

「知道了。我一定會想辦法……」

就在這時，安敏浩警衛跑進了靈堂。

「組長，快點出來看看。」

「怎麼了？發生什麼事了？」

「他們正在把崔刑警的遺體搬到靈車上。羅刑警已經趕去阻止了。」

「什麼？這些傢伙……。安刑警，徐議員就拜託你了。」

閔警正急忙跑了出去，徐議員也想跟上去，安警衛急忙阻止了她。

「議員，妳留在這裡吧。組長已經去處理了，我們還是在這……」

「安刑警，讓我去吧，拜託。我不能就這樣送走友哲，好嗎？」

「就算妳過去……不，好吧。那我跟妳一起去。我也不能袖手旁觀。」

安警衛和徐議員一起追了出去。殯儀館外，羅相南警查和閔警正與警察僵持不下，他們用肉身阻止靈車離開醫院，卻被警方強行推開。

靈車緩緩前進，安警衛和徐議員張開雙臂擋住了靈車，警察們衝上去強行拉開他們。

「放開！快放開我！」

「這是在做什麼？誰允許你們搶遺體？」

警察完全不理會他們的大喊，安警衛和徐議員則被警察推到人行道上，在混亂之間靈車駛離了醫院。

被警察攔住的閔警正和羅警查無奈地坐在地上，眼睜睜看著靈車離去。徐議員一直追在靈車後面，結果因為鞋子脫落摔倒在地。安警衛連忙甩開抓住自己的警察，跑向徐議員。

中式料理店的包廂內，吳民錫獨自坐在圓桌前。吳民錫對進來加水的服務生點了個頭，說道：

「抱歉。人很快就會來，到時候再點餐。」

「沒關係。客人要點餐的時候，請按這裡的服務鈴。」

服務生離開後又過了大約十多分鐘，一星走進包廂。吳民錫站起來打招呼。

「現在才來？」

「喔，抱歉。我遲到太久了？」

「沒事。坐吧。」

「好，我要來的時候剛好有人找我。就直接開始談吧。」

「先點餐吧。」

「這樣啊？要吃飽再說？」

吳民錫按下服務鈴，服務生很快進來為他們點餐後又離開包廂。

「已經跟長官約好了嗎？」

「對，所以我才約你見個面。不過，你應該不是空手來的吧？」

「當然。」

吳民錫將放在椅子旁邊的手提箱放到了桌子上。

「喔！真有一回事。」

「什麼時候能見到長官？」

「把手提箱拿過來。」

「好。」

吳民錫將手提箱放上圓桌轉盤，轉過去給一星。一星馬上打開查看。

「哇，比我想得還要厚。」

「社長非常重視這件事。」

「看來確實是。長官說明晚一起用餐。」

「那我們準備好後再跟你說地點。」

「不用。地點已經決定好了。長官會派車過去，朱社長一個人來就行了。」

「社長一個人嗎？讓我也……」

「你和我那天還有其他事要做。」

「其他事……」

「南議員。」

「啊……。」

「怎麼了？你沒空嗎？」

「沒事，我知道了。」

「明天上午開始工作，先準備好。」

「上午開始嗎？你打算怎麼做？」

「這件事……」

服務生這時走進包廂上菜。

「七星，吃飽再說吧。」

「好。先吃吧。」

一星狼吞虎嚥地吃起桌上的食物。

雖然是深夜，但由於周圍建築物和住宅透出的光線，使庭院看起來沒那麼黑。金基昌坐在陽台上抽菸，餵籠子裡的鳥。

這時候，鳥忽然拍打著翅膀啼叫，一道黑影悄無聲息地走到金基昌身邊。

「現在才來？」

「是的，長官。」

吳民錫出現在金基昌面前。

「沒被人發現你來吧？」

「是的，請放心。」

「好。你打算怎麼做？」

「我聽說了。您約了明晚嗎？」

「嗯，你跟一星見到面了啊。」

「是的。那天還打算一起處理掉南哲浩議員。」

「對。這我有聽一星說了。我想聽聽你的計畫。」

「是，長官。」

吳民錫從口袋裡拿出藥包，遞給了金基昌。

「這是什麼？」

「毒藥。」

「讓朱社長吃下去？」

「是的。吃了這個就會立刻停止呼吸。」

「是嗎？那太沒意思了。」

吳民錫疑惑地看著金基昌。

「就這樣送走朱社長，對他太失禮了不是嗎？七星啊。」

「啊，我明白您的意思。我也有預期您會這麼想，所以還有另外準備。」

吳民錫又拿出另一個藥包給他。

「這又是什麼？」

「直到呼吸停止，他會痛苦到生不如死。」

「是嗎？這個不錯。還有多的嗎？」

「有的，但為什麼……」

金基昌露出淡淡的微笑，拿出藥包裡的毒藥，和飼料一起放進了籠內餵鳥吃下。吃了毒藥的鳥拍打著翅膀四處亂竄，撞擊著鳥籠，最後跌到籠底顫抖著死去。

看到這情景的金基昌臉上露出了滿足的微笑。

坐在長餐桌主位用餐的金基昌放下湯匙，說道：

「你很驚訝嗎？」

「不會，我有預料到。」

聲音很熟悉，但我看不見他是誰。

「有預料到了？原來如此。那你應該也知道會有今天這個場合了。」

「我只是沒想到會是這樣坐著一起吃飯。」

「所以你為什麼要多管閒事造成別人麻煩？反正不管你怎麼做，最後都會是一樣的結果。就算你們死而復生也拿我沒輒。」

「現在後悔已經太晚了。你在做什麼？還不快吃。」

「媽的！這個世界真骯髒。韓國的檢察官就這麼點水準嗎？」

金基昌舉起手催促他吃飯。

「你抓我不是為了要跟我一起吃飯吧？」

「這是你的最後晚餐，所以不用客氣，想吃多少儘管吃。」

「果然啊。那為什麼一定要帶我來這裡？你就這麼想看我怎麼死的嗎？」

「你非常清楚嘛。這段時間惹我的傢伙不在少數，但沒有一個人能讓我像這次一樣丟臉。因為他們在想下手之前就被我除掉了，所以你是唯一讓我遭受這般恥辱的人。既然是第一次也會是最後一次，若是就這樣簡簡單單送你上路，總覺得內心不太舒服。」

「所以是要看著我死讓你消氣……。你打算直接殺了我嗎？」

「我也有想過，但那不是我的風格，我也沒有必要讓自己的手沾上髒血。」

「那就快點結束吧。當我已經吃過飯了。」

「是嗎？如果你這麼希望，那我當然會替你實現。還有其他遺言嗎？」

「想說的話非常多，但我只打算說一句。」

「好，說來聽聽。」

「這個賞你！」

那人伸出中指，破口大罵。

「真是個有趣的人啊……。」

金基昌放聲大笑，隨即正色大喊：

「把人帶進來！」

他話一說完，就有人從後方用力拉著我進到餐廳，我終於看到了坐在金基昌對面的人。

「怎麼……。閔宇直組長？」

「始甫！」

「組長。」

背後的人用槍指著我，要我站在閔宇直組長旁邊，並開口說道：

「這段時間過得好嗎？閔宇直。」

「金範鎮，你……。」

我這才看到那人的臉。金範鎮？金範鎮不是死了嗎？

「組長，這是怎麼回事？金範鎮還活著？」

「閔宇直，你看起來不是很驚訝。你早就知道了嗎？」

「是啊，範鎮。我本來就知道，覺得掃興嗎？」

「有點。我本來想欣賞你吃驚的表情，大聲取笑你。」

閔組長不理會金範鎮，睜大眼盯著金基昌，說道：

「為什麼要抓始甫？不是只要除掉我就好了嗎？」

「本來是這樣沒錯，但是他的能力老是很礙眼，這樣不知道什麼時候會被他扯後腿。你說對嗎？」

「沒錯，長官，您這麼想是對的。非常感謝您給了我一次殺死這兩個傢伙的機會。」

金範鎮看著我和閔組長，露出了滿意的微笑。

金基昌似乎也覺得有趣，嘴角揚起微笑看著眼前的情況。

「是啊，你和他很有緣吧？」

金基昌點點頭指著金範鎮，閔組長抬頭看他，回答道：

「緣？是啊。沒想到我們的緣分能如此長久。」

「閔宇直，你不知道我等這一刻等了多久。」

金範鎮看著閔組長，露出一如既往的卑劣眼神和笑容。

「原來你在法庭上流下的是鱷魚的眼淚，範鎮。」

「我總得想盡辦法活下來，才能把欠你的還給你啊，你不感謝我嗎？都沒忘記你。」

「就算如此也無法消除你們的罪孽！即使我們辦不到，你們總有一天也得付出代價。」

「年輕人還不懂人情世故啊。」

「長官說的是。始甫，我記得之前也勸過你，但你到現在還是不懂做人的道理，張著嘴胡說八道啊？你太天真了。還在亂用自己的預知能力，傻呼呼地跟隨著閔宇直？所以你才會落得這個下場啊。如果你一開始就不管閔宇直乖乖聽我的話，就不致於年紀輕輕就得離開這個世界，不是嗎，閔宇直？」

閔組長苦笑著看了我一眼，對金範鎮說道：

「也許吧。不過與其像你一樣在骯髒的世界裡活得像個窩囊廢，就這樣走了好像也不錯。不是嗎？像你一樣苟活還不如去死。你這個寄生在有權有勢的人身上，只想蹭人腳邊的殘渣碎屑的鼠輩。」

「什麼……你這張嘴還是一樣臭……」

金基昌津津有味地摸著下巴聽著他們的對話，爆笑出聲。

「你們兩個真有意思，看來不是普通的有緣。好了，現在該斬斷這段緣分了。」

「是，長官。」

金範鎮向金基昌致意後，拿槍指著我的頭。閔組長急忙站起來喊道：

「你在做什麼？要殺就殺我！」

與情緒激昂的閔組長相反，金基昌一臉平靜地說：

「閔宇直刑警，坐下吧。否則我說不定真的會動手。」

金範鎮把槍抵著我的頭，對閔組長喊道：

「是啊，坐下。快給我快坐下！」

閔組長伸出雙手試圖要金範鎮冷靜，緩緩地坐下。

「我都還沒開始呢，你可要知道我沒什麼耐心，閔宇直。」

「你們想做什麼？」

金範鎮從口袋裡又掏出另一把槍，放在我的手裡。

「你要幹嘛？為什麼給我槍？」

「乖乖聽話，否則等著腦袋瓜被我轟飛，聽到沒？」

「金範鎮，你要做什麼？」

「給我安靜！」

金範鎮把我手中的槍瞄準了閔組長的頭部。

「你在做什麼……不可以……。」

我放下槍。金範鎮冷冰冰地低聲說道：

「立刻把槍口對準閔宇直。」

「始甫，快瞄準我。」

「不行。我做不到。」

「你找死啊！」

金範鎮用槍口連續推我的頭。

「住手！始甫，拜託你。把槍拿起來吧，好嗎？」

「組長……。」

閔組長抓住我手中的槍，將槍口抵著自己的額頭。

「不行，組長。求求你不要這樣。」

「沒關係，始甫。比起讓你……不如讓我去死。」

「這個畫面光是自己欣賞實在是太可惜了。您說對嗎，長官？」

「是啊。別拖拖拉拉，開始覺得無聊了。」

「是，長官。」

金範鎮抓住我握著槍的手指放在扳機上，然後用槍口對準閔組長的額頭，並用力按下我的手指。

砰！

「組長！」

我跑到倒下的閔組長身邊，用盡全力抱住他。

「組長！組長！」

「你就是殺死閔宇直的犯人，是長官抓到了你這個兇手。」

「什麼？」

「一切到此為止吧？」

金範鎮舉起槍指著我，扣下了扳機。

砰！

「南始甫先生、南始甫先生！」

「呃啊啊！」

我驚叫著猛然坐起。

「怎麼了？您作惡夢了嗎？」

我用手摸著胸口確認了好幾次。幸好是一場夢。

「啊……不是……。」

鄭室長站在我面前。是夢嗎？我在夢中看見了超自然現象？

「您醒了的話就趕緊準備好出門吧。長官還在等你。」

「啊……好的。」

在鄭室長的催促下，我揉著眼睛走進了浴室。

●

一艘小帆船漂浮在布滿礫石的藍色河流上，安敏浩警衛和羅相南警查從遠方默默地注視著那艘船。船上的人是徐敏珠議員和閔宇直警正，閔警正捧著骨灰盒，徐議員將骨灰撒入河中。

小船一駛進碼頭，安警衛便上前抓住徐議員的手扶她下船。

「謝謝你，安刑警。」

「別這麼說。下船小心。」

羅警查也走到徐議員身邊，但心情沉重什麼話都說不出口，強忍著淚水。閔警正將骨灰盒交給安警衛，走到羅警查身旁說道：

「怎麼又這副德性？還有很多事要做，打起精神來。」

「抱歉，組長。」

「別說了，快回去吧。」

羅警查用袖子擦掉眼淚，對徐議員說：

「徐議員，我送妳回家。」

「不了。我要去國會。」

「徐議員，今天就休息一下……」

「不行，我得馬上去準備。」

「那好吧。」

「我送議員去汝矣島。」

「好，羅刑警。好好照顧議員。」

羅警查和徐議員走到停車的地方，閔警正難掩哀傷地注視著他們的背影。安警衛走上前來到閔警正身邊，對他說道：

「組長，車禹錫警衛說已經準備好了。要直接過去嗎？」

「不，我們有別的地方要去。」

「要去哪裡？」

「邊走邊說。」

沈魯陽部長檢察官從門口進入南哲浩議員家，來到坐在沙發上的南議員面前低頭問候。

「怎麼了？為什麼現在才回來？」

「對不起，岳父。在路上出了點小車禍……。」

「真是的，在這種緊急情況下……。算了，你見過一星了嗎？」

「沒有，但是有見到嚴科長……」

「嚴科長？好，他說什麼？」

「聽說長官邀請了朱必相社長。」

「朱社長？不知道是為什麼嗎？」

「不清楚，但似乎是打算原諒朱社長……」

南議員嚴厲地打斷了沈檢察官的話：

「原諒？笑死人了。你到現在還不了解他嗎？他怎麼可能會原諒別人？朱社長肯定用了什麼方法，你立刻聯絡他。」

「好的，岳父。」

沈檢察官拿出手機，打給了朱必相。

「部長，您怎麼會打來？」

「等等。岳父，接通了。」

「給我吧。」

沈檢察官將手機交給了南議員。

「朱社長，是我。」

「是，委員長。您好嗎？」

「托朱社長的福我很好。聽說你要去見金基昌部長？」

「哎喲，已經傳到委員長耳裡了啊？」

「你為什麼要去？」

「委員長不知道嗎？我是要去跟長官求情啊？」

「什麼？求情？你以為他會這樣就原諒你嗎？」

「我知道不會，不過也沒其他辦法……不過委員長是擔心我才打來的嗎？還是……」

「當然了。聽說你要見金部長，我擔心才打的。」

「哎喲，謝謝委員長替我擔心。請放心。等我回來會再聯絡您。」

「朱社長，務必小心。他不會輕易原諒人。」

「我明白，這我也很清楚。我會做好充分準備，委員長別擔心。」

連一旁的沈檢察官也聽到了朱必相豪爽的笑聲。

「是嗎？那見完長官就馬上聯絡我。我等你電話。」

南議員掛斷電話，沈檢察官問道：

「岳父，怎麼了？我好像聽到了笑聲……。」

「該死……。我們得改變計畫。」

「什麼？這是什麼意思？」

「沒想到朱社長會這麼輕易就去求饒。以他的個性會就這樣妥協？真奇怪啊。唉！本來還打算坐享其成的……嘖。」

「岳父，你說奇怪是什麼意思？」

「算了，你跟我走一趟。」

這時，沈檢察官的手機響起。

「那個，我……」

「嗯，接吧。」

「喂？我是沈魯陽檢察官。……是，發生什麼事？……真的嗎？……知道了。見面再說。」

沈檢察官露出微笑，將手機放回口袋裡。

「什麼事？」

「喔，沒什麼。有新的案子分配下來……。可是怎麼辦？我得去地檢一趟。」

「你要走了？」

「是的。岳父要趕去哪裡？」

「我要去見嚴科長。」

「那我跟嚴奇東科長聯絡……」

「不必了，我要親自去見他。真是的，嘖嘖。總是在需要的時候給我出狀況。」

「對不起，這件事我必須親自去處理……。」

「算了，你走吧。我可以自己去找他。」

「那我先告辭了。抱歉，岳父。」

南議員氣沖沖地揮手說道：

「看到你就一肚子火。快走。」

沈檢察官急忙離開，南議員拿起電話打給嚴奇東檢察官。

「是，委員長？」

「跟我碰個面。」

「好的。我馬上過去。」

「不，我過去，你等著。在哪？」

「我在大檢察廳前面的咖啡廳……。」

「我要在安靜的地方見面。」

「是嗎？那就到我辦公室吧。能先問是什麼事嗎？」

「計畫泡湯了。」

「我了解了。我會派人到後門接您。」

「好。等會見。」

南議員掛上電話後立即出門。一輛車已經等在大門前，跟隨南議員出來的朴管家為他打開後座門。

「請上車。」

「好。」

上了車的南議員看了一眼駕駛座，透過後照鏡與司機對到眼，司機立刻發動引擎。

「怎麼了？口罩？你感冒了嗎？」

司機咳了咳，簡短地回答：

「啊，是的。」

車子立刻出發，保護南議員的車跟在後面。當車子開出巷子，接近大馬路時，南議員的座車前方突然出現一輛車擋住了去路。司機緊急剎車導致車子向前傾，南議員指著司機大發雷霆：

「會不會開車啊！」

「對不起。前面有個傢伙把車……」

南議員這時才從前座擋風玻璃看見了車外的情況。

「是哪個傢伙……。叫護衛隊去看看。」

「是，議員。」

司機搖下車窗向後方的車示意。一名護衛下了車跑向擋在南議員座車前方的車。就在這時，一輛卡車撞上了護衛隊的車尾。

砰！

「什麼聲音？」

「議員，後面的車被撞了……」

「什麼？」

一星從擋在前方的汽車駕駛座走下來，三兩下就制服了跑過來的護衛。司機見此情景大吃一驚，急忙關起車窗並鎖上車門。一星跑到南議員座車的駕駛座旁，敲了敲車窗。

「快開門！不開嗎？要我砸門嗎？」

與此同時，三名護衛下了車，其中一名走到後方卡車的駕駛座旁，其他兩名跑向南議員的車。卡車駕駛座的門打了開來，吳民錫跳下車，踢了前來的護衛。

一星也將撲向他的護衛一個一個打倒。目睹這一幕的南議員在車內瑟瑟發抖，對司機大喊：

「你還在幹嘛？快踩油門！快！」

「前面的車……」

「直接撞開！我叫你快開車，臭小子！」

「是！」

司機朝著擋在前方的汽車衝撞了好幾次。只要撞開就有路能逃，但是前方的車卻一動也不動。

不知不覺間一星和吳民錫已經打倒所有護衛，用手勢示意司機下車。然而司機不斷催動油門，用力撞著前方的車。

吳民錫用手肘連續猛擊了駕駛座車窗，車窗很快就破碎。吳民錫強行打開車門，揪住司機的衣領將他拉下了車。司機掙扎起身，倒退幾步逃跑了。

一星好整以暇地坐上了後座。

「你要幹嘛？」

「過得好嗎？南哲浩委員長。」

「你……你……」

「幹嘛這麼驚訝？我是一星啊。」

「你在幹嘛？為什麼？你為什麼要這樣？放開我！」

一星扯住南議員的衣領，將他拖下車，強行讓他坐上前方擋路的汽車後座。駕駛座上的吳民錫回頭說道：

「委員長好，好久不見。」

「你……七星你這個混帳！你為什麼要這麼做？」

後座的一星抓著南議員的下巴轉向自己。

「你要做什麼？」

「閉上嘴安靜跟我們走。」

「放開我！」

一星放開南議員的下巴，說道：

「行了吧？」

「你們要帶我去哪？金基昌……是金基昌那傢伙指使的嗎？」

「去一趟就知道了。七星，還不走在幹嘛？出發。」

「是，一星哥。」

和守護村莊的櫸樹一樣高大的大門敞開，一輛車駛入後又開了許久才停車。

「到了嗎？」

「是的。」

朱必相戴著眼罩，鄭室長坐在他身旁。鄭室長替他摘掉眼罩，他立刻眨著眼睛打量周圍，問道：

「這是哪裡？」

「請下車跟我來。」

鄭室長打開車門，朱必相在他之後下了車。

「哇嗚！不知道這是哪裡，但看起來是不得了的地方……。」

「這邊請。」

「啊！等一下。」

朱必相從車後座拿出了水果籃和花籃。

「交給我吧，我來拿。」

「不，沒關係，我自己拿。」

「好的，那麼我們進去吧。」

鄭室長指著豪宅的某處，替朱必相帶路。他們來到兩間外觀設計相同的豪宅，鄭室長走進其中一間，朱必相跟在鄭室長身後，吃驚地張大嘴，輪流看著兩邊的房子。

「是這裡嗎？」

「是的。長官在餐廳等您。」

「好的。謝謝。」

鄭室長沒有再往前走，而是在客廳用手指了指餐廳的方向。朱必相仔細觀察客廳後，走進了餐廳。

餐廳裡，一張長餐桌上擺著各種食物，並在各處裝飾著鮮花和蠟燭。

「朱社長，你來啦？」

「是的，長官。謝謝您的邀請。」

「好。過來，坐到那一頭吧。這些是特地為朱社長準備的。」

「哎呀，真是我的榮幸。」

「你手裡拿著什麼？哎，何必帶東西過來？」

「空手來太不禮貌了。」

金基昌笑得開懷，說道：

「朱社長果然很懂人情世故。我就喜歡你這一點。放在那裡，快坐下吧。」

「是，長官。」

朱必相把花籃放在餐廳牆壁裝飾櫃上，又將水果籃放到了桌上。

「花籃和這裡很搭。」

「是嗎？您喜歡真是太好了。」

「一星有大概跟我說了，你有事想見我……」

金基昌話說到一半，朱必相突然跪地行了大禮，不停地磕頭。

「長官！是我錯了。請原諒我一次吧。」

「你在說什麼？」

「我破壞了您精心準備的計畫。我不會再貪圖新成俱樂部，不，我不會再提到新成俱樂部任何一個字，連看都不看一眼。求您這次大人不記小人過，我會用一輩子報答您的恩惠。」

「這樣啊？聽說你深刻反省了……看來是真的。」

「當然了，您若是有聽一星說了那肯定能明白。我從今以後會好好反省，長官。」

「以後無論是新成俱樂部還是別的，不要貪圖別人的東西，尤其是我的東西，明白嗎？」

「當然明白，長官。」

「一星說你有準備，是嗎？」

「當然，當然。」

朱必相從口袋裡拿出一個信封，走向金基昌。

「那是什麼？」

朱必相沒回答，雙手合攏，恭恭敬敬地遞出信封。

「我問你是什麼？」

金基昌看了他一眼，打開了信封。

「你！這……這是真的嗎？」

「是的，長官。請您收下。您可以在那裡舉辦新成俱樂部的聚會。」

「哎喲，這份禮太大了……。」

「別這麼說，這只是我小小的心意。希望從此之後，您也能相信我的真心。」

金基昌不知不覺間眼裡、嘴角都盈滿了笑意。

「可是……這家飯店不是朱社長最珍惜的資產嗎？」

「當然是。所以我相信長官一定能看到我的真心。」

「我確實很感動。沒想到朱社長這麼為我著想？」

「我很高興能有此機會證明給您看。」

「好，很好。快坐下好好享受美食吧。」

金基昌大笑了起來，朱必相看了看他的臉色，配合著一起笑。

「那個，鄭室長！」

鄭室長聽見金基昌的呼喊，快步走進了餐廳。

「是，長官。您找我嗎？」

「鄭室長，我太開心了，去把招待貴客的酒拿過來。」

「貴客？」

「對。動作快。」

「是，長官。」

鄭室長從地下室拿了一瓶酒回來。

「我拿來了。」

「對，就是這瓶。來，朱社長，不了，這酒有點烈……。吃完飯再喝一杯吧。」

「長官，這真是我的榮幸。」

兩人談笑風生，享用著美食佳餚。

第23話 意外的一擊

一名男子跑進UK集團會長辦公室，在接待櫃台的祕書站起來向他打招呼。

「專務好。」

「會長在裡面吧？」

「是的。您有什麼事……？」

專務沒回答逕自走向會長室。

「等等，專務！」

祕書急忙追上去，但沒能阻止那男人闖入辦公室。沈在哲會長目不轉睛地看著突然闖入的專務。

「會長，對不起。我有急事要報告……。」

「怎麼了？」

「有消息說，檢方突襲戰略企劃室，正在進行扣押搜查。」

「什麼？扣押搜查？我怎麼沒收到通知？聯絡魯陽了嗎？」

「就是聯絡不上，我才急著跑過來。」

「那傢伙……。立刻打給金基昌……這是怎麼……」

沈會長用力按下電話內線，指示對方聯絡金基昌時，內線電話突然關機。

「搞什麼？」

沈會長再次按下鈕想找祕書，但還是無法通話。

「這是在幹什麼？朴祕書！朴祕書！」

沈會長站起來，大聲呼喚著朴祕書。這時朴祕書才打開會長室的門走了進來。

「你在幹什麼？為什麼突然……」

這時，沈魯陽部長檢察官突然出現在朴祕書身後，沈會長扭曲的表情瞬間開朗，高興地看著他。

「喔，魯陽啊，你來得正好。不知道怎麼回事，說檢方要扣押搜查……」

「是的，大伯。我們是來進行扣押搜查的。」

「對，聽說他們正在搜查戰略企劃室？這是怎麼回事？」

「我不是說了嗎？我們是來進行扣押搜查的。還在等什麼？進來。」

在沈檢察官的指示下，門外一群拿著箱子的西裝男人陸陸續續走了進來。

「你這是在做什麼？」

「還要我再說一次嗎？沈在哲會長。」

沈檢察官從口袋裡拿出搜查令走向他。沈會長的身體搖搖晃晃，抓著沙發勉強支撐著。

「會長！」

專務跑到沈會長身邊扶著他。沈檢察官將搜查令交給了專務。

「根據《特定犯罪加重處罰法》，現在我以收賄罪和逃稅嫌疑緊急逮捕沈在哲會長。由於沈會長有湮滅證據和逃跑之虞，因此將進行緊急逮捕。還在幹嘛？上手銬帶走！」

沈檢察官話剛說完，後方的搜查官立刻跑過來替沈會長戴上手銬，並說明了米蘭達原則。

「魯陽，這是在幹嘛？你以為這樣做，你就能平安無事嗎？」

「伯父，我正在執行公務。還是先擔心你自己吧。」

「什麼？臭小子！沈魯陽！我不管你是不是因為相信南哲浩那傢伙才這麼囂張，給我聽好了。今天這筆我會十倍、二十倍奉還。你這傢伙！」

「真不知道你有沒有機會還呢。等什麼？帶走。」

專務用盡全力阻擋那些搜查官帶走沈會長。

「等一下。別這樣……沈檢察官，你這是怎麼了？大家都是一家人何必這樣？不知道其中有什麼誤會，但也沒必要這樣……」

「專務，請讓開。否則你也會被以妨礙公務罪帶走。」

「金專務，聯絡鄭會長，要他召開緊急會議。」

「不用了。」

沈會長和金專務盯著沈檢察官看。

「他們已經召開會議了。」

「什麼？已經？」

◉

所有新成俱樂部的成員聚集在民道集團高層會議室。

「鄭會長，什麼事緊急召集大家？而且還是約在這裡。」

「首先感謝大家過來。有件事需要緊急向各位報告，並且作出決議。」

「先說到底發生了什麼事。」

「請先看完這個，我再說明。」

鄭會長在螢幕上播放了一段影片，影片中是沈會長至今瞞著新成俱樂部成員貪汙的金額，以及他與金基昌多次會面並挪用資金的證據照片。

「你這是在做什麼？」

「所以要幹嘛？你趁沈會長不在，想打什麼主意？」

「你想背叛會長嗎？」

支持沈會長的成員們高聲抗議。

「請冷靜，請讓我解釋清楚。沈在哲會長在領導新成俱樂部的同時，挪用大筆資金轉給金基昌。他們利用私吞的資金建立了一個新組織想要併吞我們。」

柳明企業總裁柳志明瞪著鄭會長大聲說道：

「新組織？是什麼組織？你是去哪裡聽到這種謠言？怎麼能用這種方式背叛自己人，鄭會長！」

「背叛？我是為了守住新成俱樂部，寧願冒著被指責的風險站出來。請看這個。」

鄭會長將新成俱樂部的賄賂帳簿顯示在螢幕上。

「這是什麼？」

「這個怎麼會……。」

新成俱樂部的成員都嚇了一跳，開始七嘴八舌。

「各位知道是誰提供的資料嗎？就是沈魯陽部長檢察官。」

「什麼？沈魯陽，他不是沈會長的侄子嗎？」

「所以說，沈會長是為了抓住我們的把柄才留下這種帳簿。」

「該死的……。這是真的嗎？」

「不可能！怎麼能相信他？」

鄭會長對還不相信的成員們說道：

「大家不相信對吧？我一開始也不信。但是這本帳簿落入警察手中，是一名接近我兒子的警察拿來的。稍有不慎，我們全都會被逮到。誰都不希望事情變成那樣吧？」

「誰敢動我們？誰？」

「沒錯，說的對。警察膽敢動我們？」

鄭會長安撫憤怒的成員，接著說道：

「請聽我說完。好險我已經收買了那名警察，但如果這件事被媒體曝光，新成俱樂部就會被公諸於世，我們就無法繼續舉辦聚會。大家應該都不希望變成這樣吧？」

「那這事不就解決了嗎？」

聽了柳會長的話，鄭會長頓了一下後馬上說道：

「事情是解決了，但警方提出了一個條件。」

「是什麼？快說。」

「警方要我們交出沈在哲會長。」

柳會長突然站起來，對鄭會長大吼：

「什麼？鄭會長，你說這像話嗎？」

「開什麼玩笑?竟敢動沈會長……。」

支持沈會長的人跟著柳會長一塊站起來大聲抗議，鄭會長拍著桌子，試圖控制局面。

砰!砰!

「聽我說。如果我們不盡快收拾殘局，後果會不堪設想，警方要放水也需要適當的理由不是嗎?這件事沒辦法就這麼算了，所以他們需要有一個大人物來收尾。不然還有什麼辦法嘛?雖然令人遺憾，但把先背叛我們的沈在哲會長交給警方，似乎是目前最合理的解決方法，不是嗎?或者，如果有人願意代替沈會長出面，那麼現在請站出來吧。」

「鄭會長，你是瘋了嗎?這是你該說的話嗎?」

柳會長控制不住怒氣，直接用手指著鄭會長大吼大叫，一個看似站在鄭會長這邊的人出聲勸阻：

「柳會長稍安勿躁，請仔細想想鄭會長說的話。發脾氣也無法解決問題，而且如果鄭會長所說屬實，那麼確實是沈在哲會長背叛在先。」

「如果是真的，那沈會長就是叛徒。」

鄭會長和沈會長雙方的支持者之間展開了激烈的爭論，達成一定程度的協議後，進行舉手表決。

「好，就這麼決定了。」

「我也同意。」

多數成員同意將沈會長從新成俱樂部除名，以柳會長為首的少數幾人無奈離場。剩下的人互看臉色，逼不得已地舉手支持鄭會長的提議。

朱必相一隻手抓著脖子，眼神渙散地看著金基昌，接著向後方倒下。

砰！

「長……長官……你……。」

朱必相伸出手想說話，但嘴巴像是僵住似地發不出聲音。

「看來毒現在才徹底擴散。」

「長……長……。」

「會有點痛苦。本來也可以讓你死得乾脆，但那樣就太可惜了。敢貪圖我的東西，總得付出點代價吧？」

金基昌的臉上浮現狡猾的笑容，低頭欣賞朱必相極度痛苦地用雙手抓著脖子，翻白眼流淚的模樣。

「看來你還不夠了解我，我的字典裡沒有原諒二字。那些擋我的路，或貪圖我的東西的人不可能得到我的寬恕。人只要原諒一次就會重蹈覆轍，壞毛病是不會改的。」

「金基……呃呃……。」

朱必相使出渾身力氣想站起來卻又往前摔倒在地，然後停止了呼吸。

「鄭室長，帶他進來。」

「是的。」

鄭室長不知何時來到餐廳，回答後又走了出去。過沒多久，金範鎮來到餐廳。

「是這個人嗎？」

「對，帶走他，不要被人發現好好處理。」

「是，長官。」

金範鎮揹著朱必相走到外面，將他隨意扔進車後座。金範鎮開著車要從敞開的大門離開之際，從遠處突然傳來了警笛聲。金範鎮打開車窗往外看，一排閃爍警燈的警車正往這過來，他毫不猶豫地立即棄車逃跑。

接著警察趕到，立刻跑向被金範鎮拋下的車，而閔宇直警正則從另一輛車下來朝豪宅奔去，安敏浩警衛前來查看朱必相所在的車輛。

「快把他抬上救護車。」

「是，警衛。」

被警笛聲嚇一跳的鄭室長急忙來到金基昌面前說道：

「長官，警察衝了進來。該怎麼辦才好？」

「為什麼？他們怎麼會知道這裡？」

「是啊，明明……」

「算了，讓他們進來。」

「沒關係嗎？」

「不讓他們進來反而更奇怪。」

「雖然是這樣……我知道了。」

鄭室長打開大門，帶著警察進到屋內。金基昌則到客廳等待警察的到來。

「閔宇直刑警？」

「你認識我嗎？」

「我……。發生什麼事了？」

「我們接到有發生殺人事件的報案。」

「殺人？在這裡？」

鄭室長站出來說道：

「是誰報的警？還有你說什麼殺人事件？」

「我們剛才要進來時，發現了朱必相的屍體。」

「什麼？朱社長？鄭室長，你不是送朱社長出去了嗎？」

「對。我看到他搭車離開了。」

「是嗎？司機逃跑了。」

「那犯人就是司機了吧。我能提供什麼協助呢？」

閔警正笑出聲，看著金基昌。

「你笑什麼？」

「金基昌，我要以殺害朱必相的現行犯罪名緊急逮捕你。」

閔警正拿出手銬走向金基昌，鄭室長站出來擋住他。

「別胡說八道了，立刻住手！」

「要繼續阻止，你也會被懷疑是共犯。讓開。」

「鄭室長，讓開吧。」

「長官。」

「沒關係，讓開。」

聽了金基昌的話，鄭室長猶豫地退到了一邊。

「你說我是殺人犯？你有證據嗎？」

「證據？你要親眼看看嗎？」

「是什麼證據？」

「安刑警，拿過來。」

站在後方的安警衛拿著平板電腦走向前。平板電腦上播放著剛才餐廳裡的情景。

「這，這是……」

「匿名報案人傳來了這段影片。你還要否認嗎？」

「這……該死……」

閔警正走到金基昌面前，告知米蘭達原則後將他上銬。

「安刑警，快去找南巡警！」

「是，組長。」

安警衛開始搜查房間，閔警正則拉著金基昌離開。鄭室長急忙拿出手機尋求協助。

在走向警車的路上，金基昌對閔警正說道：

「你就算抓我走也沒用，我很快就會被放出來。」

「你覺得有可能嗎？那試試看吧。這次可沒那麼容易。」

「不容易？要我告訴你一件事嗎？」

金基昌放聲大笑，接著在閔警正耳邊低聲說了幾句話。

「什麼？你這話是什麼意思？」

「怎麼？你不信？你會死在我面前。要我再說一次嗎？你會在朱必相死的地方遭遇相同命運。」

「這……難道……。」

就在這時，閔警正聽到後方有人跑過來的聲音於是回頭看。跑過來的人是南始甫巡警，安警衛也跟在他後面大喊：

「南巡警，站住！不可以！南巡警！」

南巡警拿著手槍。閔警正彷彿沒看到那把槍，張開手臂迎接南巡警。

「南巡警，好久不見，見到我有這麼開心嗎？」

「組長，對不起。」

南巡警一說完便舉起槍瞄準金基昌，在那一瞬間，閔警正飛身撲向了南巡警。

「始甫，不可以！」

槍聲響起，金基昌向後倒下。

倉庫的門被打開，一星走了進來。隨後，戴著帽子的吳民錫推著被綁住的南哲浩議員進入倉庫。他們將南議員拖到漆黑的倉庫角落。

「你們要做什麼？為什麼帶我來這裡？」

「給我安靜！」

一星勃然大怒，狠狠踢了南議員的肚子。

「嗚呃！呃……。你……為什麼……」

「本來不想這麼做的……就你那張嘴！給我安靜。」

吳民錫低頭看著南議員說道：

「現在要怎麼做？」

「什麼怎麼做？當然是處理掉他。」

「你打算自己動手？」

「我？當然不是。這件事得由你來。」

「為什麼？這和先前說好的不一樣啊？」

「哪裡不一樣？當然要由你來做。你以為我會讓自己的手沾到血嗎？」

「我不是說過我做不到嗎？」

「讓我見識一下你真正的實力吧。」

一星從後口袋裡掏出釣魚線，遞給了吳民錫。

「一星哥……。一定要做到這個地步嗎？」

「什麼地步？你是怎麼了？七星啊，這對你來說沒什麼吧？」

南議員表情扭曲瞪著一星說：

「你們在做什麼？想殺了我？是金基昌那傢伙要你殺了我嗎？」

「該死的臭老頭！你叫誰『那傢伙』？啊？」

一星不爽地踹了南議員的臉。

「啊！啊……」

「我警告過你嘴巴放乾淨點。竟敢那樣稱呼長官？」

「呃……。一星你……。你之前都只是在我面前演戲嗎？你這個連蟲子都不如的傢伙……」

「演？你以為我會背叛長官嗎？就為了你那幾毛錢？」

「幾毛錢？我敢保證，你很快會淪落到和我一樣的下場，混帳！」

南議員對一星破口大罵，哀嚎著爬向吳民錫。

「七星，你跟他不一樣對吧？為什麼連你也這樣對我？我們認識這麼多年，救救我吧。七星，對不起。這段時間不夠關心你。你想要什麼？你說，我都答應你。殺了那傢伙，救救我吧，好嗎？我一定會遵守約定的。求你了，七星！」

「哎呀，看來這老頭終於清醒了，但是怎麼辦？七星不可能答應你。」

「為什麼？七星，別聽那傢伙的話，聽我的。你要多少錢我都給你。還有，我一定會宰掉金基昌，所以不用擔心。拜託救救我吧。現在馬上殺了那傢伙，好嗎？」

一星蹲在一旁觀看，笑著對南議員說：

「繼續說啊，臭老頭。還真有趣，對吧？」

「……。」

吳民錫茫然地望著前方，不發一語地陷入了沉思。

「七星？」

「你……該不會想聽這臭老頭的話吧？不會吧？」

吳民錫耳邊的手機傳來南巡警的聲音。

「你絕對不可以殺人。」

「為什麼要跟我說這個？」

「不要問原因，答應我不要殺人就好。那我就相信你，也願意幫你。」

「就叫你相信我了，還有……」

「好，我知道了。不過請你答應我不要殺人。」

「我無法給這種承諾，抱歉。」

「不行。絕對、絕對不可以殺人，知道嗎？」

「我不能再說了。南始甫先生，請一定要替我轉達『對不起』這句話。再見。」

吳民錫說完後便掛斷了電話。

「該死的……七星！你沒聽到我說話嗎？」

吳民錫被一星的聲音嚇到，抬頭看向他。

「啊！喔……。你說什麼……」

「你在想什麼？你該不會要聽這臭老頭的話吧？」

「一星哥，我不知道你在說什麼，但我做不到。」

「什麼？臭小子，你發什麼瘋？都到這了還說你做不到？」

「我不想要再動手殺人了。一星哥，對不起。我沒辦法。」

一星用力跺腳，大吼大叫：

「啊！氣死我了，操！那就沒辦法了。」

「不，七星，你在說什麼？你得要殺了一星這小子！這樣我才……」

南議員抱緊七星的腿，一星則毫不留情地賞了他一耳光。

「安靜！該死的傢伙……。你們兩個在唱雙簧啊？七星，你以為這樣就沒事了嗎？」

一星顯得非常煩躁，用力抓著自己的頭。

「好吧，既然這樣我就說了。」

一星從口袋深處掏出手槍，瞄準七星。

「一星哥？」

「本來想在你殺了這臭老頭之後再說，現在沒必要了。其實等你殺了南議員我也會殺了你。該死，還以為可以不用沾血，結果變成要沾好幾次，媽的。我甚至還準備了驚喜，現在也用不上了。」

「一星哥，為什麼？是長官要你殺了我嗎？」

「是啊，不然我會想殺你嗎？是長官下的指示。他說要送這臭老頭走，起碼也該送你一塊上路才像話。長官真了不起，不是嗎？」

「七星，你看看，我早說了吧？我說過你們早晚會跟我一樣。一星你自己也是死路一條，金基昌那傢伙就是這種人。所以饒了我吧。我和金基昌不一樣。你們也知道吧？一星啊、七星啊。」

「安靜！」

一星又作勢要踢人，南議員趕忙低下了頭。

「該死的臭老頭，膽子還真大。七星，快點處理掉他，不然你就得先死。」

「一星哥，一定要這樣嗎？就像南哲浩議員說的，你也有可能會變成如此下場，趁這次機會……」

一星舉起槍指著吳民錫的頭喊道：

「該死！給我閉嘴！你是說長官會背叛我？他會殺了我？媽的！誰能殺了我？這世上沒有人能殺我！在那之前，我會先殺了他！知道嗎？廢話少說，快把事情處理好！」

一星大吼著，並用槍口推了吳民錫的頭。

「好，我知道了。一星哥，你冷靜。那我也沒辦法了。」

趴在地上的南議員抬起頭，哭著哀求吳民錫：

「七星！七星啊……。拜託你！一星……拜託……拜託不要這樣！不要……」

吳民錫慢慢地走到南議員身後，一星跟在他後面，槍口始終對著吳民錫的頭。

嘎吱。這時候傳來了倉庫門打開的聲音。一星朝門口看過去，喊道：

「是誰？」

吳民錫趁此機會，抓住一星手裡的槍往上舉，槍聲同時響起。有人聽見槍聲衝了進來，用槍指著吳民錫。

「統統往後退！」

吳民錫放開了一星握著槍的手。拿著槍衝進來的人是洪斗基署長。一星看著他，嘆了一口氣說道：

「是署長啊？」

「對。這是在幹什麼？不是早該處理完了嗎？」

「狀況有點⋯⋯。你應該等我的信號再進來吧？」

「因為一直沒有收到信號，覺得奇怪才來看看啊。我聽見吵鬧聲想說進來看一眼⋯⋯。你不是應該感到慶幸嗎？」

「是沒錯啦，但是⋯⋯。媽的！」

一星走近吳民錫，無情地賞了他一耳光。

「該死的傢伙⋯⋯。竟敢阻止我？」

洪署長焦急地望著外面，問一星：

「現在該怎麼辦？要叫手下的人來嗎？」

「還沒結束。處理好後再叫他們。」

「那就趕緊處理好。」

「沒辦法了。七星，你看好啊，事情就該這樣處理。」

一星把槍插在後口袋，兩手纏繞釣魚線後拉緊，走向南議員。

「一星！一星，求求你。洪署長……怎麼連洪署長你也……呃呃！」

這時候，從外頭傳來了嘈雜的聲音。

「什麼聲音？」

吳民錫趁洪署長轉頭看向倉庫門時，朝他撲了過去，但洪署長迅速將槍瞄準了吳民錫的臉。

「你竟敢……。」

吳民錫無法再向前走，舉起手向後退。這時，倉庫的門打開，一批警察衝了進來。

「搞什麼？我不是叫你們先等著。」

「那個……署長。」

洪署長循著警察驚慌失措的視線看過去，特警隊隊員舉著槍從門口走了進來，帶頭的是車禹錫警衛和羅相南警查。車警衛大聲喊道：

「立刻住手！」

但是一星不打算聽從。

「給我停下來！」

吳民錫撲向一星，將他推開，南議員立刻倒在地上大口喘氣。一星撲向吳民錫，兩人打了起來。

「該死的……」

特警隊隊員和警察互相用槍對峙的情況下，只能眼睜睜地看著兩人打架。沒過多久，吳民錫扭著一星的手臂，讓他跪倒在地。

「放開我！我一定會殺了你。媽的！放開我！」

「一星，閉嘴。」

「什麼？你這傢伙……」

吳民錫又用力扭了一星的手臂。

「啊啊！好啦！媽的……。」

原本站在車警衛身後的韓瑞律檢察官走向前說道：

「洪斗基署長，請命令警察放下槍。」

「搞什麼？又是妳？韓瑞律檢察官，妳這是在做什麼？你們的槍不該指著這邊，應該對準他們吧。你沒看到我們正在辦案嗎？」

「不是辦案，是在犯案吧。不是嗎？」

「什麼？妳憑什麼這麼說？是檢察官正在妨礙我們調查，不是嗎？」

「真的是這樣嗎？不知道署長看了這個後，還能不能說一樣的話。」

「什麼？」

韓檢察官拿出手機遞給洪署長。手機上正在播放現場的畫面。

「什麼？這裡是……」

「看不清楚嗎？那就拿出自己的手機看看吧。現在正在直播。」

「妳到底在說什麼？」

這時，一名警察急忙拿著手機跑向洪署長：

「署長，請看這個。這裡的畫面正在現場直播。」

「什麼？怎麼會……？」

救出羅永錫警衛當天，黑暗部隊基地

「都過了十幾分鐘，你怎麼還在這裡？」

「對不起。啊！羅警衛呢？」

「他在大門的哨兵室。羅警衛的狀態不太好，得趕快送他去醫院，快走吧。」

「啊……。等一下。請給我一點時間。」

車禹錫拉著南巡警的手臂說：

「沒時間了。剛才一星用無線電聯絡說正要過來。我們得儘快離開。」

「再給我一點時間。這裡會發生命案……我必須確認。」

「你說什麼？命案？但現在已經……。只能一下子，知道嗎？」

南巡警點了點頭，確認手機上的時間，超自然現象開始逐漸浮現。南巡警躲在運動器材後面看著他們。

南哲浩議員躺在地上，站在他後方的是眉頭深鎖的吳民錫。

「你的實力果然了得，一次就解決了。」
「那我去跟上面……」
「不，現在不需要你了。」
一星從口袋裡掏出手槍瞄準了吳民錫。
「為什麼要這樣？」
一星笑咪咪地說道：
「長官要我殺了你。他說要送這臭老頭走，起碼也該送你一塊上路才像話。長官真了不起，不是嗎？」
「最後還是這種結果啊。」
「是啊，我也別無選擇。但我不會殺了你。進來吧！」
一星將原本瞄準吳民錫的槍口朝上一抬扣下扳機，巨大的槍聲在倉庫裡迴響，洪斗基署長和一線警察緊接著出現。
洪署長走到一星面前問道：
「都解決了嗎？」
「是的，署長。他殺了南哲浩議員。」
「是嗎？立刻逮捕他！」
一名警察走近吳民錫將他上銬。這時洪斗基署長掏出手槍，朝吳民錫連續開了幾槍。
「呃！」
中槍的吳民錫當場倒地身亡。

「哎喲，這個人突然要搶警察的槍，我不得已之下只能開槍了。」

「是嗎？哎呀！」

即使聽到槍聲，一星的眼睛連眨也不眨一下，反倒放聲大笑。洪署長也跟著一星大笑起來。

南巡警表情嚴肅閉著眼，車禹錫在一旁看著，再也等不下去急著搖晃他。

「沒時間了，我們快出去吧。」

在那之後，幽靈搜查組搜查了黑暗部隊的基地，並在倉庫內設置了攝影機。

同一時間，徐弼監科長正在扣押搜查金基昌的住處。一名警察走到徐科長面前說道：

「科長，搜查結束了。」

「好。沒找到什麼？」

「是的，一切正常。」

「那就先撤隊吧。」

徐科長最後來到庭院檢查時，看到了陽台上空蕩蕩的鳥籠。徐科長走近查看鳥籠，發現一隻鳥躺在籠底。

「死了嗎？」

就在徐科長正準備轉身離開時，那隻鳥拍拍翅膀慢慢站了起來，安穩地飛起後站在籠裡的樹樁上。

幾天前，南始甫巡警在公車站下車，要前往大方派出所時，接到了一個陌生的號碼來電。

「喂？」

「是南始甫巡警嗎？」

「我是。請問你是哪位？」

「我叫吳民錫。」

「吳民錫……什麼？你是吳民錫嗎？」

南巡警四處張望，趕忙走到人少的地方，問道：

「有什麼事……不，為什麼要打給我？」

「我有話要告訴你，也希望你能幫我一個忙。你現在要去見嚴奇東科長嗎？」

「嚴奇東科長？不是。為什麼這麼問？」

「嚴奇東科長可能會找你。不，準確來說，是金基昌長官要他帶你過去。」

「金基昌……他為什麼要……你怎麼會知道……不對，你不也是他們的人嗎？」

「我是，但現在不是了。韓瑞律檢察官沒跟你說嗎？」

「她有說，但……」

「聽好了。金基昌長官之所以找你，可能是看中了你的能力。聽說你能看到未來的屍體，真的嗎？」

「這個……所以呢？」

「他找你可能是想知道自己會不會死。如果不是這個原因，那可能是想確認誰會死在這。」

「什麼意思？說清楚一點。」

吳民錫對南巡警說了朱必相將會死在豪宅的事，但他也告訴了南始甫，朱必相會假死以騙過金基昌，所以南始甫並不會看到屍體幻影。他要求南始甫向金基昌說謊，聲稱有看見朱必相的屍體。

「你在說什麼？所以朱必相會被殺嗎？但他不會真的死？」

「他不會真的死，不過會在長官面前裝死，所以你必須告訴金基昌你有看見朱必相的屍體。」

「只要這樣說就行了？那我怎麼辦？」

「他不會傷害南始甫先生。事發當天你就會被救出來，到時候不要過度反抗，不然會受傷。」

「我明白了。不過，我也有一件事想拜託你。」

「是什麼？說吧。」

「吳民錫先生，從現在開始，請你不要殺人。」

「這是……什麼意思？」

「你絕對不可以殺人。」

「為什麼要跟我說這個？」

「不要問原因，答應我不要殺人就好。那我就相信你，也願意幫你。」

「就叫你相信我了，還有……」

「好，我知道了。不過請你答應我不要殺人。」

「我無法給這種承諾，抱歉。」

「不行。絕對、絕對不可以殺人，知道嗎？」

「我不能再說了。南始甫先生，請一定要替我轉達『對不起』這句話。再見。」

吳民錫說完後便掛斷了電話。

●

朱必相因心臟驟停被緊急送往M大學醫院急診室，一塊白布覆蓋上他被宣告死亡的遺體。宋祕書接獲朱必相死訊，倉促趕往急診室。宋祕書查看手腕上的手錶，東張西望地觀察四周。似乎有車禍傷患送來急診室，醫護人員都忙得不可開交。

宋祕書找到朱必相的病床，立即用帷簾將病床圍了起來。就在這時白布有了動靜，朱必相的臉露了出來。沒多久，朱必相深吸了一口氣，猛地睜開眼睛。

「社長，您醒了嗎？」

「宋祕書，怎麼回事？」

「社長不記得了嗎？先離開這裡吧，現在似乎是最佳時機。」

宋祕書輕輕拉開帷簾往外查看，率先往外走，朱必相跟在他身後。

「各位早安，現在為您播報週日上午九點新聞。

第一則新聞。現在畫面上看到的是昨晚某個人頻道的直播影片，影片即時拍攝到大民黨緊急對策委員會，委員長南哲浩議員遭到襲擊與綁架的畫面。起初看到這段影片的網友誤以為這是自導自演或是重播畫面。所幸南哲浩議員已被送往醫院，目前情況穩定，而警方逮捕了所有綁架犯，正在進行調查。

下一則報導是關於昨晚發生的事件。昨天大約晚間九點，前安企部部長金基昌的別墅裡發生了一起殺人未遂案。金基昌前部長邀請某企業家到自家，卻涉嫌下毒殺害對方。目前該名企業家已經恢復意識，正在靜養。此案件被列為殺人未遂案件，警方正在調查金基昌和該企業家之間是否存在個人恩怨。

值得一提的是，金基昌在不久前因涉嫌謀殺和性侵案而登上即時熱門搜尋關鍵字第一名。但他的名字突然間在熱門搜尋榜中消失，引起了廣大的質疑。

今天上午十點，民友黨徐敏珠議員與其他初選議員將於國會正論館，針對與金基昌相關案件召開記者會，這個消息已經引起各界的關注。」

本來在看新聞的閔宇直警正關掉了電視。

「組長，為什麼要關掉？」

「看這種沒用的新聞有什麼意義？反正這案子是我們負責的，有時間坐在這，不如快去逮捕朱必相。一個死人突然消失能跑去哪？」

「就是說啊。不知道是朱必相自導自演，還是金基昌在搞鬼……真是活見鬼。」

羅相南警查搖了搖頭。

「所以我們才要把朱必相抓回來問啊！還愣著幹嘛？不出去嗎？」

安敏浩警衛走到閔警正身旁問道：

「組長，南始甫巡警為什麼會那樣做？組長不知道嗎？」

「不知道。我就說過我不知道了。不要去追問南巡警。因為這件事都要開懲戒委員會了。該死，真不知道他在想什麼……。」

羅警查原先要走出去，這時停了下來看著閔警正問道：

「組長，請說實話吧。你是不是隱瞞了什麼？為什麼不告訴我們？朱必相也是，死人怎麼會突然消失？雖然新聞是這樣報導，但急診室的監視器畫面不是拍到他沒事離開的樣子嗎？那麼金基昌……」

「羅刑警，你沒聽到我說的話嗎？去把朱必相找出來！」

「可是……」

「羅刑警，走吧。你看看組長的表情。」

閔警正的臉漲得通紅，瞪大雙眼盯著羅警查和安警衛。

「好好好，我知道了。」

「那我們出去了。」

國會正論館擠滿了採訪記者，他們在談論昨晚發生的事件，等待著初選議員的記者會。

「你看了那個登上即時熱門榜的部落格了嗎？真的還假的？」

「你也看到了嗎？是真是假都不是重點，要是能搶到就是超級大獨家，大家現在鬧成一團。你不知道昨晚有多少記者試圖聯絡朴聖智記者嗎？」

「我當然知道，我也聯絡他想求證是不是真的，但一直聯絡不上。但是，入口網站不是馬上撤下那篇文章嗎？不覺得很奇怪嗎？我原先以為是假新聞，所以才被刪……。」

「李記者，你幹記者都多少年了，怎麼還說這種話……。」

「我當然知道有內幕，馬上撤掉表示有高層介入……。那這件事一定很大條……。」

「所以我們才會都擠在這啊？」

「的確是。議員們究竟打算說什麼，為什麼連任何事前簡報資料都不提供？」

「會在凌晨發通知簡訊，你還不懂意思嗎？顯然是緊急安排的。雖然不知道想說什麼，但直覺告訴我會非常勁爆……。喔！來了。」

徐敏珠議員率先進入正論館，其他民友黨初選議員也陸續進場。徐議員站在講台前拿出了記者會的講稿。

「各位好，我是民友黨代表議員徐敏珠。」

徐議員又走到講台旁邊向台下點頭致意，再次走回講台前說道：

「我和我們黨初選議員們來到這裡，是為了揭露韓國長期以來根深蒂固的積弊。這也是我們為什麼一直呼籲檢察改革，也證明改革的確有其必要。此事件再次提醒我們，全體國民長久以來盼望的檢察機關改革是多麼緊迫的課題。這也與昨晚發生的前安企部部長金基昌謀殺案有關。各位記者從手上資料可以看到，金基昌過去犯下多起謀殺案，以及無恥的性侵案件原委。其中一些有確鑿的證據，但大多數案件都被以自殺草草結案，這些案件都需要重啟調查。」

一些初選議員正在分發資料給記者，記者們閱讀資料紛紛露出驚愕神情，看向講台。

「由於內容過於衝擊，請諒解我們無法全部公開。但我相信一旦正式展開對金基昌的調查，所有的真相都將水落石出。然而，即使如此也並非結束。我們發現金基昌背後有一個由前任和現任檢察機關人員組成的祕密組織，他們稱之為『黑暗王國』。我與在場的初選議員們將一同敦促國會成立特別檢察小組，對黑暗王國進行全面調查。」

記者開始竊竊私語。

「黑暗王國？」

「黑暗王國是什麼？你聽過嗎？」

「沒聽過啊……」

徐議員看著鬧哄哄的記者，稍微調整了呼吸。過了一陣子，吵鬧的記者逐漸安靜下來看向徐議員。徐議員這時才沉穩地開了口：

「所謂的黑暗王國……」

兩天後

首爾地檢主樓正門前擠滿了記者。朴聖智記者肩上扛著攝影機，在最前排卡了個好位置。

片刻後，一輛箱型車緩緩駛入主樓。車一停妥，數名搜查官從兩旁圍著金基昌下了車。金基昌一露臉，記者們立刻蜂擁而上，相機的閃光燈閃爍不停。

搜查官帶金基昌站在採訪記者前方，然後稍微往後退。金基昌表情凝重直視前方，過了半晌才開口：

「這次的搜查是一個陷阱，有人企圖陷害我。我為國為民奉獻一生，這是有心人士想利用我推動檢察改革的陰謀，我只不過是他們的代罪羔羊。請各位國民務必看清真相。」

朴聖智記者舉起無線麥克風，向前伸出詢問金基昌：

「你教唆南哲浩議員殺人也是因為他人的陰謀嗎？」

金基昌轉頭瞪了一眼朴聖智記者，又轉向前方回答道：

「根本沒那種事。那全是陰謀。」

「徐敏珠議員說你是黑暗王國的創立者，是真的嗎？你難道不是為了掌握黑暗王國的霸權才下令殺害南哲浩議員嗎？」

金基昌直視前方，露出了淡淡的微笑。

「我不過是個老人哪能做出那種事？我會誠實配合檢方的調查，請大家等候真相，很快就會水落石出。」

金基昌正要往前走，搜查官們急忙走到他旁邊。朴記者和其他採訪人員擠在採訪線前，瘋狂提問。

「金基昌，你否認殺人嗎？」

「你為什麼要成立叫黑暗王國的祕密組織？」

「據說你還涉嫌教唆謀殺李弼錫議員。這也是陰謀嗎？請回答。」

「金基昌，你沒有話要對被害者們說嗎？」

金基昌看著正前方，抬頭挺胸地穿越了記者群。

與此同時，另一輛箱型車開進了主樓。一星和吳民錫下了車向正門走去。記者試圖走近他們提問，但當記者一聽說沈在哲會長的車開進主樓便一窩蜂湧了過去。

搜查官們讓金基昌坐在偵訊室的椅子上後便離開。沈魯陽部長檢察官從透明玻璃注視著金基昌。金基昌沉默凝視著前方好一陣子才開了口。

「別看了，進來吧。這種伎倆不是只有菜鳥才會用嗎？怎麼了？害怕坐在我面前嗎？那你打一開始就不該做這種事。讓我看看你這傢伙長什麼樣子。」

金基昌盯著牆上的鏡子，接著說道：

「我叫了曹律師過來，為什麼不讓我的律師進來？韓國檢察官有這種權力嗎？」

金基昌用戴著手銬的雙手拍在桌上，再次惡狠狠地盯著鏡子。

「該死的傢伙……。你還要看多久？給我拿水來。我口渴了，快拿來！」

然而，偵訊室的門久久不見動靜。金基昌疲憊地低下了頭，用拳頭抵住額頭。就這樣又過了一個多小時，偵訊室的門才打開。

金基昌這才緩緩地抬起頭直視前方，看都不看走進偵訊室的沈檢察官。

「我給您時間反省，怎麼能打瞌睡？」

「是你啊？」

「這下賤的聲音一聽就知道了何必看？我早知道是你。」

「不用看就知道我是誰啊？」

沈檢察官苦笑著坐到金基昌的對面。

「是嗎？那您今天要聽這下賤的聲音非常久。」

「的確，實在是莫大的困擾。」

沈檢察官看著金基昌的笑臉，微微皺眉又恢復表情，說道：

「我果然敵不過長官的口才，接下來的時間會很難熬。」

「放棄吧。你以為自己能做什麼？還有你打算怎麼承擔後果。我反而更擔心你。」

「是嗎？謝謝關心。」

金基昌這才抬頭看了看沈檢察官的臉。

「照理說到了這個地步，我應該向您求情才對，但我卻還能冷嘲熱諷。您肯定在想我判若兩人吧。」

「你是南哲浩議員的女婿嗎？」

「怎麼了？看不出來我就是那個想法短淺，只會怪罪推託的沈魯陽嗎？」

「是啊。因為你看起來真像個檢察官，我才好奇問一下。」

金基昌皺起有道深深傷疤的左眼，大笑起來。

「能讓您這樣覺得真是開心。」

「好了，做到這個程度夠了吧。到此為止吧，讓曹律師進來。」

「在律師進來之前，我有話要說。」

「又要幹嘛？有話就快說。」

「把黑暗王國交給我吧。」

「什麼？」

金基昌嚇了一跳，看了一眼錄音開關。

「別擔心。已經關了。」

金基昌鬆了一口氣，再次盯著沈檢察官。

「把黑暗王國交給你？這是你說了算的嗎？」

「為什麼不行？只要答應我，您就不用在監獄裡度過餘生了。」

「你覺得有可能嗎？憑你也想要黑暗王國？休想。」

「您和我岳父都不在，黑暗王國會變成什麼樣？」

「什麼？不可能，即便發生了，你能帶領黑暗王國嗎？就憑你？這是我這輩子聽過最荒謬的話。南哲浩那傢伙死了，現在只剩下我，還能怎麼辦？」

「岳父還活著。」

「什麼？他還活著嗎？」

「怎麼能直接坦承自己教唆殺人呢？」

「這又不是偵訊，不是嗎？」

沈檢察官笑容滿面地靠在椅子上說道：

「當然不是，我只是想試探您。所以說善後要確實，看來一星那傢伙處理事情的手腳不夠俐落。」

「你好像很遺憾。」

「我當然遺憾。這麼一來就變成了殺人未遂，無法加重您的量刑。」

「真好笑，你遺憾的原因好像不是這個吧？」

「非得要我親口說出來嗎？」

「你果然不是普通人，這段時間你怎麼瞞過來的？」

「我忍得可辛苦了。但為了這一天，我還是咬牙忍耐。」

「為了什麼？好像不是因為黑暗王國，難道是因為你母親嗎？」

沈檢察官的一隻眼睛瞪大，表情瞬間變得扭曲。

「我說對了？我很清楚你母親的事，但是為什麼原本該射向沈在哲會長的箭卻射到我這來了呢？不，你怎麼不告訴我？我可以輕輕鬆鬆替你處理掉。」

沈檢察官拍著桌子咆哮：

「該死！就是因為你們這種人如此猖狂，前線的檢察官才會被罵！你以為自己能在背後操縱我們到什麼時候？黑暗王國不是為了滿足你的慾望才存在！」

「那它為什麼會存在？你們也一直默認到今天不是嗎？而且你也想將黑暗王國占為己有。所以才會做這種事，我有說錯嗎？還是心血來潮想當正義使者？」

沈檢察官緩了口氣，整理垂到眼前的髮絲，說道：

「是啊。難道我們不該建立由法律代表正義和權力的國家嗎？與其巴結政權，當他們的走狗，不如成為強大到足以影響、懲罰他們的權力者，這不是更好嗎？我會讓黑暗王國擁有那樣的權力。懂了嗎？」

「最終你也會變得像我一樣。不，根本不可能發生那種事。總之等我出去了，你自己要多加保重，這樣說不定還有實現的機會。」

「你真以為能離開這裡嗎？這次不會那麼容易。」

「真的是這樣嗎？看來你還在狀況外。」

「我很清楚你不會接受我的提議。」

「什麼提議？喔，你說黑暗王國？你就去試試看吧，看能不能成功。」

金基昌似乎感到可笑，噗哧笑了出來。

「我看你能笑到什麼時候。」

「叫曹律師進來。」

沈檢察官對著鏡子打了手勢。

「好，儘快結束吧。」

韓瑞律檢察官和曹律師走進偵訊室，沈檢察官對韓檢察官低聲說了幾句話後便離開。

徐道慶總警從首爾拘留所正門走了出來。一臉濃密鬍鬚的徐總警，看上去十分憔悴。在拘留所前等待的閔宇直警正和金承哲警監上前迎接。

「吃吧。」

閔警正把豆腐推到了徐總警的面前。

「豆腐？」

「對，吃這個去穢氣，以後不要再進去這種地方了。」

「好。給我吧。」

徐總警咬了一口豆腐。

「科長，辛苦了。」

「金警監，謝謝你過來。但我出來的速度比想像的快？我有點驚訝。」

「這都多虧了吳民錫和南始甫巡警。」

「什麼意思？南巡警還能理解，怎麼會是吳民錫？」

閔警正指了停著的車，說道：

「先上車吧。路上再說。」

閔警正向徐總警說明他在拘留所期間發生的事。

「什麼？南巡警為什麼要那樣做？」

「我問了，但他什麼都不說。」

「肯定有什麼原因吧？不過也算幸運。要是殺了金基昌該怎麼辦？」

「就是說啊，但是現場有很多目擊者，我想應該躲不過懲處。」

「一定的，而且他是想殺了嫌犯……。但我們還是得想辦法救人吧？」

「我們打算在懲戒委員會上解釋。」

「有什麼我能幫上忙的儘管說。話說回來，我為什麼這麼快就被放出來？」

「還能是為什麼？我不是說了嗎？金基昌的嫌疑曝光，也就證明科長是清白的。」

「是嗎？不過還有崔警衛的案子，我有點不放心。」

「先不用操心這件事，先討論下一步該怎麼做吧。」

「怎麼做？金基昌罪證確鑿，黑暗王國的名單也在我們手上，還有什麼問題？應該立刻打擊黑暗王國。」

「科長，那個……」

閔警正話說到嘴邊，猶豫著說不下去。

「怎麼了？幹嘛這樣？出了什麼事對吧？一看就知道，快說吧。」

徐總警目不轉睛地看著閔警正。

「科長，其實……」

第24話 自取滅亡

閔宇直警正走入三溫暖蒸氣室，坐到沈魯陽部長檢察官的對面，說道：

「找我有什麼事？」

「幸會，你是閔宇直組長吧？」

「叫我來不是為了自我介紹吧。」

「沒想到你是這種人，幹嘛這樣？一見面就發火。我不會吃人的。」

「有話直說吧。」

「好。我找你來不為別的，黑暗王國的調查到此為止，怎麼樣？」

「你是因為這個才約我？那就沒什麼好說的了，我要先……」

閔警正準備起身，沈檢察官急忙舉起手攔住了他。

「等等！個性可真急躁。閔組長，先把話聽完吧。你很清楚以目前的狀況，再繼續碰黑暗王國，有可能會失去好不容易抓到的金基昌吧？你覺得檢方有可能起訴他嗎？」

「這種事早在行動前就想過了。如果行不通，還會找別的辦法。」

「為什麼要把事情搞得這麼複雜呢？有一個簡單的方法。我約你來就是要告訴你這件事。」

「所以說，那個簡單的方法就是要我們停止調查黑暗王國嗎？」

沈檢察官翻轉旁邊的計時沙漏，說道：

「黑暗王國的真正領導者是金基昌。黑暗王國會不惜一切代價保護他。你想想看，一把刀子抵到自己的脖子上，他們拚死都會守護金基昌。但是如果你拿金基昌當籌碼，答應不會再查下去，他們為了黑暗王國肯定很樂意放棄金基昌。」

「我要怎麼相信他們？而且，我並不是為了抓住金基昌一個人才選擇這條艱難的路。顯然只要黑暗王國存在，無辜的犧牲和腐敗歪風就會一再重演，不是嗎？」

「有句成語叫『矯枉過正』不是嗎？你為了抓一個黑暗王國，不惜動搖整個國家嗎？再說了，你覺得會那麼容易嗎？憑你們這些小刑警？也要為你的同事們著想啊，徐道慶總警怎麼辦？南始甫巡警呢？我知道不僅是你的同事，閔宇直你自己也因非法竊聽和監聽正接受偵查。」

閔警正用犀利的目光看著沈檢察官，說道：

「你以為我被這樣威脅就會妥協嗎？」

「妥協？好啊，你就妥協吧。閔組長，我現在也想先處理金基昌和沈在哲。但你們感覺會繼續當著我的面闖禍，拖累我的計畫。就當作是暫時休戰怎麼樣？我絕對不是無條件要求你停手，為人處世要有來有往。所以我們也保證暫時不動你和你的同事，這樣可以嗎？」

「要休戰？」

「是啊，如果被金基昌溜走，對你們來說會是重大損失吧？」

「你不也一樣嗎？」

「所以我才會提出這個建議。」

「我明白你的意思了。好，直到金基昌和沈在哲兩人被法院拘留那天為止，我們休戰吧。」

「很好。作為回報，我們會先釋放徐道慶總警。」

「這不是理所當然的嗎？金基昌……」

「不是還有崔友哲警衛的案子嗎？另外，那位叫南始甫的年輕人也會被從輕發落，不用擔心。」

「希望你務必遵守承諾，不傷害我的組員。」

「當然。那麼合作愉快。」

沈檢察官向閔警正伸出手。

「我不認為我們應該握手。」

「是嗎？那好吧。」

閔警正伸手揮倒沙漏，走出蒸氣室。

閔宇直警正話才剛說完，徐道慶總警就勃然大怒：

「喂！閔宇直，你瘋了嗎？」

「大哥，幹嘛這樣說？」

「你這不是瘋了還會是什麼？臭小子，沒想到你是這種人……。」

「大哥，我怎麼可能真的休戰？當然是裝個樣子，再找機會從背後捅他們一刀。」

「是嗎？但他們還是把我放了出來……。」

「大哥的案子遲早都會被判無罪，他只是為了邀功才提早讓你出來而已。」

「我們都料想到了，沈魯陽那傢伙還會遵守約定嗎？」

「難說。但是沈魯陽檢察官確實想對付金基昌和沈在哲，他認為自己不可能獨力達成，所以才向我們提出了這樣的建議。說不定沈魯陽背後還有其他人，要再打探一下。」

聽了金承哲警監這番話，徐總警看著閔警正說道：

「在他背後的應該是南哲浩議員吧？」

閔警正看著徐總警露出笑容：

「是南哲浩議員嗎？」

「不是嗎？」

南始甫巡警走進本部。都敏警監聽到開門聲下意識轉頭看，猛地站了起來。

「南巡警。」

「警監好。」

「你身體還好嗎？組長……不，你先過來坐吧。」

南巡警來到都警監旁邊，坐下。

「組長外出了嗎？」

「是啊，徐道慶總警出獄……這樣講有點怪。總之組長去拘留所接他了。」

「所以已經證明科長的清白。太好了。」

「聽說你這段時間都待在家裡？」

「對，我……」

「身體不舒服嗎？我聽組長說，你一直躺著都不說話。」

「抱歉。我渾身不舒服，身體一點力氣都沒有，還發了高燒。」

「這樣啊，幸好痊癒了。」

南巡警看了看四周，問道：

「這裡要撤掉了嗎？」

「是啊。現在要回到警察廳，光明正大地正式展開調查。」

「所以才在打包啊。」

「沒錯。你好像會回到派出所，太可惜了，怎麼辦才好？」

「我也覺得很可惜。我會很想念大家的。」

「那個，南巡警。組長再三交代不要提，所以我本來不打算問。可是那天你為什麼……」

這時候，本部的門打開，車禹錫警衛走了進來。

「喔，南巡警。警監好。」

「車警衛你來啦。」

「車警衛好。」

「南巡警，你為什麼要對金基昌開槍？」

南巡警才剛打完招呼，車禹錫警衛就劈頭問了都警監的疑問。都警監無奈地笑了出來，車禹錫警衛一臉疑惑地問道：

「警監為什麼要笑？」

「不，沒什麼。不愧是車警衛，我本來還問不出口。組長沒交代過你嗎？」

「啊，組長有跟我說，但我還是想知道。不要問比較好嗎？」

「我也是一直憋著，但還是忍不住，剛才還正想問。」

「還好不是只有我想問。南巡警，請告訴我們吧。」

「對不起，我不能說。當時我有點……」

「為什麼？是出了什麼事嗎？組長一直交代不准問，反而讓人更好奇。」

車禹錫繼續追問，但南巡警始終沒有回答，轉移了話題。

「比起這件事，羅永錫警衛還好嗎？」

「喔，羅警衛好多了，一週後就能歸隊。那時候要是再晚一步可就糟糕了。多虧了南巡警和車警衛。羅警衛也很感謝你們。」

「我也想去探望他。」

「是啊，去看看也好。」

「好。那我先離開一下。」

南巡警從座位上站起來，車禹錫盯著他看，問道：

「你現在就要去嗎？」

「不是，我去一下洗手間……。」

「喔，這樣啊。快去吧。」

韓瑞律檢察官漲紅了臉看著金基昌，手往桌子重重拍下去。

「你要狡辯到什麼時候？不要都讓律師傳話，你自己回答。」

金基昌在律師的耳邊低聲說話。

「我的客戶說他不會跟官階低的檢察官說話。」

「什麼？」

韓檢察官覺得荒唐，苦笑著說道：

「好吧。既然是這樣也沒辦法。看來我得做好心理準備，要熬夜三天才有可能聽到被告的證詞。被告應該很清楚吧，這對檢察官來說沒什麼大不了，只是被告年紀大了，應該會有點累。如果不介意……那我們從頭再來一次吧？」

「檢察官，不要再勉強了。妳這樣做能改變什麼嗎？妳應該很清楚我的客戶是什麼樣的人。他很快就會被釋放。適可而止，對妳的未來不是也有好處嗎？所以……」

「所以你能讓被告配合調查，親口作證嗎？」

「我不是說過了嗎？我的客戶……」

「算了。你只要回答我的問題就好。被告，你是否指示權斗植殺害南哲浩議員？」

這次也是律師回答：

「剛才不是說過了嗎？我的客戶不知道……。」

金基昌然抓住律師的手臂，開口說道：

「曹律師，等一下。」

「是，長官。」

「看來你終於改變心意了。」

「韓瑞律檢察官，我勸妳一句。看來妳當檢察官還不夠久，才會搞不清楚狀況，妳以為這樣做世界會有什麼改變嗎？這世界永遠都是朝相同方向發展，最終只有強者能生存下來。強者如何生存？他們踐踏和掠奪弱者，視弱者如奴隸，並因此變得更強大。弱者永遠不可能戰勝強者，這就是世界的真理，也是生存之道。妳明白了嗎？」

「誰是強者？誰又是弱者？你可能認為自己是強者，但你只不過是弱者底層的其中之一。所謂強者，是默默在自己的位置上踏實生活的小市民。看來你還不懂他們的強大。」

「年輕人眼界還太淺。所以我才不想跟妳多費唇舌……嘖嘖。」

金基昌嘖了幾聲，把頭轉向一邊。

「如此深諳世事的人怎麼會教唆殺人呢？」

「就說了我沒有！」

金基昌臉漲紅，對著韓檢察官怒吼。

「李延佑、崔友植、李敏智、呂南九、李弼錫、李大禹、崔友哲、朱必相、南哲浩。除了這些人還有數不清的人在你的指示下遭到殺害，你還要否認嗎？」

「不知道的事，不管妳問幾次還是不知道。」

「證據擺在眼前，你還要繼續裝傻？」

金基昌看了眼桌上的資料，說道：

「證據？這些能算得上是證據？」

「國科搜已經證實錄音中的聲音就是出自你本人，你還想否認？」

金基昌頓時情緒激動，正要開口反駁時一旁的律師趕緊阻止：

「違法取得的錄音，加上非常有可能經過惡意編輯，我想應該不具有證據能力。」

「那如果有證人呢？這樣還不承認？」

「證人？」

金基昌眉毛抽動，瞪視著韓檢察官。

「對。勸你趁現在坦承犯罪，要是在法庭上做偽證可是會加重量刑。你也清楚偵訊都會留下紀錄吧？」

金基昌神情嚴肅地在律師耳邊低語。律師露出尷尬的微笑，對韓檢察官說道：

「能休息一下嗎？我想去一下洗手間。」

「怎麼了？被告是不是要你去找出證人是誰然後滅口？」

金基昌瞬間皺起了眉頭。

「不是的。我真的很急。」

「好吧，快去吧。」

律師走出偵訊室，韓檢察官關掉了錄音開關。

「金基昌，你認識韓東卓刑警嗎？」

「韓東卓？沒聽過。」

「也是，你殺的人那麼多，怎麼可能全都記住。」

「他死了嗎？」

「就是你殺了他！」

韓檢察官瞬間情緒激動，說話也大聲了起來。

「哎，看看妳，這麼激動應該不是普通的關係吧。韓東卓……韓瑞律……。是妳的家人嗎？」

「你真的不記得了？現在沒有錄音和錄影。告訴我真相吧？」

「什麼啊？真的是妳的家人？是妳的父親嗎？」

「對，你真的沒聽過韓東卓這名字？」

金基昌聳了聳肩說道：

「我真的沒聽過。」

「那你為什麼……為什麼要殺了他？」

「這種事為什麼要問我？我是真的不知道。非常遺憾，但這與我無關……。」

韓檢察官雙手拍打桌面說道：

「不是你指示的？你應該知道柳東九，那個綽號叫五星的人吧？」

「五星……。」

「又要說不知道嗎？」

「是他殺的嗎？」

「好，我一定會抓到五星，讓他親口說出真相，你等著瞧吧。」

「哎呀，好可怕。妳要抓就抓吧，我是真的不知道。」

韓檢察官沉默著握緊了拳頭。

「警監，聽說馬上要召開懲戒委員會了。」

「我也聽說了。」

「懲戒會有多嚴重？聽說因為是殺人未遂，可能會被免職。」

「有可能……喔，來了。」

都敏警監看到南始甫巡警回來，連忙示意要車禹錫警衛別再說下去。

「喔……南巡警，你回來啦？」

「對。警監，我本來想等見到組長再走，但我好像差不多得離開了。請幫我轉達，我會再跟他聯絡。」

「為什麼？有急事嗎？」

「不是的……抱歉，我又突然身體不太舒服。」

「哪裡不舒服？這麼看來，你的臉色真的很蒼白。」

「我回家休息一下，很快就會沒事了，不用擔心。」

車禹錫從座位上站起來說道：

「南巡警，我送你回家。」

「不用了，沒那麼嚴重，我可以自己回去。」

「是嗎？好吧。那你快回去休息。」

「好，那我先走了。」

南巡警點頭打了招呼之後，離開本部。

「讓他一個人回去沒問題嗎？」

「就是說啊，他的臉怎麼會這麼蒼白……。看來那天的打擊太大了。」

砰！

幸虧閔宇直警正迅速將南始甫巡警的手臂抬起，子彈飛向空中。金基昌看見南巡警拿槍指著自己跑過來，大吃一驚，接著又被槍聲嚇得往後跌倒在地。

當南巡警想再次試圖拿槍瞄準他時，被閔警正迅速抱住阻止：

「始甫！你怎麼了？你這……」

「放開我，組長。我們必須殺了他！快！」

「你在說什麼？已經結束了。我們抓到他也找到證據了，沒必要這樣！」

「不是的……」

「冷靜下來，始甫。」

南巡警全身顫抖，因為不清楚為什麼要會想殺了金基昌，對自己的行為感到害怕。

「始甫，你怎麼了？發生什麼事了？」

「組長……。不，對不起。」

南巡警拋下槍後，跑出了大門。

「始甫！」

「組長，我去看看。」

「好，安刑警。拜託了。」

安敏浩警衛撿起地下的槍，追了出去。

●

「聽說安刑警送南巡警回家的路上，南巡警一句話都沒說。安刑警看著他睡著，南巡警像是作了什麼惡夢滿頭冷汗，感覺很痛苦。」

「真的嗎？我沒聽說這件事。他好像也嚇壞了，我想南巡警被監禁的時候可能發生了什麼事。」

「他有被拷問嗎？」

都警監搖著頭說：

「從外觀看來好像沒有。可能留下了巨大的心理創傷，他連對組長都沒說原因，真不知道是怎麼了。」

「比起這件事，如果他真的受到嚴懲怎麼辦？不會吧？」

「不知道。畢竟現場有很多人目睹。」

這時，徐道慶總警和閔宇直警正打開門走了進來，金承哲警監和安敏浩警衛跟在後頭。

「現在才回來嗎？總警，辛苦了。」

都敏警監走到徐總警面前打招呼，車禹錫警衛也跟上來，行舉手禮。

「忠誠！科長，辛苦了。」

「你們幹嘛這樣？害我很不好意思。沒什麼大不了的啦。」

「怎麼這樣說？」

「算了。閔系長，別說了。」

「那個，組長。剛才南始甫巡警有來過，但先離開了。」

「喔？是嗎？他什麼時候來的？」

「不久前……」

閔警正沒聽完便匆忙地跑出了搜查本部。

深夜時分，S醫院大部分病房都熄了燈，只有南哲浩議員的VIP病房還亮著，病房前有兩名身穿西裝的警衛。南議員翻來覆去，擔心有人來殺自己而難以入眠。

就在這時候，ＶＩＰ病房的門被打開，嚴奇東檢察官走了進來。南議員聽到開門聲嚇了一跳，猛地從床上坐起。

「哎喲，嚇到了嗎？」

「呼！嚇我一跳。這麼晚了你怎麼會來？」

「要避開別人的耳目，也只能這時間來。」

「是啊。我看到新聞了。聽說金基昌被拘留了，這是怎麼回事？」

「細節我也不太清楚，但聽說他想殺害朱社長未遂，不清楚警察是怎麼知道的，直接到現場逮捕他。」

「殺人未遂？他想殺了朱必相？」

「是啊，我聽說是這樣。」

「那朱必相現在人在哪裡？打給他也不接。」

「這樣嗎？我也聯絡過他，但一樣沒接。似乎還在靜養中。」

「什麼跟什麼？他也打算像除掉我一樣殺了朱必相嗎？」

「似乎是想毒殺他。」

「毒殺？這下該看清楚那個人有多殘忍。對一星下指示的也是他吧？」

「據我所知，警方正在調查一星和七星，很快……」

南議員打斷了嚴檢察官的話，說道：

「不過，洪斗基那傢伙又是怎麼回事？他什麼時候和金基昌搭上的？那傢伙也被拘留了嗎？」

「我也不知道發生了什麼事，只聽說正在進行偵查。他已經被停職了，所以別擔心。」

「好，要是我真的死了怎麼辦？你也不會有好下場。沈女婿也一樣。說到沈女婿這小子，自己的岳父都住院了卻沒看到人影。他是不是嚇得躲起來了？」

「沈檢察官正在偵訊金基昌長官啊？你不知道？」

「真的嗎？不過他為什麼沒跟我說過？這不就表示沈女婿早就都知道了？」

「是的。我想他沒能來見你，可能是因為忙著調查金基昌和沈在哲會長。」

南議員大吃一驚，抬頭看向嚴檢察官說道：

「什麼？沈在哲會長也被調查了？為什麼？」

「你連這件事都不知道？真是的……嘖嘖。」

嚴檢察官不屑地搖了搖頭。

「搞什麼？你竟敢在我面前擺出這種態度？」

就在這時病房門突然打開，一名戴著口罩的醫師走了進來。南議員瞬間感覺不妙，警戒地縮起了身體。

「什麼事？這麼晚了還要查房？」

「要確認一些地方。」

醫師看了看自己帶來的病歷，並檢查了南議員正在打的點滴後，從口袋裡取出了針筒。

「那是什麼？我沒見過你。嚴科長，你還不阻止他？有人在外面嗎？」

嚴檢察官仍然不為所動盯著南議員看，南議員感到驚慌想按下緊急呼叫鈴，然而嚴檢察官迅速走過來摀住他的嘴，並讓他平躺在病床上。

「唔……唔……。」

「安靜！如果當時好好處理掉的話，就不用處理第二次了。真麻煩。」

與此同時，那名醫師將針筒插入了點滴瓶。嚴檢察官這才放開南議員的嘴。

「你這傢伙，有人在外面嗎？」

「叫了也不會有人進來的。」

「外面有沒有人！」

南議員以為自己在大聲呼喊，實際上他的聲音相當微弱。直到南議員身體變得軟弱無力，醫師這才脫下口罩，向嚴檢察官鞠躬致意。

「我先走了。」

「好。辛苦了，五星。小心不要被人發現。」

「是，科長。」

五星悄悄地離開病房，留在病房裡的南議員逐漸失去意識。

「一路好走。我很快就會讓你和長官見到面，這樣你們黃泉路上就有伴了。」

嚴檢察官笑著俯視南議員。

「你……呃……呃……。」

南議員想伸手抓住嚴檢察官的衣領和他同歸於盡，但事與願違，在手舉起之前他就先嚥下了最後一口氣。

嚴檢察官確認南議員停止呼吸後，沒有按緊急呼叫鈴，反而悠哉地走到病房門口。接著他用力打開病房的門，大喊護理師。

「護理師！護理師！」

我為了讓頭腦冷靜下來好整理思緒來到了附近的公園。然而我想得越多，頭就痛得越厲害，最終我再也走不動，只能坐在長椅上。

其實我在搜查本部時也感到頭痛與噁心，所以才急忙衝去洗手間。雖然吐完後感覺好一點，但全身發軟，連站立的力氣都沒有，不得不離開搜查本部。

頭痛再度襲來，好險這次沒有嘔吐。從那天開始，這種症狀頻繁出現。

是因為用腦過度嗎？原因不得而知。或許是那天的事在我身上產生了某種影響。那時候我突然全身顫抖和頭痛，而且從那天開始症狀不斷惡化，疼痛的頻率與強度不斷地增加。

也許因為天色已晚，氣溫下降的關係，我感到一股寒意不由得顫抖。難道我的大腦出了什麼問題？剩沒幾天了，但身體還是這種狀態，真不知道該如何是好。還有……我總覺得這次救不了組長，這讓我感到無比痛苦。當然，我自己也一樣。

以我的能力也無法阻止的死亡……。這樣的情緒糾纏著我，所以我才會做出那種衝動的行為嗎？只要能保護組長，我願意親手殺人……不，或者我是想救自己？結果卻反倒讓自己處境更艱難？毫無頭緒，這一切都是我從未經歷過的狀況……。

但我絕對無法忍受金基昌那樣的人又光明正大地脫身，繼續犯下惡行。若是這樣，我不知道自己還能做什麼。我害怕自己的能力會被金基昌那樣的壞人濫用，這讓我的身體感到更加不適。

如果真的發生了，我該如何應對？我是否願意賭上自己的性命阻止呢？要是我也變成崔友哲刑警那樣怎麼辦？如果我屈服於他們甜言蜜語的誘惑而濫用我的能力……如果我為了自保而開始忽視他人的死亡……到了那時候……

「呃啊！」

頭越來越痛，我心想繼續待在這說不定會昏倒，才好不容易站起來邁開了腳步。

我走出公園搭上計程車回家。當我到了家門口正要進屋的時候，有人叫了我：

「南始甫。」

曹律師和戴著帽子的金範鎮進入拘留所會客室。金基昌坐在裡頭。

「長官，我按您的吩咐，將他帶來了。」

站在曹律師身後的金範鎮走向前，打了招呼：

「長官您好。」

「我看起來像好嗎？」

「對不起，我不是那個意思……」

「我開玩笑的，沒事。你幹嘛那麼慌張？我在這裡很好。」

金基昌豪爽地笑著，金範鎮仔細觀察他的表情，尷尬地陪笑。

「其實，我認為他們想殺了我。」

「真的嗎？哪個傢伙敢……」

「那傢伙死了，所以我不清楚幕後主謀是誰。」

「一星不是還因此受傷了嗎？」

曹律師插嘴說道。

「就是說啊。當時如果沒有一星在，我的命就不保了。」

「那真是太好了，長官。」

「差點就出大事了，所以我才找你來。」

「原來是這樣？您的意思是要我查幕後主謀是誰？」

「不是的。曹律師，我什麼時候能出去？」

「快的話後天，最晚大後天就可以出去了。」

「好，你聽到了吧？在那之前，把閔宇直抓到我面前。」

「閔宇直……是，長官。這次就乾脆殺了……」

金基昌搖著頭說：

「不，不行。不要殺了他，要活捉到我面前。這次要是做得好，我就替你換張臉，給你一個全新的人生。明白嗎？」

「謝謝長官。但是南始甫那傢伙怎麼辦？他不是想殺了您嗎？」

「那小子……是啊。他為了救閔宇直想殺了我。」

「什麼意思？」

「南始甫說他看到了閔宇直的屍體。」

「真的嗎？那我抓到閔宇直……南始甫是不是看到了自己的屍體？」

「也有可能。是啊，沒錯。人就是這樣，誰會犧牲生命救別人呢？應該是為了自己活命吧。」

「這表示閔宇直和南始甫都會死。」

「真可惜。那傢伙只要好好利用，還是能派上用場。」

「不要給他活命的機會，送他和閔宇直一起上路吧。我還欠他們人情，很想趁這次機會還一還。能不能給我這個機會？要是南始甫像上次一樣突然改變主意該怎麼辦？如果讓那傢伙活下來，將來後患無窮。趁這個機會，把那兩個傢伙一次處理乾淨吧。我剛才想到了一個辦法，您聽聽看如何？」

「有什麼好辦法嗎？」

「是這樣的，長官。」

金範鎮彎腰靠近金基昌的耳邊低聲說著。

「喔！這也不錯。好啊，就這麼辦吧，不准失誤好好處理。南巡警那小子知道自己會死一定也在做準備。這樣的機會不會再有第二次，一定要掌握，明白嗎？」

「是的，我會銘記在心。這次保證會萬無一失。」

「好。快去準……」

曹律師看著手機，突然皺眉打岔道：

「長官。」

「怎麼了？」

「抱歉打斷您，現在新聞上正在播……南哲浩委員長去世的消息。」

「你說什麼？南哲浩死了嗎？」

「是的。」

「確定？你快去確認。快點！」

曹律師急忙打電話詢問南議員去世的消息。

「長官，是真的。他昨晚突然死於心臟痲痺。」

「心臟痲痺……。」

金基昌放聲大笑後接著說：

「太好了。什麼啊，就這麼走了……哈哈！」

金範鎮深深地鞠躬說道：

「恭喜長官。」

「有人死了，還恭喜什麼？」

「啊……對不起。」

金基昌拍桌大笑，說道：

「你看看你，我是開玩笑的。眼中釘總算消失了。你先出去吧，曹律師留下來，我有話要說。」

「是的，長官。那麼我先告辭。」

金範鎮一走出會客室，金基昌就低聲交代曹律師：

「曹律師，你馬上去確認是不是黑暗王國下的手，如果是的話，查明是誰下的指示後回報。知道嗎？」

「是的，長官。」

這時，從拘留所走出來的金範鎮接到一通電話。

「是，檢察官。」

「和我碰個面吧。」

「我應該去哪裡找您？」

「中古車車行。」

「我知道了。」

●

「南始甫。」

閔宇直組長正在他家門口等著。

「你什麼時候來的？」

「剛剛才到。你的臉……怎麼了？發生什麼事了嗎？」

「進去再說。」

「好吧。」

「現在是晚餐時間，要邊吃邊說嗎？」

「好。點你想吃的吧。」

我進了家門，點了中式料理的外賣，閔組長坐到我身旁。

「有什麼事嗎？組長應該很忙吧。」

「聽說你剛才有去過本部，所以我特別來看看你。但你的氣色很差，是不是哪裡不舒服？我不是要你去醫院看看嗎？」

「休息一下就好。組長是因為這件事才特地跑一趟嗎？」

「不是，我想說如果你好一點了，有件事要問你。」

「我好多了，你問吧。」

閔組長用肩膀推了我的肩膀問道：

「你也知道我想問什麼吧。你為什麼要那樣做？知道原因才能在懲戒委員會上替你辯護。在那裡究竟發生了什麼事？他們有拷問你嗎？」

「不是的。懲戒委員會是什麼時候？」

「聽說很快。科長說他會盡力阻止，但應該不容易。不過還是有機會可以避免重罰，所以告訴我吧，到底發生了什麼事？」

「沒有什麼事，我只是突然很生氣……。因為被監禁……」

「始甫，你在那裡看到了什麼嗎？」

雖然下定決心要隱瞞，不過還是因為組長出乎意料的提問而露了餡。

「原來如此。」

「沒有，我是真的很氣金基昌……」

「我知道了。你看到我了啊？不用說出來沒關係。」

面對突如其來的問題我難掩內心真實的情緒，驚訝地看著閔組長。

「你的眼神是在問我怎麼知道的？是金基昌說的，他說我會死在那裡。是你告訴金基昌的嗎？」

「金基昌說的？」

「別擔心，始甫。我之前也差點死掉，這次也一定會像上次一樣活下來，你相信我嗎？」

我什麼話也沒說，只是點了點頭。

「這就對了，你這小子！」

閔組長開玩笑地猛地抱住我。

「所以放寬心吃飯，不要生病。不舒服就別忍著趕快去醫院，快點回到以前那樣充滿活力，知道嗎？」

「是，大哥。」

我笑嘻嘻地回答，閔組長也露出了燦爛的笑容。

「這樣就對了。」

●

吳民錫走進了首爾地方檢察廳刑事部偵訊室。韓瑞律檢察官已經坐在裡面。

「過來坐吧。」

韓檢察官用手指了對面的座位，吳民錫點了點頭，走到座位上坐下。

「又有什麼事需要找我來？我不是已經都告訴妳了嗎？」

「我還有幾個疑問。我有想過要約在會客室，但覺得這裡比較好。」

「你想知道什麼？」

「我把我爸的事告訴了金基昌。」

「我不是告訴過妳，他一定會回答不知道嗎？他說了什麼？」

「跟你講的一樣，他說自己不知道。」

「看吧，我就說了。還沒找到東九那傢伙嗎？」

「現在還不知道他躲到哪裡去了，不過我一定能找到他。你確定是柳東九殺了我爸？」

「我沒說過是他殺了妳爸，我只說韓刑警去世的時候，留下了『五星』這樣的死亡訊息。所以才說要抓到東九查清楚究竟凶手是他，還是因為東九知道真相才留了五星的名字。」

「我明白了。那只能直接向柳東九確認了。另外，雖然我想讓金基昌在拘留期間接受審判，但似乎不太容易。拘留合法性審查……我是說，我們提出的證物大部分都沒有被採納，我想金基昌早一步出手了，也就是黑暗王國動的手腳。所以我希望你能出庭作證。」

「我嗎？」

「是的，可以嗎？我知道這樣的請求會讓你很為難，但需要有人證明我們獲取證據的過程中並沒有出現違法行為。」

「這不難，但是……」

韓檢察官沉默地看著猶豫不決的吳民錫。

「即使我出庭作證也很難達到目的，而且我擔心這樣一來，會不會等於是掀了自己的底牌。」

「也有可能。但我還是擔心如果不拘留金基昌讓他接受審判，可能還會發生什麼事。」

「與其那樣做，不如把我送進金基昌在的拘留所。一切交給我。」

韓檢察官驚訝地說道：

「你說什麼？這意思是……不行。你瘋了嗎？對現任檢察官提出這樣的請求……」

「還有別的辦法嗎？韓瑞律檢察官，金基昌絕對不會被拘留，沒人能處罰金基昌。妳可知道他背後有多少高層人士撐腰？我們目前所知道的不過是冰山一角。妳以為那些人是因為尊敬金基昌才讓他坐上那個位子嗎？他們不過都是同類。對慘無人道的行為視若無睹，互相勾結。處處都有他們的存在，妳認為用法律制裁得了金基昌嗎？」

「法律途徑不管用就要用拳頭嗎？那這樣和他們有什麼不同？無論有多難，法律面前，人人平等。我必須證明給全國人民看，即使是金基昌這樣的人在法律面前也必須低頭。明白嗎？所以不可能那樣做。」

吳民錫搖著頭說道：

「我實在搞不懂妳……。俗語說『以牙還牙，以眼還眼』，只有這樣才能阻止他們。妳明白嗎？拒絕我的提議以後就不要後悔。」

韓檢察官鬱悶地深呼吸，接著說道：

「你有從南始甫巡警那裡聽說什麼嗎？」

「什麼意思？南始甫怎麼了？」

「我不知道。自從那天逮捕金基昌，南巡警的狀態就很糟。那天南巡警試圖射殺金基昌。」

「妳說什麼？他想殺了長官？」

「對。好像在那裡發生過什麼事，但南巡警絕口不提，他的身體也變得很虛弱。我擔心金基昌對南巡警做了什麼……。你有聽說嗎？」

「金基昌不會拷問，一星那幫人還有可能……。而且南始甫有特殊能力，金基昌不可能讓他受傷。」

「他好像在那裡受到了什麼折磨，但實在不知道是怎麼回事。」

「我也聽說過南始甫的能力。他會不會在那裡看到了自己的屍體？」

「會是這樣嗎？他確實受到了某種打擊，但我不方便問他……」

「為什麼？當然要問。如果他真的看到了，想辦法挽救不就得了？」

「事情沒有那麼……沒事，我好像多嘴了。如果你能為金基昌案出庭作證，就可以讓庭上酌情考慮，像這樣持續合作，也許你能在不被拘留的情況下接受調查。」

「我也希望如此。」

「但是你絕對不要動別的念頭。剛才的話，我就當作沒聽到。」

「好，我答應妳。」

◎

一名獄警走到拘留所單人寢室前，用警棍敲打房門，躺在房裡的金基昌緩步走到了門前。

「怎麼了？」

「拿去吧。」

獄警把報紙塞進門口的送餐口，金基昌立即翻開報紙，迅速掃視。報紙頭版刊登了關於尹畢斗次長檢察官的拘留報導，還有一張沈魯陽檢察官的大張照片，旁邊則是尹畢斗檢察官接受記者採訪的照片。上方標題寫著〈檢察機關首次拘留調查現任次長檢察官〉。

「這是什麼？這是誰送來的？」

但是那名獄警早已離開。

「該死……。怎麼會……。」

頭版報導下方還有一篇題為〈洪斗基署長遭拘留〉，以及他涉嫌密謀殺害南哲浩議員的內容。

「獄警過來！跑去哪了？這是哪個傢伙送來的？獄警！」

金基昌朝著鐵窗外大喊，又拖著沉重的腳步走到床墊前坐下沉思。他彷彿內心升起了不好的預感，突然又拿起報紙仔細翻閱，並在報紙的最後一頁看到了用紅色麥克筆寫下的一行字。

汝若是神，則無人能審判汝，然而汝不過是微不足道的人類。

「什麼鬼話？這……。」

金基昌拿著報紙的手瑟瑟發抖。這時，傳來獄警告知戶外運動時間的聲音。

「戶外運動時間到，所有人都出來！」

金基昌立刻走到房門外，找到獄警。

「是誰拿這份報紙給我的？」

「這是什麼？現在是運動時間，過去那邊。快。」

金基昌又跑到其他獄警面前問道：

「是你嗎？還是你？」

「那份報紙從哪來的？交給我。」

「不行。這是誰給我的？是哪個傢伙？」

金基昌大吼大叫，周圍的囚犯和獄警都轉頭看向他，其中一名獄警拿著警棍走了過來。

「再繼續吵鬧就給我等著瞧。安靜，去操場。」

「到底是誰？是誰！」

金基昌睜大雙眼四處張望，想找出送報紙給自己的人，但始終找不到。

他最終被獄警拉到操場，他緊張地觀察四周，接著他看到了熟悉的面孔，於是跑了過去。

「你這傢伙，七星！你怎麼會……」

「什麼？」

「啊……抱歉。」

金基昌誤以為對方是吳民錫。

「我明明看見是七星……」

戶外運動時間很快地結束了。偏偏在返回寢室時電梯發生故障，所有人都必須爬樓梯，金基昌也只能跟著辛苦地走緊急逃生梯上樓。然而這時前方卻有一群人扭打起來，金基昌看了一會情況，試著從旁邊稍微避開走過去，結果與一名囚犯相撞。

「你幹嘛？」

「抱歉，借過。」

「這個死老頭……。」

那名囚犯抓住金基昌的頭髮，將他拖到打架的人群裡。所有人開始一起毆打金基昌。

「你們要幹嘛？哎呀！啊啊！嗚呃！」

囚犯們像屏風一樣圍住他，從外側看不到發生什麼事。另外一名毆打金基昌的囚犯用一團衣服堵住了他的嘴，不讓他發出聲音。

等到金基昌失去意識，幾名囚犯從他嘴裡取出那團衣服，將他高舉起來直接扔到樓梯欄杆下。

「朱社長，你在這裡住得還舒服嗎？」

「我沒事。感謝科長的費心，我在這住得很好。」

「是嗎？那就好。」

「外面的情況如何？」

「別擔心。一切都按照朱社長的計畫進行，非常順利。」

「五星那邊怎麼處理？」

「你應該很清楚吧？我已經堵住他的嘴了。」

「是嗎？那我應該就不用擔心了吧？」

「當然，不想想我是誰？不過既然打算這麼做，為什麼還要把金基昌打算殺你的事告訴南哲浩議員？」

「那個啊，要把金基昌逼入絕境，總不能讓南議員壞了好事吧？那樣金基昌會變得更加戒備。你不是很清楚嗎？那個老頭向來很謹慎。」

「說的沒錯。如果連南哲浩議員都出面的話，真的會讓人很頭痛。原來是這個原因。現在想起來，傳出一星投靠南議員的謠言真的是神來一筆，長官……不，金基昌一開始假裝不信，結果還是信不過，最後只聽信七星的話，不是嗎？你怎麼想得到這招？」

「這是七星的主意。」

「是嗎？太可惜了。他是個很有用的人才……。」

「那也沒辦法。所以才物盡其用之後送他走。他到最後都沒有背叛我們，信守承諾……喔，好像來了。」

門外傳來了停車的聲音，大門很快地打開，宋祕書進來通知朱社長：

「社長，沈魯陽部長來了。」

「喔，好。快請他進來。」

宋祕書前腳剛離開，就看到沈魯陽部長檢察官走了進來。

「我來晚了。」

朱必相上前熱情迎接沈檢察官。

「沒這回事，現在最忙的人就是檢察官。」

「歡迎，沈檢察官。」

「嚴科長您好。」

「好，你打算拿金基昌怎麼辦？既然尹畢斗現在也被拘留了，金基昌那邊應該不會有什麼問題吧？」

「當然。一定沒問題。不是嗎？檢察官。」

朱必相看著沈檢察官咧嘴笑。

「你們還不知道嗎？」

「什麼？沒能說服檢察總長嗎？」

「朱社長，那個現在……不是的，和檢方無關，是金基昌……死了。」

原本臉上掛著微笑的嚴奇東檢察官瞬間皺起了眉頭，反問沈檢察官：

「你說什麼？金基昌死了？」

朱必相也驚訝地再次向沈檢察官確認：

「檢察官，你這話是什麼意思？」

沈檢察官看到朱必相像是毫不知情般一臉震驚，疑惑地問道：

「怎麼回事？朱社長你也不知道嗎？不是你下的指示嗎？」

「這又是什麼意思？我？不是啊。我躲在這裡，完全不清楚外面發生的事。」

「那麼是科長……」

沈檢察官眨著眼看向嚴檢察官。

「我？不是我。我只對南哲浩議員……。」

沈檢察官一臉茫然地看看朱必相，又看看嚴檢察官，問道：

「怎麼會？所以真的是意外死亡嗎？」

「意外？」

「是的。他是從看守所的樓梯欄杆掉下去摔死的。」

「真的嗎？那傢伙居然是這種下場？看來他命中註定墜落地獄啊。」

嚴檢察官笑得開懷，朱必相也跟著笑了。

「是啊，還在想該怎麼辦……。真是太好了。」

「那到底是誰……」

沈檢察露出疑惑不解的表情，嚴檢察官則輕拍他的肩膀說道：

「沈檢察官，這重要嗎？你不也說了是意外死亡？」

「真的是意外嗎？」

「檢察官，這不是好事一樁嗎？」

「是啊，沈檢察官。快拿酒杯。」

朱必相舉起酒杯接著說：

「來！乾杯吧。我們期待的那一天終於到來了，不是應該舉杯慶祝嗎？」

「啊……是。」

沈檢察官仍然感到有些不對勁，不解地舉起酒乾杯。朱必相留意到沈檢察官的表情，低聲問道：

「怎麼了？黑暗王國沒有按照預期的行動嗎？」

沈檢察官和嚴檢察官嚇了一跳看著朱必相，沈檢察官立刻問道：

「你說什麼？朱社長，你早就知道了嗎？」

「我知道什麼?你說黑暗王國嗎?」

「是啊。我以為朱社長不知道這件事。」

朱必相聽了嚴檢察官的話，緊閉雙眼搖了搖頭。

「我怎麼會不知道呢?」

「所以這段期間你都是裝作不知道?」

朱必相把臉微微側向沈檢察官，抬起眉毛使眼色說道:

「如果被那傢伙發現我知道，他會放過我嗎?」

「說的也是……。」

「怎麼了?科長也不放過我嗎?」

朱必相把目光轉向嚴檢察官問道，嚴檢察官連忙擺手說道:

「哎喲，你話可不能這樣說。我們已經是同一條船上的人了，不是嗎?沈檢察官。」

「當然當然。我只是又一次因為朱社長的深謀遠慮而感到驚訝。」

朱必相往空酒杯裡倒酒，說道:

「我父親告訴我，不懂裝懂的人是下流，懂一點就裝專家的人是中庸之輩。至於誰才是高手?就是明知道卻裝作不知道的人。」

「啊!朱社長，果然虎父無犬子啊。」

「是啊。朱社長聽著這樣的話長大，怪不得每件事都想得很周全。」

「客氣了。說到家人，我兒子就拜託了。他無辜被冤枉成連續殺人犯，被警察逮捕。」

「冤枉？」

「是的，沈檢察官。」

「沈檢察官，這件事我會看著辦的。你還有很多事要處理，就別為這件事費心了吧？朱社長，給我一點時間，我很快就會處理好。」

「哎喲，真是感激不盡。」

「應該的。不僅如此，從現在開始新成俱樂部就由朱社長來帶領，黑暗王國則交給沈檢察官。好嗎？」

「當然。因為科長還得登上檢察總長的寶座啊，對吧？總長大人？」

「哎呀，這麼早就喊我總長，聽著真順耳。」

嚴檢察官拍了拍朱必相的肩膀，哈哈大笑。

「科長，我會做足準備，讓您安心坐上總長的位子。」

「好，謝了。現在一切終於都回到了正軌。」

「是啊。不過你們打算怎麼處理閔宇直那夥人？」

朱必相說著，並輪流看向嚴檢察官和沈檢察官。嚴檢察官看著沈檢察官開口說道：

「不管是黑暗王國或新成俱樂部，都會發生很大的內部動盪。按照沈檢察官的意思，暫時先把力氣放在整頓內部比較好。」

「科長說的沒錯，可是不管他們的話……肯定後患無窮。」

朱必相一臉擔憂地看著嚴檢察官。這次輪到沈檢察官開口說道：

「所以我有個想法，朱社長。我打算把閔宇直的親信全都調到地方去，之後再處理閔宇直也不遲。」

朱必相用力拍了下膝蓋說道：

「這主意太好了，檢察官。」

「那就沒問題了。這件事就交給沈檢察官吧？朱社長，你住在這裡很不方便吧？很快就會還你自由，請再忍耐一下。」

「請快點還我自由身，我渾身發癢難受得要命。啊！我可以麻煩你一件事嗎？」

「什麼事？說吧。」

「在主日大樓地下停車場有一輛跑車，可以送來給我嗎？我已經交代過我的人，但是大樓前耳目眾多。」

「這有什麼問題？我馬上送來，你再稍等一下。」

「哎喲，真是謝謝總長大人。」

第25話 終結，另一個開始

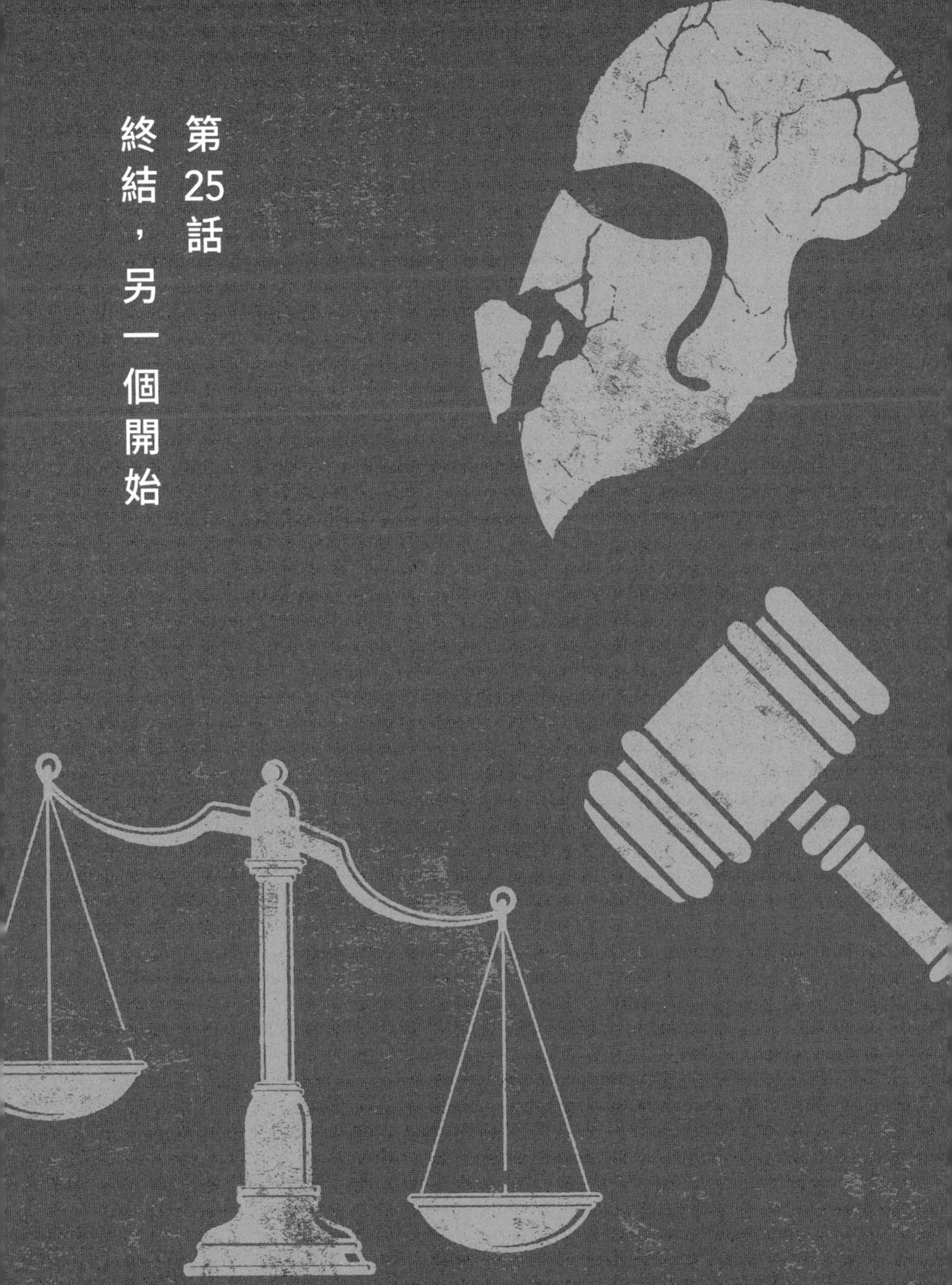

朱明根的一審中，檢方要求判處無期徒刑，然而法院接受了辯護律師的主張，最後朱明根服刑同時接受精神科治療，於是他一出拘留所就被送到醫院。

吳民錫在不拘留狀態下接受檢方調查。他為了見朱明根前往醫院，兩人在醫院的獨立會客室裡見面。

「七星哥，把我從這裡弄出去。這裡的人把我當成瘋子，你很清楚我沒有，對吧？」

「明根，你父親另有安排，你先忍一下吧。」

朱明根不悅地說道：

「什麼？你叫我明根？瘋了嗎？竟敢直呼我的名字？而且不喊我爸社長？應該在這裡的是哥，不是我。」

「聽好了，明根。我不再是社長的屬下七星了。我的名字是吳民錫。以後你叫我民錫哥吧。」

「你說什麼？民錫哥？是啊，你的本名是吳民錫？但我還是要喊你七星。」

「好，無所謂，但你要記住，從今以後不能再對我下指示或命令。我現在不是社長的屬下，也不是你的個人祕書了。」

「什麼呀？是爸爸放你走的嗎？那你來這裡做什麼？不會是因為想我才來的吧？」

「我來這裡是想看你過得好不好。」

「你真的腦袋有問題吧？」

「看你的氣色應該過得很好，真是太好了。我上次也說過了，你好好贖罪再重新過生活吧。這就是對你爸最好的報復，明白嗎？」

「報復？這算得上是復仇？我爸肯定超愛的吧。為人父居然把自己的孩子關在這種地方？算什麼父親？我不需要那種人當我爸！什麼贖罪後過新的人生？媽的！你答應過會保護我也都是在說謊？說會幫我出去也是謊話。該死！我徹底被騙了，我被騙了。」

朱明根揪著剛長出來的頭髮尖叫，吳民錫抓住朱明根的肩膀說道：

「我是真的要幫你。我會做好準備，讓你出來後能有正常的生活。所以你好好振作重新做人，好嗎？」

朱明根拍掉吳民錫的手說道：

「振作重新做人？我就是我，我只要做我自己。我不需要你們！滾開！護理師！我要出去，放我出去！」

朱明根大聲呼喊。

「明根啊，我是真心的，所以……」

一名男護理師匆忙進入會客室，正準備帶朱明根出去時，朱明根又轉身叫吳民錫。

「等一下。民錫哥。」

「嗯，你說吧。」

「我的跑車還好吧？我改裝過的那輛跑車。」

「那輛車嗎？你爸試乘後雖然沒說什麼，但似乎很高興。」

「是嗎？那你答應我最後一個請求吧。這不是命令，是請求，你會答應吧？」

「有什麼請求儘管跟我說，我都會答應你。」

「不。這是我唯一的請求。」

「我知道了。說吧。」

「你也明白吧？那是我為爸爸特地改裝的，是我給爸爸的最後一份禮物。」

「最後的禮物？明根啊，等你健康地回到社會……」

「不要再說了，反正那是我要給他的禮物，轉告他一定要收下。這樣就夠了。」

「好，我會轉達。你爸一定會很高興。還有什麼需要我幫忙的嗎？」

「不必了，啊！還有，以後不用再來看我。你現在已經自由了，哥也要自由自在地好好生活。我的人生我會自己看著辦的，你少管。」

「明根，我是真的……」

「少廢話，我要回去了。以後我不會再跟你見面了。護理師，我們走吧。」

護理師帶著朱明根走出會客室，他的臉上浮現了一抹微笑。

兩個月後

金基昌的死亡被認定為意外死亡結案，而所有與金基昌相關的案件皆因缺乏起訴權而被全面終止。然而，隨著前任與現任檢察官牽連此案的事實被曝光後，輿論不斷要求檢察機關進行改革。

此事也成了契機，為了是否應當設立能監督檢察機關的高階公務員犯罪調查處（以下簡稱公調處），國會已經開始針對立法進行相關討論。隨著新國會的成立，立法的輿論也逐漸升溫，新設立的公調處成為即將到來的國會議員選舉中的一項主要選舉政見。

隨著議會選舉接近，街頭巷尾隨處可見遊說車輛，大街小巷的民眾都在談論選舉。而在國際機場航廈大廳的大螢幕上也出現了此次鐘路選區候選人的照片，並用字幕介紹各候選人的背景。

鐘路區是此次最受關注的選區。參加鐘路競選的前檢察官沈魯陽，因為拘留檢察高層的創舉而聲名大噪。他的敵營候選人是將「金基昌事件」和「黑暗王國」公諸於世的初選議員徐敏珠。徐敏珠議員提出檢察改革和新設公調處的政見，使她成為了最受關注的候選人。

另一個引人注目的消息是，據說高等檢察廳檢事長廉石英，和大檢察廳刑事部科長嚴奇東兩人為新任檢察總長候選人。

安敏浩警衛和閔宇直警正在機場大廳看著新聞。

「組長，如果沈魯陽檢察官當選會怎麼樣？」

「還能怎樣？我們就得自己想辦法調查了。」

「組長不知道國會議員有不被逮捕的特權嗎？我們再怎麼調查也沒辦法吧？」

「囉哩囉嗦，你在擔心什麼？徐議員會當選的，所以少胡思亂想，專心調查吧。」

「徐議員會當選的對吧？但組長就打算這樣送走南始甫巡警嗎？以後的調查可能會需要……」

「算了吧。事情進行得差不多了，只剩下收集證據。放始甫走吧，這段時間他一定很難熬，而且如果他在停職期間還協助調查的事被發現，就逃不過嚴懲了。要讓始甫安心出發，所以什麼都別提，知道嗎？」

「是，我知道了。」

南始甫巡警辦好出國手續托運好行李後，回來找閔警正和安警衛。

「手續都辦好了嗎？」

「是，組長。一個小時後就真的要出發了。」

「好，你趁這次機會好好放寬心，休息夠了再回來吧。」

「我就這樣離開真的沒關係嗎？」

「沒事啦，什麼都別管就去吧。金基昌都死了，還有什麼好擔心的？」

傳出金基昌意外死亡的新聞報導的隔天，南巡警和閔警正一起來到金基昌的豪宅。他曾在這裡預見了閔警正的屍體。

「始甫，是這裡嗎？」

「對，大哥。請等一下。」

南巡警閉上眼睛集中精神，過一會又再次睜開眼睛。

「看不到。」

「什麼啊？所以金基昌真的是因為這樣才死的嗎？」

「雖然不能確定，但我想應該是。就像素曇告訴組長你會死後，變成她自己遇到死劫。」

「你是想到這一點，才告訴金基昌你有看到我的屍體嗎？」

「也不是……當時是因為瞞不住。我一看到組長的屍體就嚇壞了，金基昌看到我的表情就察覺到，我逼不得已才跟他說。那時候我就想到……我是不是也可以告訴組長？」

「是啊，如果你早料到，就不會對金基昌開槍了。」

「沒錯，但結果變成這樣，應該是好事吧？」

「是好事啊。金基昌是罪犯，那種人……」

閔警正說到一半突然打住。

「怎麼了？」

「沒什麼。總之是好事沒錯。」

「我知道大哥在想什麼。即使是罪犯，但由我們決定他們的生死是對的嗎？可以這樣做嗎？」

「對，我就是突然浮現了這個念頭。不過為了救罪犯的生命，卻眼睜睜看著善良的人死去，也不會是正確的選擇吧？」

「是這樣嗎？」

「嗯，我是這麼想的，但韓瑞律檢察官會怎麼想我就不知道了。」

閔警正說著笑了出來，南巡警也露出了微笑。

「的確想知道韓瑞律檢察官會怎麼想。」

「你也不要想太多，而且這不是你選擇的結果，是金基昌自己決定要告訴我的。」

「始甫，朱必相和沈魯陽的調查已經進入最後階段，要做的就是收集剩下的證據，到時候拘捕令就會立刻下來。所以你待在這也沒什麼事，趁這個機會好好沉澱再回來吧。」

「是啊。我一直想去那裡，竟然就這樣成行了。拋開雜念專心走路，頭腦和身體應該都會感覺好一些。」

「好，我知道你一直很想去，就趁這次機會去看看吧。」

「南巡警，旅途順利。醫院也說沒什麼問題，可能是因為太多事要思考才會這樣。」

「我也是這麼想。謝謝你，安刑警。我自己拋下一切離開真是抱歉，等我回來再請你們吃一頓。」

「你可不能空手回來喔。」

閔警正皺著眉頭看著安警衛。

「始甫，不要浪費這種時間，多花時間在自己身上。送什麼禮物？安刑警，我不是叫你別胡說八道嗎？」

「可是……。好，對不起。」

「哎喲，不會啦。那等我回來再見了，你們回去吧，我也得準備出發了。」

「是嗎？好吧，那就在這裡道別吧。」

南巡警與閔警正、安警衛打完招呼後走向了出境大廳。他在排隊等查驗機票時，韓瑞律檢察官匆忙跑來。

「南始甫！」

「喔，檢察官，妳怎麼會來……？」

「我有話要說。」

「對我嗎？」

「是的。那個……始甫。」

「啊，是。檢察官。」

聽到「始甫」這樣親暱的稱呼，南巡警臉漲得通紅，無法正眼看韓檢察官。

「我抓到五星了。」

「什麼？喔，好。」

聽到韓檢察官接著說的話，他別過頭苦笑。

「我是在你說的那個地方逮捕到他。就像你說的，有人想殺了柳東九。」

「知道是誰指使的嗎？」

「還不知道，他行使緘默權，所以一直到現在都無從得知。不過，我想親自跟你說聲謝謝。」

「那個……我一個月後就回來了。」

「我還是想親自道謝。」

「可是為什麼要叫我始甫？」

「啊……。那是因為你現在被停職了，所以……。」

「喔喔，好。看來我又……。」

「我以後也可以繼續叫你名字吧？」

「什麼？啊，好，我不介意……。」

南巡警搔著頭，難為情地笑了笑。

「好。祝你的聖地牙哥朝聖之旅順利。回來一定要跟我分享旅遊心得，好嗎？」

「那個，妳……」

「怎麼了？」

「不……沒什麼，當然可以。我回來一定會跟妳分享。那我要進去了。」

「好，去吧。注意身體，一路順風。」

南巡警要出境前，在入口處又回頭看了一眼。他看到韓檢察官遠去的背影後，傻笑著轉身離去。這時，韓檢察官也停下腳步，回頭看著南巡警。

即使早已看不到南巡警的身影，韓檢察官仍望了好一陣子才來到一樓大廳。她經過了入境大廳的出口，那裡擠滿了接機人群，其中一名男子高舉寫著「李敏赫」的牌子。

一星躺在警察醫院的單人病房裡。他在阻止一群企圖傷害金基昌的人時腹部挨了刀，現在治療已經全部結束，預定明天將被移送到拘留所。

突然間，一份報紙從病房門下塞了進來。一星的其中一隻手被銬在病床上，他下了床好不容易用腳尖構到報紙。他打開一看發現不是當天的報紙，而頭版刊登了金基昌的死訊，以及沈魯陽部長檢察官將參加鐘路競選的內容。最後一張報紙上貼著手銬鑰匙，還有紅色的手寫字跡：「醫院後面的停車場已經備好車，逃跑吧」。

一星將報紙藏在床墊下，用鑰匙解開手銬後謹慎地打開門。他聽見在門外看守的兩名警察正在交談。

「剛才那傢伙是誰？」

「不知道。他請我幫忙，我過去看卻沒看到人。沒發生什麼事吧？」

就在警察把頭轉向門口之際，一星衝了出去對他們揮拳，並飛快地跑向醫院後門停車場。兩名被打倒的警察立刻爬起來，吹著哨子追趕一星。

一星一時間找不到路正在猶疑時，兩名警察拿著槍全速趕來，一張移動式病床突然出現在警察面前，擋住了去路，兩名警察撞上了推著移動式病床的男護理師。

當兩名警察被分散注意力時，一星消失得無影無蹤。

「呃？去哪裡了？可惡，讓他跑了嗎？」

「你先去那邊。我走這邊。」

「好，就這麼辦。」

兩名警察分頭找人，推著移動式病床的男護理師將病床留在走廊上，脫下身上的制服，迅速跑下逃生梯。

那名護理師不是別人，正是吳民錫。

新成俱樂部的成員們齊聚在朱必相社長經營的高級飯店，舉行一場盛大的派對。在宴會廳中央舞台上，舞者們隨著優美的音樂翩翩起舞，而舞台邊的人們拿著酒杯聊天，或是隨著音樂起舞。

鄭會長與朱必相一同踏入宴會場，音樂立刻停止。鄭會長走上了舞台。

「在這樣大好日子，我們將要選出帶領新成俱樂部的代表。首先，我衷心感謝提供場地的朱必相會長。」

鄭會長指向朱必相並鼓掌，新成俱樂部的成員們也一起鼓掌。朱必相朝四周的人群點頭致意。

「接下來將按照程序進行，透過舉手投票選出代表。現在，讓我們歡迎兩位候選人，朱必相會長和柳志明會長到台上來。」

朱必相和柳志明會長一起站上了舞台。

「請兩位候選人在投票前為我們致詞……」

「不用說了，直接投票吧。」

舞台下的一名成員開口，其他成員也紛紛附和，現場立刻轉為要立刻投票的氣氛。

「是嗎？好吧。那麼贊成應該由朱必相會長擔任代表的，請舉手。」

大部分成員紛紛舉手，高喊著：「我同意！」看到這一情景的柳會長生氣地走下舞台，離開了宴會廳。柳會長認為自己是沈在哲會長的人，理所當然會成為下一任代表。

「很好。在座的多數人都支持朱必相會長。從今天開始，朱必相會長就是帶領新成俱樂部的代表。請給他熱烈的掌聲。」

宴會廳裡掌聲雷動，人人歡呼著朱必相的名字。朱必相站在講台前舉起了手，看著每一名為自己鼓掌的人的眼睛。當掌聲終於停止，他開口說道：

「謝謝在座所有人將如此重要的位置交付予我，我感到非常榮幸。今後，我將全力支持新成俱樂部，讓俱樂部成為帶動韓國經濟的關鍵角色。我會竭盡所能，不辜負至今帶領我們的前輩。」

宴會廳裡頓時充滿如雷掌聲，與不斷呼喊朱必相名字的歡呼聲。

選舉遊說車停靠在旁，沈魯陽候選人下了車，接著一輛中型轎車停在他前面。

「沈候選人，忙一整天辛苦了。」

「沒什麼。各位助選志工比我還辛苦，剩下的時間不多了，請大家再加把勁。」

周圍的助選員一起高喊沈魯陽的名字。

「沈魯陽！沈魯陽！沈魯陽！」

沈魯陽向大家點頭打招呼後上了轎車後座，他把背靠在椅背上，長嘆了一口氣。

「沒有一件事是輕鬆的啊。」

閉目養神的沈魯陽意識到車子沒有動靜，閉著眼睛對司機說道：

「你在做什麼？回家吧。」

但是司機沒有回應，車也依然停在原地，沈魯陽這才睜開眼看向駕駛座。

「你在做……你是誰？」

駕駛座的司機用槍指著沈魯陽。

「沈魯陽，你以為自己能這麼容易就當上國會議員嗎？」

「你……你是誰？」

司機戴著口罩，看不出身分。

「怎麼？認不得我了？你忘了我的聲音嗎？」

「你……你怎麼會……？」

司機這才摘下口罩，對沈魯陽露出了燦爛的笑容。

「一星……你怎麼會在這裡？」

「你以為殺了長官就能高枕無憂，去當你的國會議員嗎？」

沈魯陽連忙擺手說道：

「不，不是我做的。他真的是意外死亡。是真的。」

「你要我相信這種鬼話？看來你真的想死吧！」

「我是說真的！不是我殺的，應該是嚴奇東科長。你去問嚴科長，不是我，真的不是。」

「哎呀，你和嚴科長說的話一模一樣。」

「什麼？嚴奇東那傢伙出賣我嗎？」

「是啊，他說是你殺的，還說是你下的指示。有辦法買通拘留所裡的人，不是你就是嚴奇東了吧？你以為我猜不到？」

「真的不是我！所以嚴奇東呢？你真的相信那傢伙說的話？」

「你覺得可能嗎？」

「就是說嘛，真的不是我。那你為什麼要這樣對我？我知道了。錢……你需要錢吧，你要多少……」

「瘋子，一路好走。嚴奇東在等你，你在黃泉路上不用怕孤單。」

「什麼？你想在光天化日之下……。不會吧……？一星，不是我，救命……。」

沈魯陽試圖打開車門，但一星先一步把槍抵住沈魯陽的頭。

「不准動！」

「啊，好。我知道了。好。」

就在這時，一名助選員看到車內情況，呼喊著其他人來幫忙。負責保護候選人的警察將車輛團團包圍，並用槍瞄準了持槍挾持沈魯陽的一星。

「警察！開門投降！」

沈魯陽馬上舉起雙手，哀求一星。

「一星，冷靜點。先冷靜下來吧。只要你饒了我，我什麼都願意做，好嗎？」

「部長，一切都該結束了。」

「一星，不要……」

砰！

槍聲在車內響起，頭部中槍的沈魯陽往一旁倒下，同時警察朝一星開槍。

一切都按照自己的計畫實現，如願以償成為新成俱樂部代表的朱必相欣喜若狂，渴望上公路奔馳來沉浸於這份喜悅。在漆黑安靜的道路上，朱明根改裝的跑車發出巨大的引擎聲，而坐在駕駛座上的朱必相炯炯有神地凝視著前方，臉上露出喜悅的笑容。

朱必相用力踩下油門，跑車發出一聲轟鳴，像離弦之箭般加速馳騁。越飆越快的跑車不知不覺間時速已超過一百八十公里，逼近兩百公里。極速狂飆於道路上的跑車突然發出嗡嗡聲，瞬間爆炸。強大的爆發力將車身彈上了天空，而冒著滾滾黑煙的跑車發出爆炸聲，支離破碎地飛向四面八方。

聖地牙哥朝聖之旅第十一天，我正在從貝洛拉多前往阿塔普埃爾卡的路上。由於要步行三十公里，我只好在清晨天還未亮之際出發。放眼望去，廣闊平原盡收眼底，只有蜿蜒的道路旁有零星的幾棵樹。當太陽在平原緩緩升起時，整個世界彷彿都被染上了金黃色。

在壯麗的大自然中，我感受到自己的渺小。這是條讓人完全融入獨一無二、充滿生命力的大自然懷抱，並通向完整自我的道路。就像大自然一樣，我明白了神賦予我的能力並不僅僅屬於我自己。

當太陽升起，世界變得更加明亮，我注意到有名男人倒在地上。我以為他是在朝聖旅途中走到一半昏倒的朝聖者，於是趕緊跑過去。然而，他並不是昏倒而是死了。這是超自然現象。

一個星期後，這個男人將倒地而死，死因可能是心臟麻痺或腦出血，因為我在男人的眼睛裡只看見了平原上升起的太陽。我應該在這裡多待一個星期等這個男人到來嗎？就在我猶豫著再次查看屍體的時候，我的手機響了。

手機鈴聲讓我脫離了超自然現象，眼前的屍體也消失了。我從口袋裡拿出手機查看，是未知號碼。自從抵達貝洛拉多之後，有過好幾次未知號碼來電，但我一直沒有接。

鈴聲停止，一切重返寧靜。我再次閉上眼睛重新查看屍體。果然沒有外傷跡象，似乎不是被殺害。

我決定返回貝洛拉多的住處。當我快要到達時，手機鈴聲再次響起，這次是我熟悉的號碼。

「喂？」

「喔，南巡警。是我，車禹錫。」

「有什麼事嗎？」

「抱歉，打擾你旅行。是這樣的，有事情需要你幫忙。」

「我嗎？這裡回去最快也要……好，我知道了。我回國後會馬上聯絡你的。」

「不是的。不是在韓國，是英國倫敦。」

「倫敦？什麼意思？」

「倫敦警察廳向都敏警監請求協助，警監已經出發去倫敦了。」

「協助什麼？而且我可以幫什麼……」

「倫敦發生了預告殺人事件，似乎已經有兩名被害人。」

「預告殺人事件？」

「對。凶手事先指定了要殺的人，並將被害人身分公布在社群媒體上，然後真的下手殺了人。」

「這有可能嗎？」

「我也是這麼想，所以才需要你的協助。方便嗎？抱歉打擾你休假。倫敦警察廳的國際刑警應該也有聯絡過你，你沒接到電話嗎？」

「喔，原來電話是他們打的嗎？抱歉，我不接不認識的號碼。」

「我想也是。我明天也會抵達倫敦。」

「我知道了。我會盡快出發去倫敦。不過我到了之後要去哪裡？」

「我們在希斯洛機場入境大廳見吧。」

「好的。啊，車刑警！」

「喔，說吧。」

「我想拜託你一件事。」

「拜託？什麼事？」

我解釋了剛才看到的屍體幻影，拜託車禹錫刑警幫忙救那名男人，於是他聯絡了西班牙當局請求協助，我才得以放心地搭上飛往倫敦的飛機。

我抵達希斯洛機場，見到了久違的車刑警。

「車刑警。」

「喔，南巡警。對不起，打擾你的假期。」

「別這麼說。快走吧。」

「對了，我有帶禮物來。組長給了我一張明信片，要我轉交給你。」

「明信片？」

「對。拿去吧。」

車刑警遞過來的明信片上寫著一首題為〈放棄〉的詩，背面則是寫著簡單的問候。

〈放棄〉

放下手中之物，

方能抓住其他。

然而放棄這個詞，
總覺得不適切。

應當放下之時，
卻難以放下。

……

所謂放棄，不過是
尋找其他的開始。

明信片上清楚地寫著閔警正的字跡，而那與金基昌和一星收到的報紙最後一頁的字跡相同。

「雖是已死去的屍體，卻並未真正死去。
雖說是結束，卻又不是結束。
停止的正義之心將再次跳動。」

——南始甫

《看見屍體的男人》三部曲完結

國家圖書館出版品預行編目（CIP）資料

看見屍體的男人. III, 黑暗王國/空閑K著；黃莞婷譯. -- 初版. -- 臺北市：臺灣東販股份有限公司, 2024.01
1冊；14.7×21公分
譯自：시체를보는 사나이. 3
ISBN 978-626-379-133-6（下冊：平裝）

862.57　　112018246

看見屍體的男人III
黑暗王國（下）

2024年1月1日初版第一刷發行

作　　者　空閑K
譯　　者　黃莞婷
編　　輯　曾羽辰
美術設計　黃瀞瑢
發 行 人　若森稔雄
發 行 所　台灣東販股份有限公司
＜地址＞台北市南京東路4段130號2F-1
＜電話＞(02) 2577-8878
＜傳真＞(02) 2577-8896
＜網址＞http://www.tohan.com.tw
郵撥帳號　1405049-4
法律顧問　蕭雄淋律師
總 經 銷　聯合發行股份有限公司
＜電話＞(02) 2917-8022

購買本書者，如遇缺頁或裝訂錯誤，請寄回調換（海外地區除外）。
Printed in Taiwan